La solitudine dei numeri primi

소수의 고독

La solitudine dei numeri primi

소수의 고독

파올로 조르다노 장편소설
한리나 옮김

문학동네

엘레오노라에게,

침묵 속에서

네게 약속했기에

나이 지긋한 숙모가 공들여 만든 드레스는 날씬한 실비의 몸에 딱 맞았다. 그녀는 내게 드레스의 단추를 채워달라고 했다. "소매가 밋밋해요. 아, 우스꽝스러워!"

제라르 드 네르발, 『실비』(1853)

차례

눈 위의 천사

1983

1

알리체 델라 로카는 스키학교가 질색이었다. 크리스마스 방학인데 아침 일곱시 반에 일어나야 하는 것도 싫고, 아침 식사 때마다 아빠가 빤히 쳐다보며 식탁 밑에서 신경질적으로 다리를 떠는 것도 서두르라고 하는 것 같아서 싫었다. 그리고 허벅지를 근질이는 모직 타이츠도, 손가락 하나 움직이기 버거운 스키 장갑도, 쓸 때마다 뺨을 짓누르고 턱을 찌르는 메탈 버클이 달린 헬멧도, 발이 너무 조여서 고릴라처럼 걷게 되는 부츠도 싫었다.

"그 우유 마실 거야 말 거야?" 아빠가 또다시 다그쳤다.

하는 수 없이 알리체는 뜨거운 우유를 세 모금 삼켰다. 그러자 혀가, 그다음엔 식도와 위가 화끈거렸다.

"좋아. 오늘은 네가 누군지 확실히 보여줘." 아빠가 말했다.

내가 누군데? 알리체는 생각했다.

잠시 후 아빠는 페넌트와 후원사의 형광색 로고로 도배된 초록색 스키복을 입어 미라처럼 보이는 알리체를 밖으로 내몰았다. 바깥 기온은 영하 10도였고, 태양은 모든 걸 휘감은 안개보다 좀더 짙은 회색빛 둥근 원반에 지나지 않았다. 좀 전에 마신 우유가 뱃속에서 꾸르륵거렸다. 어깨에 스키를 메고 걷는데 발이 자꾸 눈 속에 빠졌다. 누가 대신 들어줄 정도로 뛰어난 선수가 되지 않는 한 스키는 혼자 짊어져야 했다.

"스키의 테일*을 앞으로 둬. 안 그러면 사람을 죽일 수도 있어." 아빠는 몇 번이고 당부했다.

시즌 막바지에 이르면 스키클럽에서 작은 별들이 양각된 브로치를 선물로 준다. 버튼 리프트**의 원반을 다리에 끼우고 슬로프를 오를 수 있는 네 살 때부터, 혼자서 원반을 붙잡고 오를 수 있는 아홉 살 때까지 해마다 별이 하나씩 는다. 은별 세 개를 받은 다음에는 금별 세 개를 받는다. 매해 주는

---

* 스키 뒤쪽의 끝부분.

** 원반 모양의 고리를 다리 사이에 끼우고 한 사람씩 타는 방식의 리프트.

브로치는 실력이 좀더 늘었다고, 알리체가 두려워하는 스키 대회가 한발 더 가까워졌다고 말하는 것 같았다. 알리체는 별을 고작 세 개 받았을 뿐이지만 벌써부터 대회가 걱정이었다.

스키장 개장 시간에 맞춰 정확히 여덟시 반에 리프트 앞에서 모이기로 했다. 알리체네 반 아이들은 벌써 나와 있었다. 모두 스키복으로 중무장을 하고서 추위와 졸음에 정신을 못 차리며 군인들처럼 빙 둘러서 있었다. 아이들은 폴을 눈 속에 꽂고 겨드랑이 사이에 손잡이를 끼운 채 서 있었다. 엉거주춤 팔을 들고 있는 모습이 꼭 허수아비들 같았다. 아무도 이야기하고 싶어하지 않았다. 알리체는 더욱 그랬다.

아빠는 딸을 눈 속에 박아넣고 싶은 게 아닐까 싶을 만큼 알리체의 헬멧을 두어 번 세게 치더니 말했다.

"온몸을 쭉 펴. 무게중심을 앞으로 두는 것도 잊지 말고, 알았니? 무게, 중심을, 앞으로."

'무게중심을 앞으로'라는 말이 알리체의 머릿속에 메아리쳤다.

아빠는 손에 입김을 불면서 떠났다. 조금 후면 아빠는 집 안의 따뜻한 온기 속에서 신문을 읽을 것이다. 두어 걸음 옮기자마자 안개가 아빠를 삼켜버렸다.

알리체는 스키를 아무렇게나 바닥에 내던졌다. 아빠가 봤다면 아이들이 모두 보는 앞에서 맞았을 것이다. 알리체는 바인딩에 부츠를 고정하기 전에 부츠 바닥에 붙은 눈을 폴로 털어냈다.

벌써부터 화장실에 가고 싶었다. 이미 오줌이 조금씩 새어나오고 있었다. 방광이 터질 것 같고, 바늘로 뱃속을 찌르는 듯했다. 오늘도 결국 참지 못할 거란 불길한 예감이 들었다.

아침마다 늘 똑같았다. 식사 후에 곧장 화장실로 들어가 한 방울도 남김없이 비우기 위해 있는 대로 힘을 줬다. 머릿속에서 끔찍한 불안이 사라질 때까지, 눈알이 포도알처럼 튀어나올 정도로 복근을 쥐어짜며 변기에 앉아 있곤 했다. 아빠가 아무런 소리도 듣지 못하게 수도꼭지는 최대한으로 틀어놓았다. 그리고 마지막 한 방울까지 짜내기 위해 주먹을 꼭 쥐고 필사적으로 애썼다.

아빠가 화장실 문을 세게 두드리면서 "이봐, 아가씨, 오늘도 지각할 거야?"라고 고함칠 때까지.

그래도 소용없었다. 첫 리프트를 타고 목적지에 도착할 때쯤엔 너무 급해져서 일행으로부터 떨어져나와 차가운 눈 속에 웅크리고 앉은 다음 바인딩을 풀고 부츠를 조이는 척하며 볼일을 보는 수밖에 없었다. 스키복 안, 그것도 타이츠에. 모든 아이와 강사 에릭이 지켜보는 가운데 말이다. 에릭은 "우린 늘 알리체를 기다리는구나"라고 말하곤 했다.

알리체는 시린 다리 사이로 스멀거리며 올라오는 기분좋은 온기에 늘 안도감을 느꼈다.

이번에도 그럴 수 있을 거야, 아무도 안 쳐다보면 좋을 텐데, 알리체는 생각했다.

금방 눈치챌 거야.

눈 위에 난 노란 자국을 보면 모두 날 놀릴 거야.

학부모 한 사람이 에릭에게 다가가, 산 정상에 오르기에는 안개가 너무 짙지 않냐고 물었다. 알리체는 혹시나 하며 귀를 기울였지만, 에릭은 특유의 나무랄 데 없는 미소를 지으며 말했다.

"여기만 안개가 꼈어요. 정상에는 햇빛이 쨍쨍합니다. 자, 모두 힘내요."

알리체는 줄리아나와 짝이 되어 리프트를 탔다. 줄리아나는 아빠 동료의 딸이었다. 리프트를 타고 가는 내내 둘은 말이 없었다. 호감도 반감도 없는 사이였고, 그 순간 거기 있기 싫다는 것 외엔 공통점이 전혀 없었다.

프라이테베산 정상에서 휘몰아치는 바람소리가 알리체와 줄리아나가 매달려 있는 강철 로프의 움직임에 박자를 맞춘 듯 들려왔다. 둘은 입김으로 몸을 녹여보려고 스키복 목깃에 턱을 파묻고 있었다.

추워서 그런 거야, 아직은 안 마려워. 알리체는 마음속으로 최면을 걸었다.

하지만 정상에 가까워질수록 뱃속의 바늘은 더 강하게 찔러댔다. 다른 날보다 더 심한 것 같았다. 어쩌면 이번엔 더 심각한 사고를 칠지도 몰랐다.

아냐, 추워서 그래. 아직 그럴 리 없어. 화장실 갔다 온 지 얼마 안 됐잖아. 괜찮아. 알리체는 혼잣말을 되뇌었다.

갑자기 시큼한 우유가 목까지 올라왔다. 알리체는 구역질을 참으며 신물을 내려보냈다.

알리체는 다급해졌다. 아주 몹시.

휴게소까지 리프트를 두 번 더 타야 해. 더이상은 못 참아.

줄리아나가 안전 바를 올렸고, 둘은 리프트에서 내리기 위해 엉덩이를 약간 앞으로 옮겼다. 스키가 땅에 닿자마자 알리체는 리프트를 뒤로 밀며 일어섰다.

에릭이 장담한 대로 햇빛이 쨍쨍하기는커녕 2미터 앞도 분간하기 어려웠다. 모든 것이 새하였다. 침대 시트로 둘러싼 듯 위, 아래, 옆이 온통 하였다. 어둠과는 정반대였지만 알리체는 똑같은 두려움을 느꼈다.

알리체는 몸을 숨길 만한 눈더미를 찾아 스키를 타기 시작했다. 뱃속에서 식기세척기 돌아가는 소리가 났다. 뒤돌았을 때 줄리아나는 더이상 보이지 않았다. 그러니까 이제 줄리아나는 알리체를 볼 수 없는 것이다. 아빠가 처음 스키를 가르칠 때 일러준 대로, 알리체는 스키를 V자 모양으로 만들고 경사면을 몇 미터 거슬러올라갔다. 처음 스키를 배울 무렵은 하루에도 삼사십 번 초급 슬로프를 오르내렸다. 오를 때는 사이드스텝으로, 내려올 때는 플루크로. 초급 슬로프를 타기 위해 리프트 이용권을 구입하는 것은 돈 낭비라고, 그래야 다리 훈련도 된다고 아빠는 말했다.

알리체는 스키를 벗고 몇 걸음 더 갔다. 종아리 중간 깊이까지 부츠가 눈 속에 푹 빠졌다. 드디어 적당한 자리를 찾아 앉았다. 꾹 참았던 숨을 내쉬며 근육을 이완시키자 짜릿한 전율이 온몸으로 퍼져나가 발끝에 머물렀다.

분명히 우유 때문이었다. 그것 때문에 2000미터 고지의 눈

속에 앉아 있다보니 엉덩이가 얼어붙을 지경이었다. 알리체가 기억하는 한 이런 일은 한 번도 없었다. 결코 단 한 번도.

알리체는 결국 볼일을 봤다. 오줌만이 아니었다. 이번에는 다른 날과 달랐다. 어느 1월 아침 정각 아홉시, 알리체는 옷에 큰 일을 보고 말았다. 처음에는 그런 줄 몰랐다. 안개 속 어딘가에서 자신을 부르는 에릭의 목소리가 들릴 때까지는.

그 소리에 벌떡 일어서는 순간 바짓가랑이에서 묵직한 뭔가가 느껴졌다. 반사적으로 엉덩이를 만져봤지만 장갑 탓에 아무것도 느껴지지 않았다. 상관없었다. 알리체는 무슨 일이 벌어졌는지 이미 알고 있었다.

이제 어떡하지? 알리체는 어찌할 바를 몰랐다.

또다시 에릭이 부르는 소리가 들렸다. 알리체는 이번에도 대답하지 않았다. 산 위쪽에 있어서 안개가 자신을 감춰줄 거라 생각했다. 스키복 바지를 내리고 눈으로 잘 닦아내거나, 에릭이 있는 데로 가서 귓속말로 무슨 일인지 얘기할 수도 있었다. 무릎을 다쳐서 마을로 돌아가야겠다고 할 수도 있었다. 아니면 대열에서 이탈하지 않는 데만 신경쓰면서 아무 일 없다는 듯 스키를 탈 수도 있었다.

그러나 알리체는 안개를 보호막 삼아 그냥 거기에 꼼짝 않고 있었다.

에릭이 세번째로 알리체를 불렀다. 이번엔 더 큰 목소리였다.

"그 멍청인 벌써 리프트 타러 갔을 거예요." 어떤 남자애의 말소리가 들렸다.

떠들썩한 웅성거림이 들려왔다. 누군가는 가자고 하고, 누군가는 가만히 있으니 춥다고 했다. 그들은 알리체가 있는 곳에서 몇 미터 아래 있거나, 여전히 리프트 하차장에 있는지도 몰랐다. 명확하지 않은 소리들이 산등성이에 메아리치며 눈 속에 스며들었다.

"이거 큰일인데…… 애들아, 알리체를 찾아보자." 에릭이 말했다.

알리체는 질척한 게 허벅지를 타고 흘러내리는 느낌 때문에 구역질이 날 것 같았지만 억지로 참으며 천천히 열까지 셌다. 다 세고 나서 다시 처음부터 스물까지 셌다. 그러자 더는 아무런 소리도 들리지 않았다.

알리체는 스키를 집어들어 팔에 끼고 슬로프까지 운반했다. 스키가 폴라인에 직각이 되게 하는 데 조금 시간이 걸렸다. 안개가 짙어서 방향을 짐작하기 어려웠다.

스키에 올라 바인딩을 단단히 조인 후 뿌옇게 김이 서린 고글을 벗어서 안쪽에 차가운 입김을 불었다. 알리체는 혼자 산 아래 마을로 내려갈 수 있었다. 프라이테베 꼭대기에서 에릭이 찾고 있든 말든 조금도 중요하지 않았다. 오물 범벅이 된 타이츠를 입은 채로는 단 일 초도 더 지체하고 싶지 않았다. 알리체는 어떻게 내려갈지 고민했다. 혼자 내려가는 건 처음이지만, 아직 첫번째 리프트까지만 올라온 상황이고 거기서부터는 열 번쯤 활강한 경험이 있었다.

　알리체는 스키를 타고 내려가기 시작했다. 다리를 넓게 벌리려고 신경썼다. 그래야 덜 지저분해질 것 같았다. 전날 에릭은 알리체에게 말했다. "한 번만 더 플루크 턴을 하는 게 눈에 띄면 발목을 묶어놓을 거야."

　알리체는 에릭이 자신을 좋아하지 않는다고 확신했다. 에릭은 알리체를 똥싸개라고 생각했다. 결국 이번 일로 에릭의 생각이 옳다는 게 드러났다. 에릭은 알리체의 아빠도 탐탁지 않아했다. 강습이 끝날 무렵이면 어김없이 엄청난 질문을 퍼부어댔으니까. 우리 알리체는 어떤가요, 그럼 실력이 좋아지고 있는 거군요, 그럼 우리는 챔피언 딸을 둔 거네요, 그럼 그 대회는 언제 시작하나요, 그럼 이건요, 그럼 저건요,

하고 말이다. 에릭은 항상 아빠의 어깨쯤을 응시하면서 "예"
나 "아니요"로만 대답했고, 어떨 때는 "흠" 하면서 말끝을
흐렸다.

스키 앞부분 너머를 분간할 수 없었기 때문에 알리체는 아
주 천천히 내려갔다. 고글 위로 안개 자욱한 설경이 스쳐갔
다. 눈이 새로 쌓인 곳에 들어선 뒤에야 방향을 바꿔야 한다
는 걸 겨우 알아차릴 수 있었다.

알리체는 혼자라는 기분을 떨치기 위해 노래를 흥얼거리
기 시작했다. 이따금 콧물을 닦아내려고 장갑으로 코밑을 훔
치기도 했다.

자, 무게중심을 모으고, 폴을 겨드랑이 밑으로 뉘어서, 회
전. 부츠에 힘을 싣고 나아가. 이제 무게중심을 앞으로, 알
았지? 무, 게, 중, 심을, 앞으로. 에릭과 아빠의 목소리가 섞
였다.

집에 가면 아빠가 펄펄 뛰며 화를 낼 것이다. 적당히 둘러
댈 거짓말을 준비해야 한다. 반론할 수 없을 만큼 빈틈없는
거짓말을. 진짜 일어난 일 그대로 아빠에게 말하는 건 꿈도
꿀 수 없다. 안개, 그래, 안개 탓이라고 하자. 다른 애들을 따
라 대형 슬로프를 내려오다가 리프트 이용권을 떨어뜨렸다

고 하자. 아냐. 아무도 리프트 이용권을 그렇게 흘리지 않아. 그걸 잃어버리는 건 바보나 하는 짓이야. 목도리 탓이라고 하자. 목도리가 날아가서 찾으러 다시 돌아갔는데, 다른 아이들이 날 기다려주지 않은 거야. 애들을 수백 번 넘게 불렀지만 아무 대답이 없었던 거야. 안개 속으로 사라져버린 애들을 찾아서 하는 수 없이 산 아래로 내려왔다고 해야겠다.

왜 위쪽으로 올라가지 않았지? 아빠는 틀림없이 그렇게 물을 것이다.

맞아, 왜지? 알리체는 이 생각에 리프트 이용권을 잃어버렸다고 하는 게 낫겠다 싶었다. 위로 올라가지 않은 건, 리프트 이용권이 없어서 리프트 요원이 위로 올려보내주지 않았기 때문이라고 하자.

알리체는 그 이야기가 마음에 들어 빙긋 웃었다. 허점은 찾을 수 없었다. 몸이 지저분해진 건 더는 신경쓰이지 않았다. 이제는 아무것도 흘러내리지 않았다.

얼어붙었나봐, 알리체는 생각했다.

알리체는 집에 가면 오후 내내 TV 앞에서 시간을 보내기로 마음먹었다. 샤워를 하고, 깨끗한 옷으로 갈아입고, 폭신폭신한 털 슬리퍼를 신고 하루종일 따뜻한 집안에 머무를 것이다. 그때 알리체가 스키에서 조금만 눈을 들었더라면, '슬로프 폐쇄'라고 적힌 오렌지색 경고테이프만 보았더라면 분명 그럴 수 있었을 것이다. 아빠는 늘 "네가 어디로 가고 있는지 잘 봐야 한다"고 말했다. 며칠 전 에릭이 바인딩의 강도를 제대로 조절해줬다면, 아빠가 "알리체는 28킬로그램이에요. 너무 조이는 거 아닌가요?" 하며 계속 고집을 피웠더라면, 그리고 알리체가 새로 쌓인 눈 위에서는 체중을 앞에 실으면 안 된다는 것만이라도 기억해냈더라면 좋았을 텐데.

그리 높이 솟구친 건 아니었다. 위가 텅 비고, 발밑에 아무것도 없다는 느낌이 들 정도로 몇 미터 날아올랐을 뿐이다. 다음 순간 알리체는 눈 속에 얼굴을 박고 있었고, 스키는 아주 곧게 공중을 가리켰다. 다리가 부러진 채.

정말이지 아프지는 않았다. 솔직히 거의 아무 느낌도 없었다. 헬멧과 목도리 안으로 파고든 눈에 살갗이 불에 덴 듯 아렸을 뿐.

처음 움직인 건 팔이었다. 알리체가 지금보다 어렸을 때, 눈이 내린 날 잠에서 깨면 아빠는 그녀를 옷으로 꽁꽁 감싸 아래층으로 데려갔다. 부녀는 정원 한가운데로 걸어가 다정히 손을 맞잡고 하나 둘 셋을 소리 내어 세고는 무거운 자루처럼 뒤로 벌러덩 넘어지곤 했다. 그때마다 아빠는 말했다. "이제 넌 천사야." 그러면 알리체는 팔을 날개처럼 위아래로 움직였다. 일어나서 새하얀 눈 위에 남은 자국을 보면 정말 이지 날개를 편 천사의 그림자처럼 보였다.

알리체는 그때처럼 눈 위에 천사를 만들었다. 특별한 이유 는 없었다. 다만 여전히 살아 있음을 스스로에게 보여주기 위해서였다. 그녀는 간신히 고개를 옆으로 돌려 숨을 쉬기 시작했다. 들이마신 공기가 제 길을 찾아가지 못하는 것 같 았다. 두 다리가 어떻게 된 건지 알 수 없는 이상한 느낌이 들었다. 마치 다리가 없어진 듯한 아주 이상한 감각.

알리체는 일어나려 해봤지만 꼼짝도 할 수 없었다.

안개만 걷혔어도 누군가가 산 위에서 그녀를 발견할 수 있 을 텐데. 봄이 오면 작은 시냇물이 다시 흐르고 따뜻한 기운 속에 딸기가 열리는 곳, 때가 되면 사탕처럼 달콤한 그 딸기 를 바구니 한가득 딸 수 있는 곳에서 몇 발짝 떨어지지 않은 골짜기 바닥에 떨어진 초록색 얼룩을.

알리체는 도와달라고 소리쳤다. 하지만 그녀의 가냘픈 목 소리는 안개 속에 묻혀버렸다. 다시 한번 일어나려고, 최소 한 몸이라도 돌려보려고 애썼지만 소용없었다.

언젠가 아빠는 얼어죽어가는 사람들이 마지막 숨을 거두기 직전 심한 열기를 느껴서 몸에 걸친 것들을 벗어던진다고, 그래서 동사한 이들은 모두 속옷 차림으로 발견된다고 이야기해줬다. 내 속옷은 더러운데.

손가락에도 감각이 사라지고 있었다. 알리체는 한쪽 장갑을 벗어 그 안에 입김을 불어넣고 손이 따뜻해지도록 다시 꼈다. 다른 쪽 장갑도 그렇게 했다. 그녀는 그 우스꽝스러운 짓을 두세 번 되풀이했다.

"감각이 널 속이고 있는 거야." 아빠는 입버릇처럼 말했다. 발가락, 손가락, 코, 귀. 심장은 자기 생존을 위한 혈액을 확보하려고 안간힘을 쓰면서 몸의 나머지 부분은 그냥 얼어붙게 내버려둔다고.

알리체는 손가락이, 그다음엔 팔과 다리가 서서히 푸른색으로 변하는 상상을 했다. 심장은 점점 더 격렬하게 뛰며 최대한 체온을 유지하려는 것 같았다. 그렇게 하지 않으면 늑대가 나타나 한번 밟고 가기만 해도 팔이 뚝 부러질 정도로 꽁꽁 얼어붙고 말 것이다.

다들 나를 찾고 있겠지.

근처에 진짜 늑대가 있을지도 몰라.

이젠 손가락에 아무 느낌이 없어.

우유만 마시지 않았어도.

무게중심을 앞으로.

아냐, 늑대들은 겨울잠을 자잖아.

에릭 선생님은 버럭 화를 내겠지.

스키대회엔 나가고 싶지 않아.

바보 같긴, 늑대들은 겨울잠 안 자. 잘 알면서.

생각이 점점 비약하며 빙글빙글 돌았다. 태양은 아무 일 없다는 듯 느릿느릿 샤베르통산 너머로 기울었다. 서늘한 산 그림자가 알리체 위로 길게 드리워지고, 안개는 칠흑 같은 어둠으로 변했다.

아르키메데스의 원리

1984

2

쌍둥이 남매가 아직 어렸을 때, 미켈라가 보행기를 타다가 계단에서 굴러떨어지거나 완두콩을 콧구멍에 집어넣어 응급실에서 의료용 핀셋으로 꺼내야 할 때면 아빠는 세상에 먼저 나온 아들 마티아에게 말하곤 했다. 두 아이가 있기에는 엄마 뱃속이 너무 작았다고.

"글쎄, 그 안에서 너희가 무슨 짓을 했는지는 하느님만 아시겠지. 아빠 생각에는 네가 발로 차는 바람에 동생이 심하게 다친 것 같지만."

그러고는 웃을 일이 전혀 없는데도 웃음을 터뜨렸다. 아빠는 미켈라를 번쩍 들어올려 딸의 부드러운 뺨에 수염을 비볐다.

마티아는 그 모습을 지켜보며 아빠를 따라 웃었다. 그리고 무슨 뜻인지도 모르면서 아빠의 말들이 자기 안으로 들어와 오래된 와인의 질척거리고 두터운 침전물처럼 뱃속 밑바닥에 가라앉도록 내버려뒀다.

미켈라가 생후 이십칠 개월이 지나도록 말 한마디 제대로 못하자 아빠의 웃음은 마지못해 짓는 미소로 바뀌었다. 미켈라는 엄마라든가 응가, 코 자, 멍멍이라는 말조차 못했다. 미켈라의 발음은 마치 아무도 살지 않는 외딴곳에서 온 것처럼 불분명했고, 그 소리에 아빠는 번번이 몸서리쳤다.

미켈라가 다섯 살 반이 됐을 때, 두꺼운 안경을 쓴 언어치료사가 미켈라 앞에 별, 동그라미, 네모, 세모 모양의 구멍이 있는 보드와 거기 끼워맞출 색색의 모형들을 내밀었다.

미켈라는 놀란 눈으로 그 모형들을 빤히 보았다.

"미켈라, 별은 어디에 놓을까?" 언어치료사가 물었다.

미켈라는 모형을 내려다보기만 할 뿐 어느 것에도 손대지 않았다. 치료사는 그녀의 손에 별을 쥐여줬다.

"이건 어디에 놓아야 할까, 미켈라?" 치료사가 다시 물었다.

미켈라는 눈을 이리저리 돌렸지만, 어디를 보는지 알 수 없었다. 그러다가 노란 오각형 별의 한쪽 끝을 입속에 넣고 씹기 시작했다. 치료사는 입에서 별을 빼내고 다시 질문했다.

도저히 병원에서 지시한 대로 가만히 앉아 있을 수가 없었던 아빠는 이를 악물며 말했다. "미켈라, 선생님이 말씀하시는 대로 해야지, 제기랄."

"발로시노 씨, 진정하세요." 치료사가 타이르듯 말했다. "아이들에게는 기다려주는 게 필요해요."

미켈라에게 정확히 일 분이 주어졌다. 그러나 미켈라는 절망에서인지 기쁨에서인지 알 수 없는 애타는 신음소리를 내고는 의기양양하게 별을 네모 자리에 끼워넣었다.

미켈라에게 문제가 있다는 걸 마티아가 모르는 것도 아닌데, 학교의 같은 반 아이들은 마티아에게 그 사실을 노골적으로 상기시키곤 했다. 시모나 볼테라는 1학년 초에 선생님이 "이번 달은 네가 미켈라 옆에 앉는 거야" 하고 말하자, 팔짱을 끼고서 "저애 옆에 앉기 싫어요"라며 반발했다.

시모나와 선생님이 잠시 실랑이를 벌이는 걸 보던 마티아는 "제가 미켈라 옆에 앉을게요" 하고 말했다. 그러자 미켈라도, 시모나도, 선생님도 안심하는 눈치였다. 마티아를 뺀 모두가.

쌍둥이는 맨 앞줄에 앉았다. 미켈라는 하루종일 종이에 인쇄된 그림에 색칠을 했다. 색깔을 아무렇게나 골라 선 밖으로 삐져나가는 것도 모르고 꼼꼼하게 칠했다. 아이들 피부는 푸른색, 하늘은 빨간색, 나무는 모두 노란색이었다. 고기 다지는 기구처럼 색연필을 쥐고 너무 꾹꾹 눌러 칠해서 세 번에 한 번은 종이가 찢어졌다.

그 옆에서 마티아는 읽기와 쓰기를 배웠다. 덧셈, 뺄셈, 나눗셈, 곱셈을 배웠고, 반에서 처음으로 두 자릿수 나누기 한 자릿수 문제를 풀었다. 그의 머리는 여동생의 두뇌가 그토록 허술하다는 게 믿기지 않을 정도로 완벽해 보였다.

이따금 미켈라는 덫에 걸린 나방처럼 양팔을 격하게 휘저으며 의자에서 몸부림쳤다. 그녀의 두 눈이 흐려지고, 선생님은 겁먹은 얼굴로 이 지진아가 한 번쯤은 정말로 날아가주지 않을까 하는 막연한 희망을 품고서 가만히 바라보곤 했다. 뒷줄에 앉은 어떤 아이가 키득거리면 다른 아이가 "쉿!" 하고 눈치를 줬다.

그럴 때면 마티아는 바닥에 끌리지 않게 의자를 뒤로 빼며 조용히 일어났다. 그러고는 마티아가 보기에도 떨어져나갈까 걱정스러울 정도로 양팔을 휘저으며 머리를 좌우로 흔들고 있는 미켈라의 뒤에 가서 섰다.

마티아는 미켈라의 두 손을 붙잡고 가만히 그녀의 가슴 앞에 모았다.

"자 봐, 이제 날개는 없어." 그는 동생의 귓가에 속삭였다.

미켈라는 경련을 멈추기 전에 몇 초 더 날갯짓을 했다. 잠시 그녀는 존재하지 않는 무언가를 응시하는 것 같았다. 그리고 아무 일 없었다는 듯 다시 색칠을 하며 종이를 괴롭혔다. 마티아는 제자리로 돌아와 고개를 푹 숙였다. 당황한 나머지 귀까지 빨개졌다. 잠시 후 선생님은 수업을 다시 시작했다.

3학년이 되어서도 쌍둥이는 반 아이들의 생일파티에 초대받지 못했다. 그 사실을 알아차린 엄마는 쌍둥이의 생일파티를 열어서 문제를 해결해보려 했다. 발로시노 씨는 저녁식사 자리에서 그 제안을 듣자마자 반대하고 나섰다. "아델레, 제발. 지금도 충분히 힘들잖아." 마티아는 안도의 숨을 내쉬었고, 미켈라는 벌써 열번째로 포크를 떨어뜨렸다. 그후 그 얘기는 더이상 언급되지 않았다.

그러던 어느 1월 아침, 리카르도 펠로티라는 빨간 머리에 입술이 개코원숭이 같은 아이가 마티아의 책상으로 다가왔다.

"야, 우리 엄마가 너보고 내 생일파티에 오래." 리카르도는 칠판 쪽을 보면서 단숨에 말했다.

"그리고 쟤도." 마치 침대보가 깔린 것처럼 책상을 조심스럽게 매만지고 있는 미켈라를 가리키면서 리카르도가 덧붙였다.

마티아는 흥분한 나머지 얼굴에 경련이 일었다. 서둘러 고맙다고 했지만, 리카르도는 이미 몸을 돌려 휑하니 가버린 뒤였다.

아델레는 곧장 흥분에 휩싸여 새 옷을 사 입히기 위해 쌍둥이를 데리고 베네통 매장에 갔다. 그후 장난감가게를 세 군데나 돌았지만 아델레의 마음에 드는 게 없었다.

"리카르도는 뭘 좋아하니? 이거 마음에 들어할까?" 엄마는 1500피스짜리 퍼즐 상자를 이리저리 살펴보면서 마티아에게 물었다.

"나도 몰라요." 마티아는 심드렁하게 대답했다.

"네 친구잖아. 어떤 장난감을 좋아하는지는 알아야지."

마티아는 리카르도를 친구라고 생각하지 않았지만 엄마에

게 설명하기는 곤란했다. 그는 그저 어깨를 으쓱했다.

결국 아델레는 매장에서 가장 크고 비싼 레고 우주선으로 결정했다.

"엄마, 이렇게까지 안 해도 돼요." 마티아가 항의했다.

"무슨 소리야? 너희는 둘이잖아. 나쁜 인상을 주고 싶어?"

선물이 레고든 뭐든 상관없다는 것을 마티아는 너무나 잘 알았다. 그들은 언제나 나쁜 인상을 남기니까. 미켈라와 함께 있으면 그 반대 상황은 있을 수 없었다. 리카르도가 생일 파티에 그들을 초대한 건 단지 부모님이 시켜서란 걸 알고 있었다. 미켈라는 파티 내내 마티아 곁에 붙어 있을 것이고, 피곤할 때 늘 그러듯이 오렌지주스를 쏟고 칭얼거릴 것이다.

처음으로 마티아는 집에 있는 편이 낫겠다는 생각이 들었다. 아니, 사실은 미켈라가 집에 남는 게 좋겠다고 생각했다.

"엄마." 마티아가 머뭇머뭇 말을 꺼냈다.

아델레는 가방에서 지갑을 찾고 있었다.

"응?"

마티아는 숨을 크게 들이쉬었다.

"미켈라도 꼭 파티에 가야 해요?"

순간 아델레는 그 자리에 얼어붙은 채 아들의 눈을 빤히 바라보았다. 계산원은 결제를 기다리며 한 손을 컨베이어 벨트 위에 놓고서 그 광경을 무심히 지켜보았다. 미켈라는 매대 위에 진열된 캐러멜을 뒤섞고 있었다.

마티아의 뺨이 빨갛게 달아올랐다. 맞을 걸 각오했지만 그런 일은 일어나지 않았다.

"물론 가야지." 엄마가 말했다. 그게 다였다.

리카르도의 집은 걸어서 고작 십 분 거리였기 때문에 둘이서 찾아갈 수 있었다. 세시 정각에 아델레는 쌍둥이를 문밖으로 떠밀었다.

"자 어서, 이러다 늦겠다. 친구 부모님께 고맙습니다, 하고 꼭 인사하고."

그리고 마티아를 보며 말했다.

"동생 잘 챙기고. 미켈라는 패스트푸드 못 먹는 거 알지?"

마티아는 고개를 끄덕였다. 아델레는 남매의 뺨에 키스했다. 미켈라에게는 더 오래 해줬다. 그런 다음 딸의 묶은 머리를 매만져주며 잘 놀다 오라고 말했다.

리카르도의 집으로 가는 동안, 마티아의 머릿속에서는 종이 상자 안에서 작은 물결처럼 이리저리 부딪히는 레고 블록

소리에 맞춰 온갖 생각이 출렁였다. 미켈라는 저만치 뒤에서 그와 보조를 맞추려고 넘어질 듯 걸어오며 아스팔트에 붙은 젖은 낙엽 위로 발을 내딛고 있었다. 바람 한 점 없는 공기는 몹시 싸늘했다.

감자튀김을 바닥에 쏟을 거야, 마티아는 생각했다.

공을 잡아채선 아무한테도 주지 않으려 할 텐데.

"빨리 안 와?" 그가 쌍둥이 여동생을 돌아보며 말했다. 그 새 미켈라는 인도 한가운데 웅크리고 앉아 길이가 한 뼘이나 되는 벌레를 손가락으로 괴롭히고 있었다.

미켈라는 아주 오랜만에 만난 듯한 눈빛으로 그를 쳐다보았다. 그러고는 미소 짓더니 엄지와 검지로 벌레를 꼭 쥐고서 달려왔다.

"징그러워, 어서 던져버려." 마티아가 몸을 피하며 소리쳤다.

미켈라는 다시 벌레를 바라보았다. 자기 손가락 사이에서 죽었나 어리둥절해하는 것 같았다. 그러더니 벌레를 던져버리고 벌써 몇 발 앞서간 오빠를 따라잡으려고 뒤뚱뒤뚱 뛰어갔다.

큰 공을 잡으면 아무한테도 안 주려고 떼쓰겠지, 학교에서

처럼, 마티아는 생각했다.

그는 자신과 똑같은 눈, 똑같은 코, 똑같은 머리 색깔에 쓸모없는 두뇌를 지닌 쌍둥이 여동생을 바라보았다. 그리고 처음으로 생생한 미움을 느꼈다. 도로에 차들이 쌩쌩 달리고 있어서 그는 미켈라의 손을 잡고 길을 건넜다. 그때 어떤 생각이 떠올랐다.

하지만 털장갑을 낀 미켈라의 손을 놓자마자 그건 옳지 않은 일이라는 생각이 들었다.

잠시 후 공원을 지나면서 다시 생각이 바뀌었다. 그는 아무도 알아차리지 못할 거라 확신했다.

단 몇 시간인데 뭘. 딱 이번만.

마티아는 미켈라의 팔을 끌어당기면서 갑자기 방향을 바꿔 공원으로 들어갔다. 간밤에 내린 서리에 풀잎이 젖어 있었다. 미켈라가 새로 산 흰 스웨이드 부츠에 진흙을 묻히며 종종걸음으로 뒤따라왔다.

공원에는 아무도 없었다. 이런 추운 날씨엔 누구도 선뜻 산책할 마음이 생기지 않을 것이다. 쌍둥이는 나무 탁자 세 개와 바비큐 그릴이 설치된 숲속 피크닉 구역에 다다랐다. 1학년 때 거기서 점심을 먹은 적이 있었다. 그날 아침 교사들은 학생들을 데리고 다니며 마른 낙엽을 모으게 했다. 할아버지 할머니에게 크리스마스 선물로 드릴 볼품없는 센터피스를 만들기 위해.

"미키, 내 말 잘 들어." 마티아가 말했다. "듣고 있는 거야?"

미켈라와 얘기할 때는 항상 그 좁디좁은 소통 채널이 열려 있는지 확인해야 했다. 마티아는 동생이 고개를 끄덕이길 기다렸다가 말했다.

"좋아. 있지, 지금 내가 잠깐 다녀올 데가 있어. 알았지? 오래 안 걸릴 거야. 한 삼십 분만 있다 올게."

곧이곧대로 말할 필요는 없었다. 미켈라에게는 삼십 분이든 하루든 별 차이가 없었다. 치료사는 미켈라의 공간과 시간 인지능력이 전前개념기에 머물러 있다고 했고, 마티아는 그 말이 무슨 뜻인지 아주 잘 알았다.

그는 쌍둥이 동생에게 말했다. "여기 앉아서 기다려."

미켈라는 진지하게 오빠를 바라보았지만 아무 대꾸도 하지 않았다. 무슨 말을 해야 하는지 모르기 때문이었다. 제대로 알아들었다는 몸짓은 없었지만 잠시 두 눈이 반짝였다. 그날 이후 그 눈빛을 떠올릴 때마다 마티아는 평생 두려움을 느꼈다.

그는 뒷걸음질해 동생에게서 몇 발짝 떨어졌다. 동생이 따라오지 않는지 계속 살펴보기 위해서였다. "가재나 그렇게 걷는 거야. 그러다 어디 부딪히고 말지." 언젠가 엄마가 그런 그를 큰 소리로 나무란 적이 있었다.

미켈라는 15미터쯤 떨어져 있었고, 모직 코트의 단추를 떼어내는 데 정신이 팔려 이미 그는 안중에도 없었다.

마티아는 몸을 돌려 선물이 든 쇼핑백을 꼭 쥐고 달리기 시작했다. 이백 개도 넘는 플라스틱 레고 블록이 상자 안에서 서로 부딪쳤다. 마치 그에게 뭔가 말하고 싶어하는 것처럼.

"안녕, 마티아." 리카르도 펠로티의 엄마가 문을 열어주며 말했다. "동생은?"

"열이 나서요. 조금요." 마티아가 둘러댔다.

"저런, 어쩌니." 말은 그렇게 했지만 안타까워하는 기색은 전혀 없었다. 그녀는 비켜서며 안으로 그를 들였다.

"리키, 마티아 왔다. 와서 인사해야지." 그녀가 거실 쪽을 보며 외쳤다.

리카르도 펠로티가 마루 위에서 미끄럼을 타며 나타났다. 달갑지 않은 얼굴이었다. 그는 마티아를 슬쩍 쳐다보고는 지진아 동생도 왔는지 살폈다. 곧 마음을 놓은 듯 "안녕" 하고 인사했다.

마티아는 쇼핑백을 펠로티 부인의 코밑까지 들어올렸다.

"이거 어디에 둘까요?" 마티아가 물었다.

"그게 뭐야?" 미심쩍은 듯 리카르도가 물었다.

"레고."

"아."

리카르도가 쇼핑백을 낚아채더니 거실 쪽으로 사라졌다.

"어서 따라가렴." 부인이 마티아의 등을 떠밀었다. "파티는 저쪽에서 한단다."

펠로티 집안의 거실은 풍선으로 장식되어 있었다. 빨간 종이 식탁보 위에 팝콘과 감자튀김 그릇, 네모난 피자가 담긴 접시, 아직 따지 않은 색색의 탄산음료 병이 줄줄이 놓여 있었다. 반 아이 몇 명이 벌써 와서 테이블을 지키듯 거실 한가운데 서 있었다.

마티아는 아이들이 있는 곳으로 다가가다가, 우주에서 자리를 많이 차지하지 않으려는 인공위성처럼 곧 몇 미터 떨어져 섰다. 누구도 그를 신경쓰지 않았다.

스무 명가량의 아이들로 방이 가득 들어차자, 그중 한 아이가 빨간 플라스틱 코를 달고 어릿광대 모자를 쓴 채 술래잡기와 당나귀 꼬리 잡기를 시켰다. 눈을 가리고 종이에 그려 만든 당나귀 꼬리를 잡는 게임이었다. 마티아는 게임에 이겨서 사탕 한 움큼을 첫 상품으로 탔지만, 그건 눈가리개 밑으로 엿본 덕분이었다. 그가 어쩔 줄 몰라하며 사탕을 주머니에 집어넣는 동안, 다들 그에게 "우우, 반칙했어"라며 야유했다.

어느새 밖이 어두워졌다. 광대 차림의 아이가 불을 끄더니 모두를 동그랗게 둘러앉게 했다. 그러고는 턱밑에 손전등을 켜고 무서운 이야기를 시작했다.

이야기는 별로 무섭지 않았던 마티아도 그렇게 빛을 비춘 얼굴은 무서웠다. 불빛이 광대의 얼굴을 빨갛게 물들이고 무시무시한 그림자를 드리웠다. 광대를 보지 않으려고 창밖을 내다본 순간 미켈라가 떠올랐다. 솔직히 까맣게 잊고 있던 건 아니지만, 그제야 미켈라가 혼자 공원 숲속에서 추위를 견디려고 하얀 장갑으로 얼굴을 비비며 기다리고 있는 모습이 아른거렸다.

마침 리카르도의 엄마가 작은 초가 꽂힌 케이크를 들고 캄캄한 방안에 들어섰다. 아이들이 한편으로는 이야기 때문에 또 한편으로는 케이크 때문에 박수를 치기 시작했다. 마티아는 자리에서 벌떡 일어섰다.

"저 가야겠어요." 테이블에 케이크를 올려놓기도 전에 마티아가 말했다.

"지금? 케이크 가져왔는데."

"네, 지금요. 가봐야 해요."

리카르도의 엄마가 촛불 너머로 그를 바라보았다. 그녀의 얼굴에 촛불이 비쳐서 조금 전 어릿광대처럼 위협적인 그림자가 너울거렸다. 다른 아이들은 모두 입을 꾹 다물고 있었다.

"그래." 망설이던 그녀가 대답했다. "리키, 친구를 현관까지 바래다줘라."

"하지만 촛불 꺼야 하잖아요." 리카르도가 불만을 터뜨렸다.

"시키는 대로 해." 리카르도의 엄마는 마티아에게서 눈길을 떼지 않은 채 아들에게 명령했다.

"너 뭐야, 정말 잘났다, 마티아!"

누군가가 키득거렸다. 마티아는 리카르도를 따라 현관으로 갔고, 아이들의 외투더미 밑에서 자기 옷을 끄집어내며

"고마워, 안녕" 하고 인사했다. 리카르도는 서둘러 케이크로 돌아가기 위해 대꾸도 하지 않고 문을 닫았다.

마티아는 리카르도네 정원에서 잠시 불 켜진 창문 쪽으로 고개를 돌렸다. 아이들의 환호소리가 창틈으로 새어나왔다. 저녁에 엄마가 그와 미켈라를 잠자리로 보내고 나면 거실에서 나지막이 웅웅거리듯 들려오는 텔레비전 소리 같았다. 철문이 등뒤에서 철컥 소리를 내며 잠기자마자 마티아는 달리기 시작했다.

공원 안으로 열 걸음 정도 들어섰을 때는 이미 가로등 불빛으로 자갈길을 알아볼 수 없을 만큼 어둑했다. 미켈라를 두고 간 자리의 앙상한 나뭇가지들은 깜깜한 하늘에 조금 더 진한 빛깔로 그어놓은 선에 불과했다. 멀리서 그 풍경을 바라보는데 미켈라가 거기 없다는 뭐라 설명하기 어려운 확신이 들었다.

몇 시간 전까지 미켈라가 코트가 더러워지는 것도 아랑곳 않고 앉아 있던 벤치 몇 미터 앞에 마티아는 멈춰 섰다. 가만히 서서 숨을 고르며 귀를 기울였다. 금방이라도 미켈라가 나무 뒤에서 "구구" 소리를 내며 얼굴을 내밀고 두 팔을 흔들면서 뒤뚱뒤뚱 달려올 것 같았다.

마티아는 "미키" 하고 부르고는 그 소리에 스스로 놀랐다. 좀더 나지막이 한번 더 불러봤다. 그는 나무 탁자로 다가가 미켈라가 앉았던 자리에 손을 올려봤다. 다른 모든 것처럼 차디찼다.

심심해서 집에 갔을 거야, 마티아는 생각했다.

하지만 길을 모르잖아. 혼자서는 길도 못 건너는데.

마티아는 어둠에 잠긴 공원을 바라보았다. 어디서 끝나는지 짐작도 할 수 없었다. 더 들어가기 싫었지만 달리 방법이 없었다.

그는 발밑에서 낙엽이 바스락거리지 않게 발끝으로 걸었다. 미켈라가 풍뎅이 같은 걸 관찰하느라 나무 뒤에 웅크리고 있길 기대하면서 주위를 둘러보았다.

그는 놀이터로 들어갔다. 어느 일요일 오후, 미끄럼틀을 타기에는 너무 커버렸는데도 미켈라가 계속 울며 떼쓰자 마지못해 엄마가 미끄럼을 몇 번 태워준 적이 있었다. 마티아는 그날 오후 햇살 속에서 미끄럼틀이 어떤 색깔을 띠었는지 기억해내려고 애썼다.

울타리를 따라 공중화장실이 있는 곳까지 걸어올라갔지만 안으로 들어가볼 용기는 나지 않았다. 다시 자갈길을 찾아들었다. 좁은 흙길에는 산책 나온 가족들의 흔적뿐이었다. 마티아는 그 길을 따라 십여 분을 걸었다. 그러다 자신이 어디 있는지 알 수 없게 되었다. 왈칵 눈물이 솟구치면서 기침이 터져나왔다.

"미키, 이 바보. 바보 멍청이. 엄마가 몇 번이나 말했잖아. 길을 잃으면 그 자리에서 꼼짝하지 말라고…… 그런데 넌 아무것도 못 알아듣지…… 아무것도, 아무것도 말이야." 그는 울먹였다.

나지막한 비탈길을 오르자 공원을 가로지르는 강이 나타났다. 아빠가 여러 번 강 이름을 알려줬는데도 기억이 나지 않았다. 강물 위로 어디서 오는지 모를 빛이 어른거렸고, 물결에 반사된 빛이 젖은 그의 두 눈 속에서 속살거렸다.

그는 강가로 다가갔다. 분명 미켈라가 가까이에 있을 거라는 느낌이 들었다. 미켈라는 물을 좋아했다. 엄마 말로는, 그들이 아주 어렸을 때부터 둘을 함께 목욕시키면 미키는 물이 차가워졌는데도 나가기 싫다며 막무가내로 떼를 썼다. 어느 일요일에 아빠가 둘을 물가로 데려간 적이 있었다. 아마 바로 여기였을 것이다. 그날 아빠는 물수제비뜨는 법을 가르쳐주었다. 아빠가 마티아에게 손목을 써서 돌을 회전시키는 법을 일러주는 동안 미켈라는 강물 위로 몸을 내밀고 있었다. 아빠가 미켈라의 팔을 붙잡았을 땐 이미 가슴팍까지 물속에 들어가 있었다. 아빠가 손으로 때리자 미켈라는 서럽게 울었다. 그후 세 사람은 아무 말 없이 침울한 얼굴로 집에 돌아갔다.

미켈라가 잔가지로 물에 비친 자기 모습을 휘저으며 놀다가 감자 자루처럼 물속에 빠지는 광경이 전기에 감전된 것처럼 강렬하게 마티아의 머릿속을 스쳤다.

그만 기진맥진한 마티아는 강가에 주저앉았다. 뒤를 돌아보았지만 눈앞에는 몇 시간 후에야 걷힐 어둠뿐이었다.

그는 검은 강물의 반짝이는 수면에서 눈을 떼지 못했다. 다시 강의 이름을 떠올려보려 했지만, 이번에도 기억나지 않았다. 차디찬 땅속에 손을 찔러봤다. 강의 습기 때문에 흙이 부드러웠다. 야간 축제의 흔적인 날카로운 병조각 하나를 발견했다. 손안에 꼭 쥐었는데 처음엔 생각보다 아프지 않았다. 어쩌면 아픔을 느낄 수 없었던 것인지도 모른다. 그는 강물에 시선을 고정한 채 더 깊이 박히도록 병조각을 손안에서 굴렸다. 그리고 미켈라가 수면 위로 떠오르길 기다리며 생각했다. 왜 어떤 건 물 위에 뜨고 어떤 건 그러지 않는지를.

피부 위 그리고
바로 그 아래

1991

3

보기에도 끔찍한 하얀 도자기 화병에는 서로 엉켜 있는 꽃
가지가 금으로 정교하게 새겨져 있었다. 5대째 델라 로카 집
안의 욕실 한구석을 차지하고 있었지만 가족 중 그 화병을
진심으로 좋아하는 사람은 아무도 없었다. 알리체는 그걸 볼
때마다 바닥에 내동댕이치고 싶은 충동이 일었다. 산산조각
난 값진 파편들을 빌라 앞 쓰레기통에 처넣고 싶었다. 상자
에 차곡차곡 모아놓은 테트라팩, 전혀 필요 없지만 눈속임을
위해 버려지는 그녀의 생리대, 그리고 아빠의 신경안정제 포
장지와 함께.

알리체는 손가락으로 화병을 쓸면서 생각했다. 얼마나 차

갑고 매끄러우며 먼지 하나 없이 깨끗한가. 델라 로카 집안에서는 작은 일 하나까지 신경써야 했기 때문에 에콰도르 출신인 가사도우미 솔레다드는 해가 갈수록 점점 더 세심해졌다. 그녀가 처음 왔을 때, 겨우 여섯 살이었던 알리체는 엄마의 치맛자락에 숨어 경계어린 눈길로 그녀를 살폈다. 솔레다드는 허리를 숙이고 놀랍다는 듯 알리체를 바라보았다. "머릿결이 정말 곱구나. 만져봐도 되니?" 알리체는 싫다는 말을 하지 않기 위해 혀를 깨물었다. 솔레다드는 알리체의 갈색 머리카락이 비단 자락이라도 되는 듯 들어올렸다가 다시 내려뜨렸다. 머리카락이 그토록 가늘 수 있다는 게 믿기지 않는 것처럼.

알리체는 캐미솔을 벗으며 숨을 멈추고 아주 잠시 눈을 꼭 감았다.

다시 눈을 뜨자 세면대 위 큰 거울에 비친 자기 모습이 보였다. 기분좋은 실망감. 그녀는 팬티의 밴드를 흉터 바로 위까지 돌돌 말아내렸다. 양 골반 사이에 교각을 놓은 듯, 팬티 밴드와 아랫배 사이가 조금 떴다. 그 사이로 검지까진 아니어도 새끼손가락 정도는 들어갈 공간이 생겼고, 그건 정신을 잃을 정도로 그녀를 황홀하게 했다.

그래, 바로 여기에서 피어나야 해, 그녀는 생각했다.

비올라의 것처럼 작고 파란 장미가.

알리체는 오른쪽 옆모습을 거울에 비춰보았다. 늘 그쪽이 더 마음에 들었다. 그리고 머리카락을 모두 앞으로 쓸어내리고선 악령 들린 여자애 같다고 생각했다. 다시 머리카락을 하나로 모아 비올라처럼 높이 올려 묶었다. 모두가 비올라를 좋아했다.

어떻게 해도 비올라 같은 분위기는 나지 않았다.

알리체는 머리를 다시 어깨 위로 내려뜨리고 늘 하던 것처럼 귀 뒤로 넘겼다. 그러고는 두 손으로 세면대를 짚고, 키클롭스의 흉측한 외눈처럼 두 눈이 겹쳐 보일 정도로 재빨리 얼굴을 거울에 들이밀었다. 뜨거운 입김이 거울에 동그랗게 서리며 그녀의 얼굴을 덮었다.

비올라와 그녀의 친구들은 시선만으로 남자애들을 단번에 사로잡았다. 어디서 그런 걸 배운 걸까. 무자비해 보이면서도 넋을 빼앗는 시선, 눈썹 한번 까딱하는 것만으로 상대를 파멸시키거나 살릴 수 있는 시선.

알리체는 거울을 보며 도발적인 포즈를 취해봤지만, 마취제라도 맞은 듯 어설프게 어깨를 움직이는 풋내기 여자애로 보일 뿐이었다.

진짜 문제는 너무 통통하고 붉게 상기된 두 볼이었다. 남자애들과 눈이 마주치는 순간 매혹적인 시선이 뿜어져나가 그들의 마음에 예리한 파편처럼 깊이 각인되기를 바랐지만, 두 눈은 통통한 볼에 파묻혀 있었다. 알리체는 어느 누구도 자신의 눈길을 무심히 흘려버리지 않기를, 누군가에게 영원히 지워지지 않을 징표로 남기를 원했다.

하지만 자그맣고 동그란 쿠션처럼 생긴 아이 같은 볼은 그대로인 채 배와 엉덩이, 가슴만 계속 살이 빠지고 있었다.

누군가가 욕실 문을 노크했다.

"알리, 준비 다 됐다." 반투명 유리문 너머에서 귀에 거슬리는 아빠의 목소리가 들렸다.

알리체는 대답하는 대신 볼살이 없으면 더 예뻐 보일지 보려고 입안으로 볼을 빨아들였다.

"알리, 안에 있니?" 아빠가 불렀다.

알리체는 입술을 내밀어 거울에 비친 자기 얼굴에 키스했다. 차가운 거울 표면에 비친 혀에 자신의 혀를 포갰다. 그리고 실제로 키스하는 것처럼 눈을 감고 머리를 좌우로 움직였다. 지나치게 상투적이어서 그럴듯해 보이는 움직임. 알리체가 진정으로 원하는 키스는 아직까지 누구와도 해본 적이 없었다.

그녀의 첫 딥키스 상대는 다비데 포이리노였다. 중학교 3학년 때였는데, 다비데가 내기에서 지는 바람에 벌어진 일이었다. 그는 알리체의 혀 주위로 자기 혀를 딱 세 번 기계적으로 돌리고는 친구들을 돌아보며 "됐냐?" 하고 말했다. 아이들이 웃음을 터뜨렸고, 한 아이가 "너 절름발이랑 키스했어"라며 놀려댔지만, 그래도 알리체는 만족스러웠다. 어쨌든 첫 키스를 했고, 다비데는 그럭저럭 괜찮은 상대였다.

이후로도 다른 남자애들이 있었다. 할머니 생신 때 만난 사촌 월터와 이름조차 모르는 다비데의 친구. 그 다비데의 친구는 애들 몰래 제발 자기도 키스할 수 있게 해달라고 졸랐다. 둘은 학교 뜰의 으슥한 곳에서 몇 분 동안 입술을 맞대고 있었다. 하지만 둘 중 누구도 입술 근육을 움직일 용기를 내지 못했다. 입술이 떨어지자마자 그는 "고마워" 하고 말하더니 고개를 치켜들고 어엿한 남자라도 된 듯 당당히 걸어갔다.

그런데 지금은 또래에 비해 한참이나 뒤처졌다. 학교 친구들이 체위와 키스마크, 손놀림에 대해 이야기하고 콘돔을 사용할 때가 좋은지 사용하지 않을 때가 좋은지 고민하는 동안, 알리체의 입술은 여전히 중학교 3학년 때의 그 싱거운 키스만 추억으로 간직하고 있었다.

"알리? 내 말 안 들리니?" 아빠가 더 큰 소리로 불렀다.

"네네, 듣고 있어요." 알리체는 밖에서 간신히 들을 수 있을 정도로 귀찮은 듯 대답했다.

"저녁 준비 다 됐다." 아빠가 같은 말을 또 했다.

"알았다고요, 에이 씨!" 알리체는 마지못해 대답하고는 나지막이 욕을 덧붙였다.

솔레다드는 알리체가 몰래 음식을 버리는 걸 알고 있었다. 처음에 알리체가 접시에 음식을 남기는 걸 보고, 그녀는 "미 아모르시토*, 다 먹어야지. 에콰도르에선 굶어죽는 아이가 많단다" 하고 말했다.

어느 날 저녁 알리체는 화난 얼굴로 솔레다드를 쏘아보며 말했다.

"제가 배 터지게 먹는대도, 아줌마 나라 아이들은 계속 굶

---

* 스페인어로 '아가' '내 사랑'이라는 뜻.

어죽을 거예요."

그다음부터 솔레다드는 알리체에게 더는 뭐라 하지 않았다. 대신 음식을 점점 적게 담았다. 하지만 소용없었다. 알리체는 열량 높은 음식을 한눈에 가려내, 저녁식사 열량을 항상 300칼로리로 조절했다. 나머지는 어떻게든 접시 밖으로 밀어냈다.

알리체는 오른손을 냅킨 위에 얹어놓고 저녁을 먹었다. 접시 앞에는 따라놓기만 할 뿐 절대 마시지는 않는 와인잔과 물컵을 놓아 유리 방어벽을 세운다. 식사 중간중간 소금통과 올리브유병까지 전략적으로 배치한다. 그리고 엄마 아빠가 기계적으로 음식을 씹는 데만 몰두해서 아무것도 눈치채지 못할 때를 기다렸다가, 미리 으깨어놓은 음식들을 용의주도하게 접시에서 냅킨 안으로 밀어넣는다.

저녁을 먹는 동안 알리체는 음식을 싼 냅킨 뭉치를 적어도 세 개 이상 바지 주머니에 숨겼다. 양치질을 하기 전에 그것들을 변기에 버리고 물을 내려 하나도 남김없이 쓸려가는 걸 지켜봤다. 그런 후 흡족한 마음으로 배를 쓸어내리면 크리스털 화병처럼 깨끗하게 비어 있는 느낌이 들었다.

"솔, 소스에 또 크림 넣었잖아요." 알리체의 엄마가 솔레다드에게 불평을 터뜨렸다. "크림은 소화가 안 된다고 몇 번이나 얘기해야 해요?"

알리체의 엄마는 넌더리를 내며 접시를 밀어냈다.

알리체는 수건을 터번처럼 말아올리고 식탁에 나타났다. 샤워하느라 욕실 문을 걸어잠그고 있었던 것처럼 보이기 위해서였다.

알리체는 오랫동안 이 말을 꺼낼지 말지 망설여왔다. 하지만 언젠가는 얘기해야 했다. 너무나 하고 싶으니까.

"배에 문신을 하고 싶어요." 알리체가 입을 열었다.

그녀의 아빠가 잔을 입에서 뗐다.

"뭐라고?"

"들으셨잖아요." 알리체의 눈빛은 쉽게 물러나지 않겠다고 이야기하고 있었다. "저 문신하고 싶어요."

알리체의 아빠는 마치 머릿속에 떠오른 보기 싫은 이미지를 지우려는 것처럼 냅킨으로 입과 눈을 닦았다. 그런 후 점잖게 냅킨을 접어 무릎에 올려놓았다. 그는 성난 자신을 통제하려 애쓰며 다시 포크를 집어들고는 말했다.

"어떻게 네 머릿속엔 그런 생각이 떠오르는지 모르겠구나."

"그래, 어떤 문신을 하고 싶은데? 들어나보자." 딸의 얘기 때문이 아니라 소스에 들어간 크림 때문에 얼굴이 상기된 그녀의 엄마가 끼어들었다.

"장미요. 아주 작은 걸로요. 비올라도 했어요."

"미안하다만 대체 비올라가 누구냐?" 그녀의 아버지가 대놓고 비꼬는 어조로 물었다.

무시당한 기분이 든 알리체는 고개를 가로젓고 식탁 한가운데로 눈길을 돌렸다.

"비올라는 알리체 반 친구잖아요." 페르난다가 강한 어조로 말했다. "백만 번도 넘게 얘기했을 거예요. 한 번도 제대로 듣질 않으니."

델라 로카 씨는 당신한테 물어보지 않았어, 하고 말하듯 경멸어린 시선으로 아내를 바라보았다.

"미안하지만 난 알리체 반 친구들이 무슨 문신을 하고 다니는지 관심 없어." 그가 단호하게 말했다. "어찌됐든 문신은 절대 안 돼."

알리체는 또 한번 스파게티를 포크로 집어 냅킨 안에 넣었다.

"못하게 막을 수 없을걸요." 알리체는 텅 빈 식탁 중앙에서 시선을 떼지 않고 대꾸했다. 목소리가 불안한 기색을 띠며 갈라졌다.

"다시 한번 말해봐라." 그녀의 아버지가 언성을 높이지 않고 차분한 목소리로 말했다.

"다시 한번 말해봐." 그가 천천히 한번 더 말했다.

"제가 문신하는 걸 막을 수 없을 거라고 했어요." 알리체가 고개를 들었다. 하지만 아빠의 얼음장같이 차갑고 매서운 눈빛을 0.5초도 견뎌내지 못했다.

"그래? 넌 열다섯 살이고 아직 삼 년은 더 부모의 결정을 따라야 해. 계산이 아주 간단하지 않니." 변호사 델라 로카 씨가 낮은 목소리로 말했다. "그 기간이 끝나면 넌 자유야. 꽃이든 해골이든 뭐가 됐든 네 맘대로 피부에 새겨라."

변호사는 다시 자기 접시로 눈길을 돌려 미소 짓고는 포크로 스파게티를 말아 입에 넣었다.

식탁에는 긴 침묵이 흘렀다. 알리체는 말없이 엄지와 검지로 식탁보 자락을 매만졌다. 음식이 마음에 들지 않은 엄마는 그리시니*를 조금씩 베어먹으며 방을 둘러보았다. 아빠는 맛있게 먹는 척하고 있었다. 턱을 크게 움직이며 음식을 씹

---

* 이탈리아에서 흔히 먹는 막대 모양의 딱딱한 빵.

었고, 한입 먹은 다음 잠시 눈을 감고 황홀한 표정을 짓기까지 했다.

알리체는 마지막 일격을 날리기로 마음먹었다. 정말이지 아빠가 너무 증오스러워서 그렇게 먹는 모습을 보니 멀쩡한 다리까지 마비되는 듯했다.

"날 좋아하는 애가 한 명도 없는데 아빠 전혀 관심 없어요. 앞으로 아무도 날 좋아하지 않는대도 그러시겠죠."

그녀의 아버지는 의아하다는 듯 딸을 바라보다 마치 아무 말도 듣지 못한 것처럼 식사를 계속했다.

"날 영영 망쳐놓고도 아무렇지 않으시잖아요."

변호사 델라 로카 씨의 포크가 허공에서 멈췄다. 고통으로 일그러진 얼굴로 그는 몇 초간 딸을 바라보았다.

"무슨 말을 하는지 모르겠구나." 그의 목소리가 조금 떨렸다.

"아뇨. 아주 잘 아시잖아요." 알리체가 말했다. "내가 평생 이런 꼴로 산다면 다 아빠 잘못이라는 걸요."

알리체의 아버지는 접시에 포크를 내려놓고 뭔가를 깊이 생각하듯 한 손으로 눈을 가렸다. 잠시 후 그는 자리에서 일어나 방을 나갔다. 그의 무거운 발소리가 매끈한 대리석 복도에 울려퍼졌다.

"아, 알리체." 페르난다가 연민이나 비난의 기색 없이 체념한 듯 고개만 가로저었다. 그러고는 남편을 뒤따랐다.

알리체는 솔레다드가 그림자처럼 조용히 테이블을 치우는 동안에도 음식이 가득 담긴 자신의 접시만 뚫어지게 보고 있었다. 잠시 후 알리체는 냅킨 뭉치를 주머니에 넣고는 욕실로 들어가버렸다.

4

피에트로 발로시노는 이미 오래전 아들의 마음속 어두운 심연을 헤아리려는 시도를 그만뒀다. 아들의 흉터투성이 팔에 눈길이 갈 때면, 날카로운 물건이 남아 있는지 집을 샅샅이 뒤지느라 잠 못 이루던 밤들, 아델레가 한 침대를 쓰기 싫다며 진정제를 잔뜩 먹고 소파에서 입을 벌린 채 자던 밤들이 떠올랐다. 아침이 와야만 과거에서 벗어날 수 있을 것 같아 멀리서 들려오는 종소리에 맞춰 밤새도록 시간을 헤아리던 밤들.

어느 날 아침 피범벅이 된 쿠션에 아들이 얼굴을 묻고 쓰러져 있는 걸 발견하게 될 것 같은 강렬한 예감이 언젠가부터 발로시노의 머릿속 깊숙이 자리잡고 있었다. 그는 이미 아들이 세상에 없는 것처럼 생각하는 데 익숙했다. 아들이 그의 차 옆자리에 앉아 있는 지금 이 순간에도.

전학한 학교에 아들을 데려다주는 길이었다. 비가 내리고 있었지만, 소리가 들리지 않을 정도로 빗줄기는 가늘었다.

몇 주 전 마티아가 다니던 과학고 교장이 그와 아델레를 교장실로 불렀다. 생활기록부에 적힌 어떤 상황을 설명하기 위해서라고 했다. 면담이 시작됐지만 교장은 이야기를 빙빙 돌리며 아이의 예민한 감수성이라든가 비범한 지적 능력, 전 과목에서 줄곧 10점 만점에 평균 9점인 성적에 대해 한참 떠들어댔다.

발로시노 씨는 정황을 분명히 하기 위해 아들을 면담에 참석시킬 것을 요구했다. 하지만 그런 걸 신경쓰는 건 발로시노 씨뿐이었다. 마티아는 부모 옆에 앉아 내내 무릎만 내려다보고 있었다. 그는 두 주먹을 꽉 움켜쥐어 왼 손바닥에 피를 냈다. 이틀 전 아델레가 방심해서 아들의 오른손 손톱만 살펴본 것이다.

마티아는 자기 얘기가 아닌 것처럼 교장의 말을 듣고 있었다. 초등학교 5학년 때 일이 떠올랐다. 닷새 동안 한마디도 하지 않자 담임인 리타 선생님이 그를 교실 중앙에 앉혀놓고 다른 아이들을 U자로 빙 둘러 세웠다. 그런 다음 마티아에게 아무한테도 털어놓기 싫은 문제가 있는 게 틀림없다고 말했다. 마티아는 아주 똑똑한 아이라고, 어쩌면 나이에 비해 너무 똑똑한 건지도 모르겠다고 했다. 그러고는 반 아이들에게 마티아 곁에 다가가 그가 마음을 열 수 있게, 그들이 친구라는 걸 그가 깨달을 수 있게 해주자고 했다. 마티아는 발만 내려다보고 있었다. 담임이 "하고 싶은 말 있니?" 하고 묻자 그제야 그는 입을 열어 자리로 돌아가도 되는지 물었다.

연이은 칭찬이 끝나자 교장은 본론으로 들어갔다. 그러고도 몇 시간이 더 지나서야 발로시노 씨는 교장이 하려던 말을 알게 되었다. 마티아를 가르치는 교사들이 하나같이 예외적인 어려움을 호소한다는 것이었다. 또래의 누구와도 친해지고 싶어하지 않는 것처럼 보이는 놀라우리만치 뛰어난 능력을 지닌 그 아이 앞에서 뭐라 꼬집어 말할 수 없는 무력감을 느끼게 된다고.

교장이 잠시 말을 멈추고, 안락의자 등받이에 몸을 기댔다. 그런 후 굳이 볼 필요가 없는 서류철을 펼치더니 마치 자기 사무실에 다른 사람들이 있다는 걸 갑자기 깨닫기라도 한 것처럼 다시 덮었다. 교장은 신중하게 말을 고르며 발로시노 부부에게 어쩌면 과학고는 그들의 아들에게 필요한 걸 충족시켜줄 수준이 아닌 것 같다고 했다.

저녁식사 때 발로시노 씨는 정말 전학하고 싶은지 물었고, 마티아는 어깨를 으쓱하는 걸로 대답을 대신했다. 그러고는 고기 써는 나이프에 반사되는 네온등 불빛을 관찰하기 시작했다.

"비가 수직으로 내리고 있어요." 차창 밖을 바라보던 마티아가 말했다. 그 말에 그의 아버지는 혼자만의 생각에서 빠져나왔다.

"뭐?" 피에트로는 자신도 모르게 고개를 흔들며 물었다.

"바람이 불지 않아요. 안 그러면 나뭇잎들이 움직일 텐데." 마티아가 계속해서 말했다.

그의 아버지는 아들의 추론을 따라가려 애썼다. 사실은 아들의 말을 별로 중요하게 생각하지 않았고, 그저 또다른 기행이 아닐까 의심이 들었지만.

"그래서?" 그가 물었다.

"차창에 빗방울이 비스듬히 스치는 건 우리가 탄 자동차의 운동 때문이에요. 수직선을 기준으로 각을 재면 빗방울이 떨어지는 속도를 계산할 수 있어요."

마티아는 손가락으로 빗방울의 궤적을 따라갔다. 그는 앞 유리창에 얼굴을 들이밀고 입김을 분 다음 그 위에 검지로 선을 그었다.

"창문에 입김 불지 마라. 자국 남잖니."

마티아는 그 말을 못 들은 듯했다.

"만일 우리가 차창 밖을 볼 수 없다면, 그리고 우리가 운동하고 있다는 걸 모른다면 빗방울이 원인인지 아니면 우리가 원인인지 알 수 없을 거예요." 마티아가 말했다.

"무슨 원인?" 그의 아버지는 당황스러운 한편 조금 짜증이 났다.

"빗방울이 이렇게 사선으로 떨어지는 원인요."

피에트로 발로시노는 이해하지 못했지만 진지하게 고개를 끄덕였다. 목적지에 도착했다. 그는 기어를 중립에 놓고 핸드브레이크를 올렸다. 마티아가 차문을 열자 상쾌한 바람이 밀려들어왔다.

"한시에 데리러 오마." 피에트로가 말했다.

마티아는 고개를 끄덕였다. 발로시노 씨는 아들에게 작별 키스를 하려 몸을 살짝 내밀었지만 안전벨트에 매여 더 나아가지 못했다. 그는 다시 운전석 등받이에 몸을 기대고 아들이 차에서 내려 문을 닫는 걸 지켜보았다.

새로 옮긴 학교는 언덕 위의 아기자기한 주택가에 있었다. 건물은 파시즘 정권 때 지은 것으로 최근 개수했는데도 호화 빌라들 사이에서 옥에 티처럼 보였다. 층마다 창문이 일정한 간격으로 줄지어 나 있고 초록색 철제 비상계단 두 개가 딸린 4층짜리 하얀 평행육면체 콘크리트 건물이었다.

마티아는 정문으로 통하는 계단 두 개를 올랐다. 1교시 수업종 소리를 기다리며 아이들이 삼삼오오 모여 있었다. 마티아는 비에 머리가 젖는데도 다른 아이들과 떨어져 처마 바깥에 섰다.

잠시 후 안으로 들어가서 교실 배치도가 있는 게시판을 찾았다. 수위에게 도움을 청하고 싶지 않았다.

2학년 F반 교실은 2층 복도 맨 끝에 있었다. 마티아는 심호흡을 하고 교실 안으로 들어갔다. 그는 양쪽 배낭끈에 엄지손가락을 걸고, 벽 속으로 사라지고 싶어하는 사람 같은 표정으로 뒷벽에 기댄 채 기다렸다.

자기 자리를 찾아 앉는 낯선 얼굴들이 호기심어린 표정으로 그를 힐끔댔다. 누구도 그에게 미소 짓지 않았다. 몇몇은 귓속말을 주고받았는데, 마티아는 자기 얘기를 하고 있다고 확신했다.

그는 빈 책상들을 주시했다. 손톱에 빨간 매니큐어를 칠한 여자애 옆자리에 누가 앉자 안심했다. 곧이어 여자 교사가 교실에 들어왔고, 마티아는 창가의 하나 남은 책상에 재빨리 가서 앉았다.

"너 전학 왔니?" 옆자리에 앉은 애가 물었다. 마티아만큼 외톨이로 보였다.

마티아는 쳐다보지도 않고 고개만 끄덕였다.

"난 데니스야." 그가 손을 내밀며 자기소개를 했다.

마티아는 가볍게 악수를 하며 "안녕" 하고 대답했다.

"잘 왔어." 데니스가 말했다.

5

비올라 바이는 반의 모든 여자애에게 동경의 대상인 동시에 두려운 존재였다. 비올라는 당혹감이 들 정도로 예뻤고, 고작 열다섯 살밖에 되지 않았지만 다른 애들보다 인생 경험이 훨씬 풍부했기 때문이다. 사실이 아니더라도 적어도 그런 인상을 줬다. 월요일 아침이면 여자애들은 쉬는 시간마다 비올라의 책상에 몰려들어 그녀의 주말 이야기에 귀를 쫑긋 세웠다. 대부분은 비올라의 여덟 살 위 언니 세레나가 전날 그녀에게 들려준 이야기를 그럴듯하게 각색한 것이었다. 비올라는 전부 자기 이야기로 둔갑시켰는데, 지저분한 내용으로 부풀리거나 완전히 새로 꾸며내는 경우도 허다했다. 어쨌든 친구들 귀에는 은밀하고 충격적인 이야기들로 들렸다. 그녀는 발 한번 들여놓은 적 없는 바 이곳저곳에 대해 아는 척하면서, 사이키델릭한 조명을 상세히 묘사하거나 바텐더가 쿠바 리브레를 따라주며 음흉한 미소를 흘렸다는 등 한참 동안 떠들어멜 수 있었다.

비올라의 이야기는 대부분 바텐더와 침대로 혹은 맥주통과 보드카 상자가 쌓인 창고로 간 다음, 바텐더가 비올라를 뒤에서 껴안고 소리지르지 못하게 한 손으로 그녀의 입을 막았다는 식으로 끝나곤 했다.

비올라는 이야기를 할 줄 알았다. 빈틈없는 세부 묘사가 이야기를 더욱 강렬하게 만든다는 걸 알고 있었고, 타이밍 조절도 탁월했다. 바텐더가 그의 명품 청바지 지퍼를 내리려는 바로 그 순간 때마침 수업종이 울리는 식으로 말이다. 그러면 이야기에 푹 빠져 있던 청중은 시샘과 분노로 뺨이 발그레하게 달아오른 채 미적미적 흩어졌다. 비올라는 다음 쉬는 시간에 이야기를 마저 해주기로 약속했지만, 그 약속을 지키기엔 너무 영악했다. 항상 자신이 겪은 일이 별것 아닌 것처럼 그 완벽한 입술을 삐쭉거리며 끝내기 일쑤였다. 그것은 자신의 특별한 삶에 일어난 일상적인 사건 중 하나일 뿐이며 자신은 다른 아이들보다 몇 광년 앞서 있다는 듯.

비올라는 실제로 섹스를 해봤고, 즐겨 말하는 약물 중 몇몇에 손을 댄 적도 있었다. 하지만 남자애 한 명과 딱 한 번 잤을 뿐이었다. 바닷가에서였다. 남자는 언니의 친구였다. 그날 밤 그 남자는 술과 담배에 잔뜩 절어 그 짓을 하기엔 열세 살짜리 여자애가 너무 어리다는 생각조차 하지 못했다. 그는 길가의 커다란 쓰레기통 뒤에서 급히 일을 치렀다. 나란히 고개를 떨어뜨린 채 일행에게 돌아가던 길에 비올라가 그의 손을 잡자 그는 뿌리치며 뭐하는 거냐고 했다. 그녀의 뺨이 달아올랐다. 여전히 다리 사이를 휘감고 있던 열기에 그녀는 외로워졌다. 그뒤 여러 날이 지나도록 그 남자는 그녀에게 말 한마디 건네지 않았다. 결국 비올라는 언니에게 모든 걸 털어놓았다. 언니는 그녀의 순진함을 비웃었다. "여우같이 굴어, 뭘 기대해?"

비올라의 추종자로는 자다 사바리노, 페데리카 마촐디 그리고 줄리아 미란디가 있었다. 그들은 뭉쳐다니며 무자비한 무리 행세를 했다. 남자애들은 그들을 '날라리 4인방'이라고 불렀다. 비올라는 자신의 무리 한 명 한 명을 선택하고 각각에게 작은 희생을 요구했다. 그녀의 우정을 얻기 위해서는 그만한 대가를 치러야 하기 때문이었다. 오직 비올라만이 누구를 받아들이고 내보낼지 결정했는데, 그 결정은 선뜻 이해하기 어려웠지만 단호했다.

알리체는 비올라의 책상에서 두 줄 뒤에 있는 자기 자리에서 그녀를 몰래 지켜보았다. 드문드문 끊겨 들리는 비올라의 얘기를 기억에 담아두었다가 밤이 되면 방에서 혼자 음미했다.

그 수요일 아침 전까지 비올라는 알리체에게 단 한 마디도 건넨 적이 없었다. 비올라와의 대면은 일종의 의식처럼 철저하게 이루어졌다. 추종자 중 어느 누구도 비올라가 즉흥적으로 그런 건지 아니면 괴롭히려고 오랫동안 벼른 건지 확실히 알지 못했다. 하지만 그녀의 방식이 천재적이었다는 데는 모두 동감했다.

알리체는 탈의실이 죽도록 싫었다. 몸매가 완벽한 애들은 다른 애들의 시샘을 불러일으킬 작정으로 팬티와 브래지어만 입고 오래 서성였다. 그들은 부자연스러워 보일 정도로 힘을 줘서 배를 집어넣고 가슴은 내밀었다. 그러다 벽 하나를 다 차지한 반쯤 금간 거울 앞에 서서 콧소리를 냈다. "얘들아, 이것 좀 봐." 그들은 완벽하게 균형 잡힌 매혹적인 골반의 너비를 양손으로 재면서 떠들어댔다.

수요일마다 알리체는 학교에서 옷을 갈아입을 필요가 없도록 청바지 안에 반바지를 입고 집을 나섰다. 다른 애들은 그녀가 필사적으로 옷 속에 숨기는 흉터를 상상하며 의심스러운 눈초리로 바라보았다. 그녀는 배를 보이지 않기 위해 늘 뒤로 돌아서서 스웨터를 벗었다.

알리체는 운동화로 갈아 신은 다음 벗은 신발을 가지런히 벽 쪽에 밀어놓고 청바지는 단정히 개어뒀다. 다른 애들 옷은 어수선하게 나무 벤치 여기저기에 떨어져 있었고, 옷을 갈아입으며 벗어던진 신발들은 뒤집힌 채 바닥에 흩어져 있었다.

"알리체, 너 아무거나 잘 먹어?" 비올라가 갑자기 물었다.

알리체는 비올라 바이가 정말로 자기에게 말하고 있는지 확신이 들지 않아 잠시 머뭇거렸다. 자신은 비올라에게 투명인간 같은 존재라는 걸 알고 있었으니까. 알리체는 신발끈을 꽉 묶었지만 매듭이 손가락 사이로 풀리고 말았다.

"나?" 당황한 알리체가 주위를 둘러보며 물었다.

"다른 알리체는 없는 것 같은데?" 비올라가 툭 내뱉었다.

그 말에 다른 여자애들이 킬킬댔다.

"아, 아니. 그렇게 잘 먹지는 않아."

비올라가 벤치에서 일어나 다가왔다. 알리체는 앞머리 탓에 반쯤 그늘진 비올라의 아름다운 눈이 자신을 내려다보는 걸 느꼈다.

"하지만 캐러멜은 좋아하지?" 비올라가 구슬리는 목소리로 계속 물었다.

"어, 뭐, 그냥 그래."

알리체는 곧바로 입술을 깨물고는 우물거리는 자신을 원망했다. 뼈만 앙상한 등을 벽에 바싹 붙이자 멀쩡한 한쪽 다리가 저릿했다. 다른 다리는 언제나처럼 감각이 없었다.

"그냥 그래, 라니? 캐러멜은 모두가 좋아해. 맞지, 얘들아?" 비올라는 돌아보지도 않고 자기 패거리에게 물었다.

"그럼. 여자애들은 다 그래." 그들이 입을 모아 대답했다.

알리체는 탈의실 구석에서 자신을 바라보는 페데리카 마촐디의 눈빛에서 알 수 없는 두려움을 읽었다.

"어, 사실은 나도 좋아해." 알리체는 말을 바꿨다. 여전히 영문을 알 수 없었지만 두려워지기 시작했다.

1학년 때, 그 날라리 4인방이 알레산드라 미라노를 괴롭힌 적이 있었다. 그애는 결국 낙제를 하고는 학교를 그만두고 미용학원에 다니게 되었다. 그들이 알레산드라를 끌고 가 남학생 탈의실에 가뒀고 남학생 둘이 페니스를 꺼내 미라노의 얼굴 앞에서 흔들었던 것이다. 그날 복도에서 알리체는 그애를 고문하던 네 사람이 남자애들을 부추기며 미친듯이 웃어대는 소리를 들었다.

"그럴 줄 알았어. 캐러멜 하나 먹을래?" 비올라가 물었다.

그러겠다고 하면 뭘 먹일지 몰라, 알리체는 생각했다.

싫다고 하면 비올라가 열받아서 남학생 탈의실로 끌고 갈지도 모르는데.

알리체는 대답하지 않고 바보처럼 가만히 있었다.

"자, 말해봐. 별로 어려운 질문도 아니잖아." 비올라가 그녀를 놀렸다. 그녀는 주머니에서 과일맛 캐러멜을 한 움큼 꺼냈다.

"너희는 무슨 맛 먹을 거야?" 비올라가 자기 무리에게 물었다.

줄리아 미란디가 다가와 비올라의 손에 든 걸 보았다. 비올라는 알리체에게서 눈을 떼지 않았다. 그 시선에 알리체는 난로 속에서 불타는 신문지처럼 온몸이 오그라드는 것 같았다.

"오렌지, 라즈베리, 블루베리, 딸기, 복숭아 맛이 있네."

줄리아가 말했다. 그녀는 비올라 몰래 알리체에게 걱정스러운 눈길을 던졌다.

"난 라즈베리." 페데리카가 말했다.

"난 복숭아." 자다가 말했다.

줄리아는 그들에게 캐러멜을 던지고 오렌지맛 캐러멜의 포장지를 뜯었다. 그녀는 캐러멜을 입에 넣고 한 발짝 뒤로 물러나며 비올라에게 무대를 넘겼다.

"블루베리와 딸기가 남았어. 자, 먹을래 안 먹을래?"

그냥 캐러멜을 주려는 건지도 몰라, 알리체는 생각했다.

내가 먹는지 안 먹는지만 보고 싶은 걸 수도 있어.

그냥 캐러멜일 뿐이야.

"딸기로 할게." 알리체가 조심스럽게 말했다.

"이런, 나도 좋아하는 건데." 비올라가 안타까운 척 어설프게 연기했다. "하지만 기꺼이 줄게."

비올라는 딸기맛 캐러멜의 포장지를 뜯어 바닥에 버렸다. 알리체는 캐러멜을 받으려고 손을 내밀었다.

"잠깐." 비올라가 말했다. "욕심 좀 내지 마."

비올라는 엄지와 검지로 캐러멜을 잡고 몸을 구부려 더러운 탈의실 바닥에 문질렀다. 그리고 무릎을 구부린 채 알리체의 왼편 벽을 따라 캐러멜을 바닥에 끌며 천천히 걸어갔다. 먼지와 머리카락 뭉치가 캐러멜에 엉겨붙었다.

자다와 페데리카가 참지 못하고 웃음을 터뜨렸고, 줄리아는 초조한 듯 입술을 깨물었다. 다른 애들은 분위기를 파악하고는 밖으로 나가 문을 닫았다.

벽 모서리에 다다르자, 비올라는 체육시간 후에 겨드랑이와 얼굴을 씻는 세면대로 가서 배수구 안에 낀 희끄무레한 점액질을 캐러멜에 묻혔다.

그러고는 알리체 앞으로 돌아와서 그 역겨운 걸 코밑에 들이밀었다.

"자, 여기. 네가 원하던 딸기 캐러멜이야."

비올라는 웃고 있지 않았다. 고통스럽지만 피할 수 없는 일을 하고 있는 것처럼 심각하고 결연한 분위기였다.

알리체는 싫다고 고개를 흔들고 벽에 더욱더 가까이 붙었다.

"뭐? 이젠 싫다고?" 비올라가 다그쳤다.

"네가 달랬으니까 어서 먹어." 페데리카가 끼어들었다.

알리체는 마른침을 삼켰다.

"안 먹으면?" 그녀가 용기를 내어 말했다.

"그럼 그 결과를 감당해야지." 비올라가 알 듯 말 듯한 말을 했다.

"무슨 결과?"

"넌 알지 못하는 결과. 절대 알 수 없을 거야."

남학생 탈의실에 데려가려는 거야, 알리체는 생각했다. 어쩌면 옷을 벗기고 안 돌려줄지도 몰라.

알리체는 눈에 보이지 않게 떨면서 비올라를 향해 손을 내밀었다. 더러운 캐러멜이 알리체의 손바닥에 떨어졌다. 알리체는 천천히 그걸 입으로 가져갔다.

다른 아이들은 모두 조용했다. 설마 진짜로 먹진 않겠지, 하는 표정으로. 비올라는 무표정했다.

알리체는 캐러멜을 혀 위에 올려놓았다. 들러붙은 머리카락 때문에 입안이 마르는 게 느껴졌다. 두 번 씹었을 뿐인데 이 사이에 뭔가가 끼고 말았다.

토하지 않을 거야, 알리체는 다짐했다. 토하면 안 돼.

올라오는 위액을 삼키고 캐러멜을 넘기자, 식도를 따라 돌덩어리처럼 버겁게 내려가는 게 느껴졌다.

천장의 형광등에서 지지직 소리가 났고, 체육관에 있는 아이들의 시끌벅적한 목소리와 웃음소리가 뒤섞여 들렸다. 지하의 공기는 묵직했지만 환기를 하기에는 창문들이 지나치게 작았다.

비올라는 진지한 얼굴로 알리체를 응시했다. 그녀는 웃음기 없이 이제 가도 좋다는 듯 알리체에게 고갯짓했다. 그런 후 몸을 돌려 나머지 세 명에게 눈길 한번 주지 않고 그대로 탈의실을 나갔다.

6

데니스에 대해 알아야 할 중요한 사실이 있었다. 솔직히 말해 데니스는 자신에 대해 꼭 알아야 할 건 딱 한 가지뿐이라고 생각했다. 아무한테도 털어놓지 않은 비밀.

그 비밀은 나일론처럼 그의 모든 생각을 뒤덮어 그를 질식시킬 정도로 끔찍했다. 언젠가는 대가를 치러야 할 형벌처럼 그의 머리를 짓눌렀다.

열 살 때였다. 그의 피아노 선생은 남자였는데, 어느 날 선생이 자신의 따뜻한 손바닥을 데니스의 손등에 얹고 라장조 음계를 함께 연주한 순간 데니스는 숨이 턱 막혔다. 그는 바지 안에서 페니스가 발기한 걸 감추려고 몸을 조금 숙였다.

그후로 데니스는 그 순간을 진정한 사랑으로 떠올리며, 피아노 선생의 손이 닿았을 때 느꼈던 열기를 찾아 자기 존재의 구석구석을 더듬어 탐색하곤 했다.

그런 기억들로 머릿속이 가득차 목덜미와 손이 땀으로 흥건해지면, 데니스는 화장실로 들어가 격렬하게 자위했다. 쾌감은 잠시뿐, 페니스 주위로 정액이 흩어지면 머리에 더러운 물을 뒤집어쓴 것처럼 죄책감이 그를 타고 흘러내렸다. 그리고 피부로 스며들어 내장 속에 고인 채 오래된 담장의 균열처럼 아주 서서히 모든 걸 부패시켰다.

어느 날 생물 시간에 데니스는 지하 실험실에서 마티아가 붉은 조직과 흰 조직을 분리하기 위해 살코기 조각을 해부하는 걸 지켜보고 있었다. 그는 갑자기 마티아의 손을 쓰다듬고 싶은 욕구가 일었다. 머릿속 깊숙이 자리잡은 처치 곤란한 욕망덩어리가 사랑하는 반 친구와 살짝 닿는 것만으로도 버터처럼 녹아내릴지 시험해보고 싶었다.

둘은 실험실 책상에 팔꿈치를 올려놓고 가까이 앉아 있었다. 한 줄로 늘어선 투명한 비커와 시험관 들이 두 사람을 다른 아이들과 갈라놓으며 빛을 굴절시켜 그 너머의 모든 것을 일그러져 보이게 했다.

마티아는 실험에 열중해 십오 분 넘게 눈 한번 들지 않았다. 마티아는 생물을 좋아하지 않았지만 모든 과목에서 그러듯 과제를 빈틈없이 정확하게 해결하는 데 몰두했다. 쉽게 흐트러지고 불완전한 생물 재료가 그에겐 난해하기만 했다. 물컹한 고깃조각에서 풍겨오는 비릿한 냄새는 약간의 불쾌감을 줄 뿐 아무런 감정도 불러일으키지 못했다.

마티아는 핀셋으로 가느다랗고 흰 조직 하나를 추출해서 슬라이드 위에 올린 다음 현미경에 눈을 대고 초점을 맞췄다. 방안지 노트에 특징을 모두 기록하고 확대된 모양도 스케치했다.

데니스는 크게 심호흡했다. 뒤로 다이빙이라도 하듯 용기를 내어 말했다.

"마티, 너한테도 비밀이 있어?"

마티아는 듣지 못한 것 같았다. 또다른 근육조직을 절개하고 있던 마티아의 손에서 메스가 미끄러져 금속 실험대 위로 떨어지며 텅 소리를 냈다. 마티아는 천천히 메스를 집어들었다.

데니스는 몇 초 더 기다렸다. 마티아는 고깃조각 몇 센티미터 위에 메스를 든 채 꼼짝 않고 있었다.

"나한테는 말해도 돼. 네 비밀을 말해봐." 데니스가 채근했다. 친구의 내면에, 그 유혹적인 공간에 한 발 내디딘 지금, 그는 흥분으로 얼굴이 화끈거렸고 이 기회를 놓칠 생각이 없었다.

"사실, 나도 비밀이 하나 있어." 데니스가 말했다.

마티아는 이미 죽은 걸 또 죽이려는 듯 고깃조각을 정확히 반토막 냈다.

"난 비밀 같은 거 없어." 마티아가 나지막이 대답했다.

"네가 얘기하면 나도 말해줄게." 데니스는 물러서지 않았다. 그가 의자를 가까이 당겨 앉자 마티아는 눈에 띄게 몸이 굳었다. 마티아는 무표정한 눈으로 잘라놓은 고깃조각을 뚫어지게 보고 있었다.

"실험을 끝내야 해." 마티아가 담담하게 말했다. "안 그러면 실험보고서를 완성할 수 없어."

"보고서 따윈 관심 없어. 대체 손에 무슨 짓을 한 건지 얘기 좀 해봐."

마티아는 세 번 숨을 골랐다. 공기 중에 떠돌던 에탄올 입자가 그의 콧속으로 들어왔다. 기분좋은 따끔거림이 코점막을 지나 미간으로 올라오는 게 느껴졌다.

"정말 알고 싶어?" 그가 데니스 쪽으로 돌아앉으며 물었다. 하지만 시선은 데니스의 어깨 너머에 일렬로 늘어선 포르말린 병을 향해 있었다. 열 개 남짓한 병 안에는 다양한 동물의 태아와 절단된 사지가 들어 있었다.

데니스가 전율하며 고개를 끄덕였다.

"그럼 이걸 봐." 마티아가 말했다.

마티아는 메스 손잡이를 감싸쥐었다. 그런 다음 다른 손 검지와 중지 사이에 칼날을 꽂고는 곧장 손목까지 내리그었다.

7

목요일, 비올라는 학교 밖에서 알리체를 기다리고 있었다.
알리체가 고개를 숙인 채 지나가는데 비올라가 그녀의 소매
를 붙잡고 멈춰 세웠다. 알리체는 자신을 부르는 비올라의
목소리에 소스라치게 놀랐다. 캐러멜 사건이 떠올라 구역질
이 나고 어지러웠다. 날라리 4인방은 한번 노린 먹잇감은 절
대 놓지 않았다. "수학 선생님이 시험을 내려고 해. 아무것도
모르겠는데 말이야. 수업 들어가기 싫어." 비올라가 말했다.
알리체는 영문을 모른 채 그녀를 바라보았다. 전처럼 적대적
으로 보이진 않았지만 선뜻 믿음이 가지도 않았다. 어떻게든
벗어나고 싶었다. "우리 좀 돌아다니자." 비올라가 계속 말

했다. "너랑 나랑?" "그래, 너랑 나랑." 알리체는 덜컥 겁이 나서 주위를 둘러보았다. "자, 가자." 비올라가 재촉했다. "들키면 안 돼." "하지만……" 알리체는 뿌리치려 했지만 비올라는 들은 체도 않고 소매를 더 세게 잡아끌며 걷기 시작했다. 알리체는 뛰다시피 하며 버스 정류장까지 끌려갔다.

버스에 오른 두 사람은 나란히 앉았다. 알리체는 비올라의 자리를 넘지 않으려고 창가에 바짝 기댔다. 그리고 언제 일어날지 모를 끔찍한 일을 각오했다. 그런데 비올라는 들떠 있었다. 비올라는 가방에서 립스틱을 꺼내 바르고는 알리체에게 물었다. "너도 바를래?" 알리체는 고개를 저었다. 학교가 등 뒤로 멀어지고 있었다. "아빠가 날 죽이려 들 거야." 알리체가 작게 중얼거렸다. 다리가 후들거렸다. 비올라가 한숨을 푹 내쉬었다. "걱정 마. 네 출석 카드나 좀 보여줘." 비올라는 알리체 아버지의 사인을 따라 써보더니 말했다. "너무 쉬운데…… 내가 사인해줄게." 그러고는 자기 출석 카드를 보여주며 학교에 가기 싫을 때마다 위조한 사인을 손으로 가리켰다. "어쨌든 내일 1교시는 폴리니야. 위조한 걸 알지도 못할 거야."

비올라는 학교 얘기를 하며 어차피 법대에 갈 생각이라 수

학엔 전혀 관심 없다고 했다. 알리체는 비올라의 말이 귀에 들어오지 않았다. 전날 탈의실에서 있었던 일이 떠올라, 갑자기 친근한 척하는 비올라를 있는 그대로 받아들이기가 어려웠다.

둘은 광장에서 내려 아케이드를 거닐기 시작했다. 비올라는 알리체가 한 번도 가본 적 없는, 조명으로 진열창이 번쩍이는 옷가게로 들어갔다. 비올라는 두 사람이 오랜 친구인 양 굴었다. 제멋대로 옷을 고르더니 알리체에게 입어보자고 졸랐다. 비올라가 치수를 묻자 알리체는 부끄러워하며 38이라고 말했다. 점원들이 의심스러운 눈초리로 보고 있었지만, 비올라는 전혀 신경쓰지 않았다. 한 탈의실에서 같이 옷을 갈아입으며 알리체는 자신의 몸과 친구의 몸을 몰래 비교했다. 결국 둘은 아무것도 사지 않고 가게를 나왔다.

둘은 어느 카페에 들어갔다. 비올라는 알리체에게 묻지도 않고 커피 두 잔을 시켰다. 알리체는 뭐가 뭔지 알 수 없어 혼란스러웠지만, 기대치 않은 새로운 행복감이 차올랐다. 그리고 아버지와 학교는 점점 잊혀갔다. 그녀는 비올라와 카페에 앉아 있었고, 그 시간은 오직 둘만을 위한 것처럼 느껴졌다.

비올라는 담배 세 대를 피우고 알리체에게도 한 대 권했다. 비올라는 새 친구가 풋내기같이 기침을 해댈 때마다 완벽하게 가지런한 이를 드러내며 웃었다. 남자애들과의 연애 경험에 대해 꼬치꼬치 캐묻기도 했다. 하지만 알리체는 남자와 사귄 적도, 남자에게 먼저 키스한 적도 없었다. 알리체는 눈을 내리깔고 대답했다. "한 번도 남자친구를 사귄 적이 없단 말이야? 정말 없어? 단 한 번도?" 알리체가 고개를 가로저었다. "말도 안 돼. 이건 비극이야." 비올라가 과장되게 말했다. "무슨 수라도 써야 해. 처녀로 죽고 싶은 건 아니지?"

다음날 열시, 쉬는 시간이 되자 두 사람은 알리체의 남자친구를 물색하러 학교를 돌아다녔다. 비올라는 단둘이 할 일이 있다며 자다와 나머지 애들을 따돌렸다. 그들은 비올라가 새 친구와 손을 잡고 교실을 나가는 모습을 바라보았다.

비올라는 벌써 모든 걸 계획해놓았다. 다가오는 토요일에 있을 자신의 생일파티가 절호의 기회였다. 알리체와 어울리는 남자애를 찾아야 했다. 복도를 지나가면서 비올라는 남자애들을 가리키며 알리체에게 속삭였다. "쟤 엉덩이 좀 봐. 괜찮은데. 분명 잘할 거야."

알리체는 어색하게 웃기만 할 뿐 마음을 정하지 못했다.

남자애가 티셔츠 안으로 손을 넣는 장면이 생생하게 떠올라 심란했다. 남자애는 너무나 쉽게 벗겨진 그녀의 옷 속에 군살과 축 처진 피부밖에 없다는 걸 알고 말 것이다.

둘은 3층 비상계단의 난간에 기대앉아, 운동장에서 축구하는 남학생들을 바라보았다. 누르스름한 축구공은 바람이 많이 빠진 듯했다.

"트리베로는 어때?" 비올라가 물었다.

"걔가 누구야?"

"정말 몰라? 5학년* 남자애. 우리 언니랑 같이 조정을 했었어. 걔에 관한 재밌는 소문이 돌더라."

"뭔데?"

비올라가 양손으로 기다란 무언가를 만들어 보였다. 손동작의 의미를 알아챈 알리체가 당황하자 비올라는 재미있어 하며 요란하게 웃어댔다. 알리체는 부끄러움에 얼굴이 화끈 달아오르는 걸 느끼면서도 이제 자기 인생에서 외로운 나날은 끝났다고 확신했다.

둘은 1층으로 내려와 과자와 음료 자판기 앞을 지나쳤다.

---

* 이탈리아 학제는 고등학교가 5년제다.

청바지 주머니에 손을 넣고 동전을 짤랑거리며 아이들이 무질서하게 줄을 서 있었다.

"자, 이제 정해." 비올라가 말했다.

알리체는 빙글 돌아선 다음 어쩔 줄 몰라하며 주위를 두리번거렸다.

"저기 저 남자애가 귀여운 것 같아." 알리체가 멀리 창가에 서 있는 남자애 둘을 가리켰다. 그 남자애들은 서로 가까이 있으면서도 말 한마디, 눈길 한번 주고받지 않았다.

"누구? 붕대 감은 애, 아님 그 옆에 있는 애?"

"붕대 감은 애."

비올라가 알리체를 빤히 보았다. 비올라의 반짝이는 두 눈이 두 개의 드넓은 바다처럼 휘둥그레졌다.

"미쳤어? 쟤가 무슨 짓을 했는지 알아?"

알리체는 고개를 저었다.

"일부러 자기 손에 메스를 박은 애야. 학교에서 말이야."

알리체는 상관없다는 듯 어깨를 으쓱했다.

"재미있을 것 같은데."

"재미? 쟨 정신병자야. 저런 애랑 어울리다간 나중에 냉동고에서 토막 난 시신으로 발견될걸."

알리체는 싱긋 웃으며 손에 붕대를 감은 남자애를 계속 바라보았다. 고개를 떨어뜨린 모습을 보니 왠지 가까이 다가가서 그의 턱을 들어올리고 "날 봐, 내가 여기 있어" 하고 말하고 싶어졌다.

"정말 확실해?" 비올라가 물었다.

"응."

비올라가 어깨를 으쓱했다.

"그럼 가자."

그러고는 알리체의 손을 잡고 창가에 서 있는 두 남자애 쪽으로 갔다.

8

 마티아는 복도의 불투명한 아트리움* 유리창 밖을 내다보
고 있었다. 3월 초인데도 벌써 봄기운이 완연한, 눈부시게
아름다운 날이었다. 간밤에 대기의 먼지를 말끔히 날려버린
강풍이 계절을 앞당기며 겨울을 멀리 쓸어가기라도 한 것처
럼. 창밖에 보이는 지붕 수를 세면서 마티아는 지평선이 얼
마나 아득한지 가늠해봤다.

 그 옆에서 데니스는 마티아가 무슨 생각을 하는지 알아내
려 애쓰며 몰래 그를 훔쳐보고 있었다. 생물 실험실에서 있

---

 * 유리지붕이 덮인 실내 중앙홀.

었던 일에 대해 둘은 아무 말도 하지 않았다. 사실 그들은 늘 같이 다니지만 이야기는 별로 나누지 않았다. 서로의 침묵에 안도하고 유대감을 느끼며 각자의 심연에 침잠했다.

"안녕." 마티아는 아주 가까이에서 누군가의 목소리를 들었다.

유리창 위로 여학생 둘이 손을 잡고 뒤에 서 있는 모습이 비쳤다. 마티아는 고개를 돌렸다.

데니스가 어떻게 할 거냐는 듯 그를 바라보았다. 여자애들은 뭔가를 기다리는 것처럼 보였다.

"안녕." 마티아가 천천히 대답했다. 여자애 중 한 명의 쏘아보는 듯한 눈빛을 피해 그는 고개를 숙였다.

"난 비올라고 얘는 알리체야." 그를 빤히 보던 여자애가 말했다. "우리는 2학년 B반이야."

마티아는 말없이 고개를 끄덕였다. 데니스는 입을 다물지 못했다. 둘 다 아무 말도 하지 않았다.

"뭐야?" 비올라가 다시 말했다. "너희는 자기소개 안 해?"

마티아가 나지막이 자기 이름을 말했다. 마치 자기 자신에게 상기시키는 것처럼. 그는 붕대를 감지 않은 손을 힘없이 비올라에게 내밀었다. 비올라가 그 손을 힘주어 잡았다. 그

96

러나 다른 여자애는 손을 잡는 듯 마는 듯하더니 다른 쪽을 보며 미소 지었다.

데니스도 어색해하며 자신을 소개했다.

"다음주 토요일에 내 생일파티가 있어. 너희를 초대하고 싶은데." 비올라가 말했다.

데니스는 다시 마티아의 반응을 살폈다. 마티아는 알리체의 수줍고 희미한 미소를 바라보며 그녀의 입술이 예리한 메스로 그어놓은 듯 얇고 선명하다고 생각했다.

"왜?" 마티아가 물었다.

비올라는 그를 노려본 다음 '거봐, 미친 애라고 했잖아' 하는 표정으로 알리체 쪽을 보았다.

"왜라니? 당연히 너희를 초대하고 싶어서지."

"고맙지만 됐어. 난 못 가." 마티아가 말했다.

그 말에 마음이 놓인 데니스는 자기도 못 간다고 서둘러 대답했다.

비올라는 데니스를 무시하고 손에 붕대를 감은 남자아이에게 집중했다.

"못 온다고? 토요일 저녁에 무슨 할일이 있길래 그럴까?" 비올라가 비아냥댔다. "네 친구랑 콘솔게임이라도 해야 하니? 아님 또 혈관을 끊게?"

비올라는 마지막 말을 내뱉으며 공포와 흥분에 몸이 떨리는 걸 느꼈다. 알리체가 그만하라는 듯 비올라의 손을 꼭 쥐었다.

마티아는 방금 전까지 세어둔 지붕 개수를 잊어버린 게 생각났다. 수업종이 울리기 전에 처음부터 다시 셀 시간은 없을 것이다.

"난 파티 안 좋아해." 마티아가 설명했다.

비올라는 몇 초 동안 일부러 귀에 거슬리는 날카로운 소리로 웃었다.

"너 정말 이상하구나. 파티 안 좋아하는 사람도 있니?" 비올라는 마티아를 놀리듯 검지로 자신의 오른쪽 관자놀이를 톡톡 두드렸다.

알리체는 비올라를 잡았던 손을 놓고 자기도 모르게 배에 올려놓았다.

"난 싫어해." 마티아가 차갑게 대꾸했다.

비올라가 마티아를 쏘아봤고, 그는 무표정하게 마주보았다. 알리체는 한 발 뒤로 물러섰다. 비올라가 되받아치려고 입을 여는데 마침 수업종이 울렸다. 마티아는 더 할말 없다

는 듯 단호하게 돌아서서 계단 쪽으로 걸어갔다. 마티아의
자취에 끌려가듯 데니스가 그 뒤를 따라갔다.

9

델라 로카 집안의 가사도우미로 들어온 뒤 솔레다드 갈리에나스는 딱 한 번 잘못을 저질렀다. 사 년 전 어느 비 내리던 저녁, 델라 로카네 사람들이 친구 집에 저녁식사를 하러 가고 없을 때였다.

솔레다드의 옷장에는 속옷까지도 온통 검은색 옷뿐이었다. 그녀는 남편이 공사장에서 사고로 죽었다는 이야기를 달고 살았고, 그러다보니 마침내 스스로도 그 이야기를 믿게 되었다. 그녀는 지상 20미터 높이의 발판에 서서 담배를 입에 물고 벽돌을 한 줄 더 쌓기 위해 시멘트 반죽을 평평하게 바르고 있는 남편을 상상했다. 남편은 연장이나 로프에 걸려 넘어질 듯 위태롭다. 추락에 대비해 로프로 몸을 묶어야 했지만 그런 건 신참이나 하는 짓이라며 남편은 그냥 발판 위에 로프를 던져놓았다. 솔레다드의 상상 속에서 비틀거리던 남편은 비명도 지르지 못하고 아래로 추락하기 시작하고, 장면은 원경으로 바뀐다. 그러자 남편은 새하얀 하늘에 두 팔을 휘저으며 떨어지는 작고 까만 점이 되었다. 그녀가 만들어낸 기억은 공사장의 먼지 날리는 땅바닥에 뭉개져 있는 남편의 몸을 높은 곳에서 내려다보는 영상으로 끝나곤 했다. 생명이 없는 이차원의 몸은 여전히 눈을 뜨고 있고, 등 밑으로는 검붉은 핏자국이 번져갔다.

그런 상상이 야기한 슬픔은 솔레다드의 코와 목 사이에 기분좋은 떨림을 일으키곤 했다. 더 오래 생각하면 눈물이 나오기도 했다. 오직 그녀 자신만을 위한 눈물이긴 했지만.

진실을 말하자면, 남편은 흔적도 없이 사라졌다. 어느 날 아침 갑자기 그녀를 두고 떠났다. 어쩌면 그녀가 모르는 어떤 여자와 새 인생을 시작한 건지도 모른다. 남편 소식은 더이상 듣지 못했다. 이탈리아에 왔을 때 솔레다드는 사람들에게 들려줘도 흠이 되지 않도록 과부가 된 사연을 지어냈다. 그녀의 진짜 과거는 말할 만한 게 아무것도 없었으니까. 다른 이들이 자신의 눈빛에서 결코 사그라지지 않는 고통과 비극의 흔적을 볼지도 모른다는 생각과 검은 옷들이 그녀를 안심시켜줬다. 그녀는 남편을 잃은 여자답게 품위가 배어 있는 상복을 입었고, 그날 저녁 이전까지 한 번도 고인에 대한 추억을 배반한 적이 없었다.

토요일이면 솔레다드는 여섯시 미사에 가곤 했다. 저녁식사 시간에 맞춰 돌아오기 위해서였다. 몇 주 전부터 에르네스토가 그녀의 호감을 사려 애쓰고 있었다. 그는 미사가 끝난 후 성당 입구에서 그녀를 기다렸다가 늘 변함없이 격식을 갖춰 집까지 바래다주겠다고 말했다. 그때마다 솔레다드는 검은 옷 속으로 몸을 움츠렸지만, 결국에는 동행을 허락했다. 그는 우체국에서 일하던 옛 시절에 대해, 혼자 집에서 보내는 긴긴 저녁에 대해, 그리고 해가 갈수록 쓸데없는 생각이 늘어만 가는 것에 대해 이야기했다. 에르네스토는 솔레다드보다 나이가 많았고, 그의 아내는 췌장암으로 정말 세상을 떠났다.

두 사람은 팔짱을 끼고 걸었다. 그날 저녁 두 사람은 우산을 함께 썼고, 에르네스토는 그녀가 비를 맞지 않도록 챙기느라 머리와 외투가 흠뻑 젖었다. 그는 한 주 한 주 지날 때마다 유창해지는 그녀의 이탈리아어 실력을 칭찬했고, 솔레다드는 부끄러운 척하면서도 흐뭇하게 웃었다.

델라 로카 집 앞에서 두 사람은 친구로서 양쪽 뺨에 두어 번 가볍게 키스하려 했지만 서툴렀던데다 엇갈려서 그만 서로의 입술을 스치고 말았다. 에르네스토가 얼른 그녀에게 사과했다. 하지만 그는 이내 다시 그녀의 입술로 몸을 기울였다. 솔레다드는 오랫동안 마음속에 켜켜이 쌓여 있던 먼지가 소용돌이처럼 모조리 빨려올라와 눈앞에서 사라지는 걸 느꼈다.

그를 집안으로 들인 건 그녀였다. 그녀가 알리체에게 저녁을 먹이고 아이를 잠자리로 보내는 몇 시간 동안 에르네스토는 그녀의 방에 숨어 있어야 했다. 조금 있으면 델라 로카 부부는 외출할 테고 늦게야 돌아올 것이다.

에르네스토는 저 높은 곳의 누군가에게 감사했다. 그 나이에도 여전히 이런 일이 일어날 수 있다는 것에. 그들은 살금살금 집안으로 들어갔다. 솔레다드는 사춘기 소녀처럼 연인의 손을 잡고 자기 방으로 이끌었다. 그녀는 검지를 입술에 대며 조용히 있으라고 당부했다. 그런 후 허둥지둥 알리체의 저녁을 차렸다. 그녀는 너무나 천천히 먹는 알리체를 지켜보며 "피곤해 보이는구나. 자러 가는 게 좋겠어" 하고 말했다. 하지만 알리체는 텔레비전을 보고 싶다며 고집을 피웠다. 솔레다드는 다락방에서 꼼짝 않고 텔레비전만 본다면 괜찮을 거라는 생각에 더 말하지 않았다. 알리체는 아빠가 없는 틈을 타 발을 질질 끌면서 위층으로 올라갔다.

솔레다드는 연인에게로 돌아왔다. 둘은 나란히 앉아 오래도록 키스했다. 서툴고 어설픈 손들은 어찌할 바를 몰라 허둥댔다. 곧 에르네스토가 용기를 내어 그녀를 끌어당겼다.

그가 나지막한 목소리로 서툴러서 미안하다고 말하며 그녀의 브래지어를 어설프게 만지작거리는 동안, 그녀는 젊고 아름다우며 그 무엇도 거리낄 것 없는 여자가 된 듯한 기분이 들었다. 그녀는 지그시 눈을 감았다. 다시 눈을 떴을 때 문 앞에 서 있는 알리체가 보였다.

"코뇨! 케 아세스 아키?"*

솔레다드는 얼른 에르네스토의 품에서 빠져나와 한 팔로 가슴을 가렸다. 알리체는 고개를 기울인 채 놀라는 기색도 없이 우리 안의 동물을 보듯 그들을 보며 말했다.

---

* 스페인어로 '제기랄! 여기서 뭐하는 거야?'라는 뜻.

"잠이 안 와요."

솔레다드가 청소를 하고 돌아서다 서재 문 앞에 서 있는 알리체를 보았을 때 그날 그 순간을 떠올린 건 우연의 일치라기에는 묘했다. 솔레다드는 책장의 먼지를 털어내고 있었다. 금빛 책등에 진한 녹색 표지로 제본된 변호사의 백과사전들은 무거워서 세 묶음으로 나눠 빼내야 했다. 이미 저릿한 왼팔로 책을 받치고, 오른손으론 마호가니 책장의 구석구석까지 걸레로 훔쳤다. 일전에 델라 로카 씨가 책 주변만 닦는다고 불평했기 때문이었다.

알리체는 아빠의 서재에 발을 들여놓지 않은지 꽤 오래됐다. 눈에 보이지 않는 적대감의 벽이 그녀를 가로막아 문 앞에서 꼼짝 못하게 했다. 최면을 거는 듯한 규칙적인 무늬의 나무 바닥은 그 위에 발끝만 디뎌도 그녀의 무게 때문에 금이 가서 그녀를 어두운 나락으로 떨어뜨릴 것 같았다.

서재에는 온통 아빠의 진한 체취가 배어 있었다. 책상에 가지런히 정돈된 서류 더미 위에도, 두꺼운 크림색 커튼에도 흠뻑 스며 있었다. 어렸을 때 알리체는 저녁이 차려지면 아빠를 부르러 서재에 발끝으로 조용히 걸어들어가곤 했다. 은

테 안경 너머로 복잡한 서류들을 분석하느라 책상 앞에서 고군분투하는 아빠의 모습에 넋이 나간 나머지 알리체는 말을 꺼내기 전에 늘 잠시 머뭇거렸다. 변호사는 딸이 와 있는 걸 알아차리면 천천히 고개를 들고, 거기서 뭐하는 거냐고 묻는 것처럼 이마를 찡그렸다. 그러고는 고개를 끄덕이며 살짝 미소 지어 보인 뒤 "갈게" 하고 말했다.

알리체는 아빠의 그 한마디가 서재 벽지에 부딪히며 울려오고 있다고 확신했다. 서재의 네 벽과 그녀의 머릿속에 영원히 갇힌 것만 같았다.

"올라,* 미 아모르시토." 솔레다드가 말했다. 지금 눈앞에 서 있는 연필처럼 가냘픈 여자애는 매일 아침 옷을 입혀 학교에 데려다주던 잠에 겨운 얼굴의 어린아이와 더는 닮은 구석이 없었지만, 솔레다드는 알리체를 계속 그렇게 불렀다.

"안녕하세요, 솔." 알리체가 대답했다.

솔레다드는 알리체가 말하길 기다리며 잠시 그녀를 바라보았다. 하지만 알리체는 불안한 듯 눈길을 피했다. 솔레다드는 다시 책장을 닦기 시작했다.

---

* 스페인어로 '안녕'이라는 뜻.

"솔." 결국 알리체가 입을 뗐다.

"응?"

"부탁이 있어요."

솔레다드가 들고 있던 책을 책상에 올려놓고 알리체에게 다가갔다.

"뭔데, 미 아모르시토?"

"도움이 필요해요."

"어떤 도움? 어서 말해봐."

알리체가 검지로 바지의 고무 밴드를 돌돌 말면서 말했다.

"토요일에 파티 가요. 친구 비올라네요."

"잘됐네." 솔레다드가 미소 지었다.

"디저트를 가져가고 싶어요. 직접 만들어서. 도와줄 거죠?"

"물론이지, 아가. 디저트라면 어떤 거?"

"모르겠어요. 케이크나 티라미수. 아니면 솔이 시나몬을 넣어 만드는 거요."

"우리 엄마 요리법이지." 솔레다드가 자부심을 내비치며 말했다. "내가 가르쳐줄게."

알리체는 애원의 눈길로 그녀를 올려다보았다.

"그럼 토요일에 같이 장 보러 가는 거죠? 쉬는 날인데 괜찮아요?"

"당연하지, 아가." 잠깐 동안 솔레다드는 중요한 존재가
된 기분이 들었다. 하지만 곧 자기 손으로 키운 그 아이가 불
안해하는 걸 알아차렸다.

"한 군데 더 같이 가줄 수 있어요?" 알리체가 용기를 내어
말했다.

"어딜?"

알리체는 잠시 머뭇거리다 재빨리 말했다.

"문신하는 곳요."

"오, 미 아모르시토." 솔레다드가 실망한 기색으로 한숨을
쉬었다. "아버지가 싫어하시는 거 알잖니."

"말 안 하면 돼요. 아빠는 절대 못 볼 거예요." 알리체는
우는소리로 고집을 피웠다.

솔레다드는 고개를 저었다.

"제발, 솔. 부탁이에요." 알리체가 애원했다. "혼자 가면
문신 안 해준단 말이에요. 부모님 동의가 필요해요."

"하지만 내가 뭘 해줄 수 있는데?"

"엄마인 척해줘요. 종이에 사인만 하면 돼요. 아무 말 안
해도 돼요."

"안 된다, 아가. 절대 안 돼. 네 아버지가 날 쫓아낼 거야."

알리체는 갑자기 정색하더니 솔레다드의 눈을 똑바로 쳐다보았다.

"솔, 이건 우리 둘만의 비밀이 될 거예요." 알리체는 잠시 멈췄다 말을 이었다. "사실 우리 사이엔 이미 비밀이 있잖아요. 맞죠?"

솔레다드가 어리둥절한 얼굴로 알리체를 바라보았다. 처음에는 무슨 말인지 이해하지 못했다.

"난 비밀은 꼭 지켜요." 알리체가 천천히 이야기를 계속했다. 그녀는 비올라처럼 강하고 무자비해진 듯한 기분이 들었다. "그러지 않았으면 아빠한테 벌써 해고됐을 거예요."

솔레다드는 뭔가가 숨통을 꽉 조이는 느낌이었다.

"하지만……"

"해줄 거죠?" 알리체가 다그쳤다.

솔레다드는 바닥으로 시선을 떨구었다.

"좋아." 그녀는 힘없이 대답했다. 돌아서서 다시 책장의 책을 정돈하는 솔레다드의 눈에 눈물이 맺히고 있었다.

10

마티아는 가능하면 소리를 내지 않고 움직이려 했다. 그는 세상이 더욱 어지러워지고, 배경 소음은 모든 논리적인 신호를 덮어버릴 정도로 커지고 있다고 생각했다. 하지만 자신의 모든 움직임을 조심스럽게 통제하면 서서히 진행되는 그러한 몰락에 대한 책임을 조금은 면하리라 확신했다.

그는 발끝을 먼저 내디딘 다음 발뒤꿈치를 내려놓는 식으로 걷는 법을 익혔다. 바닥에 닿는 면적을 최소화하려고 몸무게를 발바닥 바깥쪽에만 실었다. 몇 년 전, 손의 피부가 무척이나 무감해져서 그것이 여전히 자신의 신체 일부라는 걸 알려면 칼로 긋는 수밖에 없었던 때, 한밤중에 일어나 집안 이곳저곳을 몰래 돌아다니며 익힌 기술이었다. 시간이 흐르면서 그 기이하고 용의주도한 걸음걸이는 일상이 되었다.

그의 부모는 바닥에서 쏘아올린 홀로그램처럼 느닷없이 눈앞에 나타난 아들과 맞닥뜨리곤 했다. 늘 어두운 눈빛에 입을 굳게 다문 모습이었다. 한번은 어머니가 놀란 나머지 들고 있던 접시를 떨어뜨린 적이 있었다. 파편을 주우려고 허리를 숙인 마티아는 순간 날카로운 조각으로 손을 긋고 싶은 강렬한 유혹을 느꼈지만 간신히 떨쳐냈다. 당황한 어머니는 고맙다고 말했고, 그가 자리를 뜨자 바닥에 주저앉아 십오 분 동안 멍하니 있었다.

마티아는 건물 출입문에 열쇠를 꽂고 돌렸다. 그는 손잡이를 돌리며 손바닥으로 열쇳구멍을 지그시 눌러 딸깍하는 소리가 나지 않게 했다. 손에 붕대가 감겨 있으면 더 수월했다.

그는 아파트 로비 안으로 미끄러지듯 들어가 마치 자기 집을 터는 강도처럼 현관문에도 열쇠를 꽂고 똑같이 행동했다.

아버지는 평소보다 일찍 귀가해 있었다. 아버지가 언성을 높이는 소리에 마티아는 우뚝 멈춰 섰다. 그대로 거실을 가로질러가서 부모님의 대화를 방해할지 아니면 다시 밖으로 나가 거실의 등이 꺼질 때까지 아파트 뜰에서 기다리다 들어

와야 할지 망설여졌다.

"그건 옳지 않아." 아버지가 나무라는 투로 말했다.

"그렇겠지." 어머니가 맞받아쳤다. "당신은 아무렇지 않은 척해야 직성이 풀리지. 이상한 건 전혀 없는 것처럼 말이야."

"대체 뭐가 이상하다는 거야?"

잠시 침묵이 흘렀다. 당신과는 얘기해봤자 소용없어, 라고 말하듯 고개를 떨구고 한쪽 입꼬리를 일그러뜨리고 있을 어머니의 모습이 생생히 그려졌다.

"뭐가 이상하냐고?" 어머니는 한마디 한마디 힘주어 말했다. "난 정말……"

거실에서 새어나와 현관 복도에 길게 드리운 빛줄기를 피해 마티아는 한 발짝 뒤로 물러섰다. 빛은 바닥에서 벽 그리고 천장으로 이어졌다. 그 외곽선을 눈으로 좇으며 마티아는 그것이 사다리꼴로 보이는 것 또한 원근법의 눈속임에 불과하다고 생각했다.

어머니는 이야기를 하다 중간에 그만두는 일이 잦았다. 마치 입 밖으로 말을 꺼내는 사이 끝말을 잊어버리는 것처럼. 미처 나오지 못한 말들은 어머니의 눈과 허공에 허망한 거품을 남겨놓았고, 마티아는 그걸 손가락으로 찔러 터뜨리는 상상을 했다.

"반 애들이 다 보는 데서 칼로 손을 찌르는 게 이상하지 않으면 뭐가 이상해. 옛날 일은 이제 다 끝났다고 마음놓고 있었는데 또 헛짚은 것도 이상한 일이라고." 어머니가 다시 말을 이었다.

부모가 자기 얘기를 하고 있다는 걸 알면서도 마티아는 아무렇지 않았다. 단지 듣지 말아야 할 얘기를 엿듣는다는 게 살짝 죄책감이 들었을 뿐.

"그게 그애를 빼놓고 선생들과 상의해야 하는 이유는 못돼." 아버지의 목소리는 좀전보다 가라앉아 있었다. "그 아이도 그 자리에 있을 권리가 있을 만큼 충분히 컸어."

"맙소사, 피에트로." 어머니가 폭발했다. 한 번도 그렇게 아버지 이름을 부른 적이 없었다. "그런 얘길 하는 게 아니잖아. 무슨 말인지 몰라? 당신은 문제를 심각하게 생각하고 싶어하지 않아. 마치 그애가……"

어머니의 말이 막혔다. 정적이 정전하靜電荷처럼 공기 중에 가득 차올랐다. 거기에 감전된 듯 마티아가 어깨를 움츠렸다.

"마치 그애가 뭐?"

"정상인 것처럼." 어머니가 마침내 속내를 털어놓았다. 목소리가 조금 떨려서 마티아는 어머니가 울고 있는 건 아닌가 생각했다. 그날 그 오후 이후로 어머니는 쉽게 눈물을 보였다. 대부분은 특별한 이유도 없었다. 요리한 고기가 질기다며 울고 발코니 화분에 해충이 잔뜩 붙은 걸 보고도 울었다. 이유야 어떻든 어머니는 늘 절망했다. 더는 할 수 있는 게 없다는 듯.

"선생들 말로는 마티아한테 친구가 없대. 옆에 앉은 애하고만 말하고 하루종일 그애와 지낸다잖아. 보통 그 나이 땐 저녁에 놀러 나가서 여자애도 만나고 하는데 말이야."

"설마 당신, 걔가……" 아버지가 말을 가로막았다. "그러니까……"

마티아는 그 문장을 마저 완성해보려 했지만 머릿속에 떠오르는 게 전혀 없었다.

"아니, 정말로 그렇게 생각하는 건 아냐. 그냥 그런 문제라면 차라리 낫겠다 싶은 거지." 어머니가 대답했다. "가끔은 미켈라의 일부가 걔 안에 있는 것 같은 기분이 들어."

아버지가 땅이 꺼질 듯 한숨을 내쉬었다.

"그 얘긴 더이상 꺼내지 않기로 했잖아." 아버지의 목소리에 살짝 짜증이 묻어났다.

마티아는 자취도 없이 사라져버린 미켈라를 떠올렸다. 하지만 아주 잠시였다. 곧 반질반질하고 둥그스름한 우산꽂이 표면에 비친 부모님을 보고, 그 흐릿한 이미지에 마음이 쏠렸다. 마티아는 열쇠로 왼쪽 팔꿈치를 긁기 시작했다. 너무 세게 긁어서 관절이 살갗을 뚫고 나올 것 같았다.

"내가 정말로 두려운 게 뭔지 알아?" 어머니가 말했다. "하나같이 높은 그애 성적이야. 언제나 만점에 가까운 최고 점수잖아. 볼 때마다 뭔가 꺼림칙하다고."

마티아는 어머니가 또다시 코를 훌쩍이는 소리를 들었다. 잠시 뒤 한번 더 훌쩍이는 듯했지만 이번엔 코가 뭔가에 눌린 것 같았다. 그는 거실 한가운데서 아버지가 어머니를 안고 있는 모습을 상상했다.

"그앤 열다섯 살이야. 힘든 나이잖아." 아버지가 말했다.

어머니는 아무 대답도 하지 않았다. 흐느낌이 점점 격해지며 극에 달했다가 천천히 잦아들며 다시 평정을 되찾는 소리가 들렸다.

그 순간 마티아는 거실로 들어갔다. 거실 불빛에 눈이 살짝 감겼다. 그는 부모에게서 두 발짝 떨어진 지점에 멈춰 섰다. 두 사람은 비밀스러운 행동을 하다 들킨 애들처럼 서로

끌어안은 채 화들짝 놀란 얼굴로 그를 바라보았다. 그들의
당황한 표정에는 언제부터 거기 있었는지 묻는 기색이 역력
했다.

마티아는 그들 사이의 한 지점을 보며 짧게 말했다. "저
친구 있어요. 토요일에 파티 갈 거예요." 그런 다음 복도를
따라 자기 방으로 사라졌다.

11

문신하는 남자는 석연치 않은 눈길로 알리체를 보았다. 그
러곤 곧 여자애가 어머니라고 소개한 거무스름한 피부의 겁
먹은 여자에게 의심의 눈초리를 보냈다. 그는 그 말을 조금
도 믿지 않았지만 어쨌든 자신이 상관할 바는 아니었다. 그
런 유의 성가신 일이나 변덕스러운 사춘기 여자애들에겐 벌
써 이력이 났다. 이곳을 찾는 사람들은 날이 갈수록 점점 어
려지고 있었다. 이 여자앤 열일곱 살도 안 돼 보이는군, 그는
생각했다. 하지만 원칙을 따지며 문신 시술을 거부할 처지가
아니었다. 그는 어머니라는 여자에게 의자를 권했다. 그 여
자는 자리에 앉아 입을 꾹 다물고 한마디도 하지 않았는데,

두 손으로 핸드백을 꼭 쥐고 있는 모습이 금방이라도 일어나서 나갈 것처럼 보였다. 여자는 문신 바늘 쪽은 애써 시선을 피하며 여기저기 두리번거렸다.

여자애는 얼굴 한번 찡그리지 않았다. 그가 으레 하듯 아프냐고 묻자 아이는 앙다문 잇새로 아니라고 대답했다.

문신이 끝난 후 그는 적어도 사흘은 거즈를 붙이고, 일주일간 아침저녁으로 문신 부위를 닦으라고 주의를 주었다. 그는 바셀린 한 통을 건네고 돈을 주머니에 찔러넣었다.

집에 돌아온 알리체는 욕실로 가서 거즈를 고정한 하얀 반창고를 떼어냈다. 문신을 한 지 몇 시간도 안 됐지만 벌써 열 번도 넘게 들여다봤다. 볼 때마다 그녀의 흥분은 8월의 뜨거운 태양 아래 웅덩이 물이 증발하듯 점점 식어갔다. 이번엔 문신 주변의 살갗이 빨갛게 된 것만 신경쓰였다. 본래 색깔로 돌아가지 않을지도 모른다는 생각이 들자 한순간 두려움에 목이 콱 막혔다. 그러나 곧 쓸데없는 걱정은 날려버렸다. 모든 행동은 결코 돌이킬 수 없으며 그렇기 때문에 늘 확고해 보여야 한다는 사실이 끔찍했다. 알리체는 마음속으로 그것을 결과의 무게라고 불렀다. 그녀는 이것 또한 뇌 속 깊이 파고든 아빠의 조각들 중 하나라고 생각했다. 그녀는 또래

아이들의 거리낌없음, 젊음이 영원할 거라는 허무맹랑한 생각을 갈망했다. 열다섯 살다운 생기발랄함을 원했지만 그것을 손에 넣으려 애쓰는 사이 그럴 수 있는 시간이 달아나고 있다는 데 생생한 분노가 일었다. 결과의 무게는 정말이지 참을 수 없는 것이었고, 이런 생각들은 점점 더 빠르게 소용돌이치며 그녀를 조여왔다.

알리체는 마지막 순간 생각을 바꿨다. 이미 작동을 시작해 윙윙대는 문신 기계를 알리체의 배 위로 가져오는 남자에게 말했다. "생각이 바뀌었어요." 남자는 조금도 당황하는 기색 없이 물었다. "문신하기 싫어졌니?" "아뇨, 할 거예요. 하지만 장미는 별로예요. 바이올렛으로 할래요."

문신하는 남자가 의아한 얼굴로 그녀를 보았다. 그러고는 바이올렛이 어떻게 생겼는지 모른다고 했다. "뭐, 마거리트랑 비슷해요. 꽃잎이 위에 세 개, 아래에 두 개 있어요. 그리고 보라색이에요." 알리체가 설명했다. 남자는 알았다고 대답하고 작업에 들어갔다.

알리체는 배꼽 주위를 에워싼 작고 검푸른 꽃송이를 바라보며 생각했다. 이게 둘 사이의 우정의 표시라는 걸 비올라가 알아차릴까. 월요일까지는 비올라에게 보이지 말아야겠다고 결심했다. 딱지가 떨어진 뒤 투명하고 하얀 피부 위에 빛나는 문신을 보여주고 싶었다. 생일파티 때 보여줄 수 있게 좀더 일찍 생각했다면 좋았을 텐데. 그러지 못한 자신이 원망스러웠다. 파티에 초대한 그 남자애한테 아무도 몰래 문신을 보여주면 어떨지도 상상해봤다. 이틀 전 마티아는 특유의 침울한 분위기를 띠고 알리체와 비올라 앞에 나타났다. 그는 "데니스랑 나도 파티에 갈 거야"라고 말하고는 비올라가 한마디 쏘아붙일 새도 없이 등을 돌려 고개를 푹 숙인 채 복도 끝으로 사라졌다.

알리체는 그애와 키스하고 싶은지 확신이 들지 않았다. 하지만 이미 결정난 일이었다. 이제 와서 물러선다면 비올라 앞에서 바보 꼴이 되고 말 것이다.

그녀는 팬티 밴드가 정확히 어디에 놓이면 좋을지 가늠했다. 문신은 보여야 하지만 바로 아래에 있는 흉터가 보여서는 안 되니까. 그녀는 청바지와 티셔츠를 입었다. 그러곤 문신과 흉터 그리고 엉덩이 살을 모두 가릴 만큼 헐렁한 스웨트셔츠를 걸쳤다. 잠시 후 욕실에서 나온 알리체는 주방으로 가서 솔레다드가 특제 시나몬 디저트를 만드는 걸 구경했다.

12

데니스는 길게 심호흡하며 피에트로 발로시노의 차 냄새를 폐부 깊숙이 들이켰다. 약간 시큼한 땀냄새가 났는데 차에 탄 사람들한테서 풍기는 건 아니었다. 방염 처리된 시트 커버 아니면 바닥 매트 밑에 깔린 채 오랫동안 방치된 축축한 무언가에서 나는 냄새 같았다. 데니스는 그 냄새가 따뜻한 붕대처럼 자신의 얼굴을 감싸고 있는 듯 느껴졌다.

어둑한 언덕길을 원을 그리듯 달리는 차 안에서 밤새 머물러도 좋을 것 같았다. 반대편 차선에서 마주 오는 차들의 불빛이 친구의 얼굴을 비췄다가 다시 어둠 속에 남겨두고 사라지는 걸 바라보는 건 조금도 지루하지 않았다.

마티아는 아버지 옆 조수석에 앉아 있었다. 두 사람의 무표정한 얼굴을 은밀히 관찰하는 데니스의 눈에는 그 부자가 가는 길 내내 실수로라도 눈길 한번 마주치지 않고, 말도 한마디 하지 않기로 약속이나 한 듯 보였다.

데니스는 그들 부자가 물건을 쥐는 버릇이 똑같다는 걸 알아챘다. 손에 쥔 게 망가질까봐 두려운 듯, 손가락의 긴장을 풀지 않고 표면에 대기만 할 뿐 체중을 싣지 않았다. 발로시노 씨는 운전대에 손만 살짝 얹고 있는 것처럼 보였다. 마티아의 상처투성이 손은 어머니가 들려준 비올라의 생일선물 귀퉁이만 매만지고 있었다. 선물은 가지런한 그의 다리 위에 놓여 있었다.

"그래, 마티아와 한 반이라고." 확신이 없는 듯 발로시노 씨가 말을 건넸다.

"네." 데니스가 목구멍에 한참 걸려 있던 걸 내뱉듯 새된 목소리로 대답했다. "저희는 짝이에요."

발로시노 씨는 진지하게 고개를 끄덕였다. 그는 이제 의무감을 덜고 다시 자기 생각에 빠져들었다. 마티아는 대화를 한마디도 듣지 못한 것 같았다. 마티아는 차창에서 눈길을 떼지 않고, 도로 중앙의 점선이 하나로 이어져 보이는 게 단순히 시각의 반응이 느려서인지 아니면 더 복잡한 메커니즘 때문인지 궁리하고 있었다.

발로시노 씨는 바이네 집의 커다란 대문 앞에 차를 세웠다. 길이 살짝 경사져서 사이드브레이크를 올렸다.

"친구하고 재미있게 놀다 오렴." 발로시노 씨가 높이 솟은 철문 꼭대기를 올려다보려고 몸을 앞으로 숙이면서 말했다.

데니스도 마티아도 그 여자애의 이름만 겨우 안다는 사실은 굳이 털어놓지 않았다.

"그럼 자정에 데리러 오마, 알았지?"

"열한시요." 마티아가 다급하게 말했다. "열한시로 해요."

"열한시? 지금 벌써 아홉신데? 고작 두 시간으로 되겠어?"

"열한시에 오세요." 마티아가 고집을 피웠다.

발로시노 씨는 고개를 절레절레 흔들며 알겠다고 했다.

마티아가 차에서 내리자 데니스도 마지못해 따라 내렸다. 데니스는 마티아가 파티에서 재미있고 세련된 새 친구들을 사귈까봐, 그들이 눈 깜짝할 사이 그에게서 마티아를 영원히 채갈까봐, 그래서 다시는 마티아네 차를 타지 못할까봐 두려웠다.

데니스는 마티아의 아버지에게 공손하게 인사하고, 어른

스럽게 보이려고 악수까지 청했다. 발로시노 씨가 안전벨트를 풀지 않은 채 데니스의 손을 잡으려다 어설픈 곡예를 부리고 말았다.

둘은 초인종을 누르기 전 철문 앞에 멀거니 서서 차가 떠나길 기다렸다.

알리체는 하얀 소파 끝에 웅크리고 앉아 있었다. 스프라이트가 담긴 컵을 든 채, 검은색 스타킹에 감싸인 사라 투를레티의 두꺼운 허벅지를 힐끔거렸다. 소파에 앉는 바람에 사라의 허벅지 살은 거의 두 배로 퍼져 보였다. 알리체는 반 친구와 비교하며 자신이 차지한 면적을 생각했다. 눈에 보이지 않을 정도로 가늘어질 수도 있다는 생각을 하자 위장에서 기분좋은 경련이 느껴졌다.

마티아와 데니스가 방에 들어서자 알리체는 재빨리 허리를 꼿꼿이 세웠다. 그녀는 두리번거리며 비올라를 애타게 찾았다. 마티아가 이제 붕대를 감고 있지 않다는 걸 알아차리고, 손목에 흉터가 남았는지 보려 애썼다. 그녀는 저도 모르게 검지로 자신의 흉터를 훑어내렸다. 옷을 입고 있어도 쉽게 찾아낼 수 있었다. 살갗에 지렁이 한 마리를 달고 다니는

124

것 같으니까.

막 도착한 두 남자아이는 포획당한 사냥감처럼 주위를 둘러보았다. 하지만 방안에 흩어져 있는 서른 명 남짓의 아이는 눈길조차 주지 않았다. 알리체를 제외한 어느 누구도.

데니스는 마티아의 모든 행동을 따라 했다. 그가 가는 데로 가고, 그가 보는 데를 보았다. 마티아가 비올라에게 다가갔다. 비올라는 자신이 꾸며낸 이야기를 친구들에게 풀어놓느라 한창 열을 올리고 있었다. 마티아는 그 여자애들을 학교에서 본 적이 있는지 궁금하지도 않았다. 그는 고집스럽게 생일파티 주인공 뒤에 서서 선물을 가슴 높이까지 들고 있었다. 친구들의 시선이 매혹적인 자신의 입에서 자신의 어깨 너머로 옮겨가는 걸 깨달은 비올라가 뒤를 돌아봤다.

"아, 너희 왔구나." 그녀가 건성으로 말했다.

"이거." 마티아가 선물을 비올라 품에 안겼다. 그러고는 "생일 축하해" 하고 웅얼거렸다.

비올라가 호들갑스러운 목소리로 소리쳤을 때 그는 벌써 돌아선 뒤였다.

"알리, 알리, 이리 와. 네 친구 왔어."

데니스는 마른침을 삼켰다. 비올라의 친구 중 한 명이 다른 애의 귀에 대고 킥킥거렸다.

알리체는 소파에서 일어났다. 같이 있던 아이들 무리에서 빠져나와 네 발짝쯤 걸으며 절뚝거리는 걸 감추려고 안간힘을 썼다. 하지만 모두가 무얼 보고 있는지 잘 알았다.

그녀는 데니스를 보고 살짝 미소 지은 뒤 시선을 아래로 떨어뜨리며 마티아에게 조그만 목소리로 "안녕" 하고 인사했다. "안녕"이라고 대답하는 마티아의 눈썹이 꿈틀했다. 그 모습이 비올라 눈에는 더욱 덜떨어져 보였다.

오직 비올라만이 깰 수 있는 차갑고 긴 침묵이 뒤따랐다.

"언니가 숨겨놓은 약을 찾아냈어." 비올라가 활짝 웃으며 말했다.

여자애들이 흥분해서 감탄사를 쏟아냈다.

"너희도 좀 해볼래?"

비올라는 마티아를 겨냥해 물었다. 그녀는 마티아가 무슨 얘기인지 짐작조차 못 할 거라 단정했다. 그 생각은 틀리지 않았다.

"얘들아, 나랑 가지러 가자." 비올라가 말했다. "알리, 너도."

그녀가 알리체의 팔을 붙잡아 끌었고, 여자애 다섯이 서로 떠밀다시피 하며 복도 끝으로 사라졌다.

다시 마티아와 단둘이 있게 되자 데니스의 심장박동은 평상시대로 돌아갔다. 둘은 음료수 테이블로 다가갔다.

"위스키가 있어." 조금은 놀라고 또 조금은 충격받은 데니스가 테이블을 자세히 들여다봤다. "보드카도 있고."

마티아는 아무 대답 없이 켜켜이 쌓인 플라스틱 컵 하나를 집어서 콜라를 가득 따랐다. 액체가 흘러넘치는 걸 막는 표면장력의 한계에 최대한 근접해보려 했다. 그러곤 콜라가 담긴 컵을 테이블에 올려놓았다. 데니스는 조심스레 주위를 둘러본 다음 친구에게 멋있어 보이기를 바라며 자기 잔에 위스키를 따랐지만 마티아는 알아차리지 못했다.

비올라 언니의 방에서는 여자애들이 알리체를 침대에 앉혀놓고 남자를 어떻게 유혹해야 하는지 알려주고 있었다.

"절대 입으로는 안 돼. 아무리 사정해도 말이야, 알았지?" 자다 사바리노가 당부했다. "처음엔 손으로 해주는 게 최대한이야."

알리체는 어색하게 웃었다. 자다가 진지하게 말하는 건지 판단이 서지 않았다.

"이제 가서 걔한테 말을 걸어봐." 확실하게 작전을 세운 비올라가 말했다. "그런 다음 내 방으로 데려갈 핑계를 만들어, 알았지?"

"무슨 핑계?"

"그건 나도 모르지. 뭐든. 음악이 시끄러워서 듣기 싫으니까 잠깐 조용히 있고 싶다고 하든지."

"그럼 걔 친구는? 항상 옆에 붙어 있잖아."

"걘 우리가 알아서 할게." 비올라가 살벌한 미소를 띠었다.

비올라는 신발을 신은 채 연두색 시트를 밟고 언니 침대 위에 올라섰다. 알리체는 신발을 신고선 카펫조차 지나다니지 못하게 하는 아버지를 떠올렸다. 아버지가 이 광경을 본다면 뭐라고 할지 잠시 궁금해졌지만, 곧 머릿속에서 지워버렸다.

비올라가 침대 위쪽에 있는 서랍장을 열었다. 안을 들여다볼 수 없어 더듬거리더니 잠시 후 붉은 천을 씌우고 금박 표의문자로 장식한 작은 상자 하나를 꺼냈다.

"이거 받아." 비올라가 알리체에게 손을 내밀었다. 반들거리고 모서리가 둥근 정방형 하늘색 알약이 하나 있었다. 알약 중앙에는 나비가 새겨져 있었다. 순간 알리체는 똑같은 손에서 건네받았던 더러운 캐러멜이 떠올랐다. 그때처럼 식도가 꽉 막히는 기분이 들었다.

"이게 뭐야?" 알리체가 물었다.

"먹어봐. 기분좋아질 거야."

비올라가 윙크를 했고, 알리체는 잠시 생각에 잠겼다. 모두가 그녀를 주시하고 있었다. 이건 또하나의 시험이었다. 알리체는 비올라의 손에서 알약을 집어 혀 위에 올려놓았다.

"준비됐지. 가자." 비올라가 만족스러운 얼굴로 말했다.

여자애들이 한 줄로 방을 나갔다. 하나같이 눈을 내리뜨고 앙큼한 미소를 짓고 있었다. 페데리카가 자기도 하나만 달라고 애원하자 비올라는 차례를 기다리라고 매몰차게 말했다.

알리체는 마지막으로 방을 나섰다. 모두 등을 보이며 나가자마자 알리체는 알약을 뱉어 주머니에 넣은 다음 불을 껐다.

13

비올라, 자다, 페데리카, 줄리아는 먹이를 노리는 네 마리 독수리처럼 데니스를 에워쌌다.

"우리랑 다른 데 안 갈래?" 비올라가 물었다.

"왜?"

"나중에 설명해줄게." 비올라가 속셈을 숨긴 채 미소 지었다.

데니스는 몸이 얼어붙었다. 마티아에게 도움을 청하고 싶었지만 마티아는 여전히 넘칠 듯 말 듯한 콜라에 정신이 팔려 있었다. 시끄러운 음악소리가 방안을 가득 메워 베이스드럼이 울릴 때마다 콜라 표면이 떨렸다. 마티아는 알 수 없는 초조감 속에서 액체가 넘쳐흐를 순간을 기다리고 있었다.

"난 여기 있고 싶어." 데니스가 대꾸했다.

"너 뭐야, 답답하게 왜 그래." 비올라가 참지 못하고 화를 냈다. "그냥 따라오란 말이야."

비올라가 데니스의 팔을 잡아끌었다. 데니스는 힘없이 저항하다 자다까지 합세하자 포기했다. 여자애들한테 떠밀려 주방으로 가면서 데니스는 여전히 꼼짝 않고 있는 마티아를 한번 더 바라보았다.

알리체가 테이블에 손을 올려놓은 후에야 마티아는 그녀가 온 걸 깨달았다. 평형이 깨지면서 결국 흘러넘친 콜라가 컵 바닥 주위에 거무스름한 고리 모양으로 고였다.

순간 고개를 번쩍 든 마티아는 알리체와 시선이 마주쳤다.

"와보니까 어때?" 알리체가 먼저 말을 꺼냈다.

마티아가 고개를 끄덕이며 말했다. "좋아."

"파티 좋아해?"

"음."

"난 이렇게 시끄러운 음악을 들으면 머리가 아파."

알리체는 마티아가 말하길 기다렸다. 얼핏 보기에 그는 숨을 쉬지 않는 것 같았다. 눈은 온화하고 슬퍼 보였다. 마티아를 처음 봤을 때처럼, 알리체는 그의 시선을 자기 쪽으로 돌리고 두 손으로 그의 얼굴을 감싼 채 다 괜찮다고 말하고 싶어졌다.

"다른 방으로 갈까?" 알리체는 모험을 감행했다.

마티아는 마치 기다렸다는 듯 고개를 끄덕이며 말했다.

"그래."

알리체가 앞장서 복도를 걸었고 두 걸음쯤 뒤에서 마티아가 따라갔다. 그는 언제나처럼 시선을 자기 발 앞에 두고 걸었다. 세상 모든 사람처럼 우아하게 무릎이 구부러지는 알리체의 오른다리와 소리 없이 바닥에 닿는 그녀의 발이 마티아의 눈에 들어왔다. 반면 그녀의 왼다리는 뻣뻣했다. 왼다리를 앞으로 내밀기 위해선 바깥쪽으로 작은 반원을 그려야 했는데, 옆으로 넘어질 것처럼 골반 한쪽이 기우는가 싶더니 결국엔 그녀의 왼발이 목발처럼 무겁게 바닥에 닿았다.

마티아는 자이로스코프 같은 그녀의 걸음에 빠져들어 어느새 자신의 걸음을 그녀와 맞추고 있었다.

비올라의 방에 들어서자 알리체는 마티아 옆으로 성큼 다가가 스스로도 놀랄 만큼 대담하게 문을 닫았다. 둘은 서 있었다. 그는 카펫 위에 그녀는 카펫 바로 바깥에.

왜 아무 말도 안 하지? 알리체는 생각했다.

다 집어치우고 다시 문을 열고 밖으로 나가 편하게 숨쉬고 싶은 마음이 잠시 일었다.

그럼 나중에 비올라에게 할 말이 없잖아, 알리체는 다시 생각했다.

"여기가 훨씬 낫다, 그치?" 알리체가 먼저 입을 열었다.

"어." 마티아가 수긍했다. 그의 두 팔은 복화술 인형처럼 엉덩이 옆에 축 늘어져 있었다. 그는 오른손 검지로 엄지손톱의 옆부분 살을 짓이기고 있었다. 바늘로 찌르는 것 같은 그 고통이 잠시나마 방안의 숨막힐 듯한 공기에서 벗어나게 해줬다.

알리체는 비올라의 침대 끝머리에 어정쩡하게 앉았다. 몸이 가벼워서 매트리스가 꺼지지 않았다. 그녀는 뭔가를 찾는 것처럼 두리번거렸다.

"여기 앉을래?" 마침내 알리체가 마티아에게 물었다.

마티아는 순순히 알리체에게서 세 뼘쯤 떨어진 곳에 조심스레 앉았다. 거실의 음악소리가 벽이 내쉬는 무겁고 가쁜 숨소리처럼 들렸다. 알리체는 주먹을 쥔 마티아의 손을 물끄러미 바라보다 물었다.

"손은 다 나았어?"

"거의."

"어쩌다 그런 거야?"

"내가 칼로 그었어. 생물 실험실에서. 실수로."

"봐도 돼?"

마티아가 주먹 쥔 손에 더욱 힘을 주는가 싶더니 곧 천천히 펼쳤다. 흔들림 없이 곧은 납빛 자상이 손바닥을 사선으로 가로지르고 있었다. 그 주위엔 하얗게 보일 정도로 짧고 분명한 흉터들이 있었다. 흉터는 역광 속의 앙상한 나뭇가지들처럼 손바닥 가득 얽혀 있었다.

"나도 흉터가 하나 있어. 볼래?" 알리체가 말했다.

마티아는 다시 주먹을 쥔 뒤 숨기려는 듯 다리 사이에 끼워넣었다. 알리체는 일어서서 스웨트셔츠를 조금 걷어올리고 청바지 단추를 풀었다. 마티아는 당황했다. 할 수 있는 한 아래쪽으로 시선을 돌렸지만, 그래도 바지 허릿단을 접는 알리체의 손이 보였다. 반창고가 붙은 하얀 거즈와 바로 아래 연회색 팬티 밴드가 드러났다.

알리체가 팬티 밴드를 몇 센티미터 아래로 내리자 마티아는 숨이 멎을 것 같았다.

"봐봐." 알리체가 말했다.

툭 솟아오른 골반뼈 위로 기다란 흉터가 나 있었다. 알리체의 흉터는 마티아의 흉터보다 두껍고 돌출되어 있었으며 폭이 넓었다. 일정한 간격으로 상처에 직각으로 꿰맨 자국 때문에 어린아이들이 해적 변장을 하고 카니발에 갈 때 얼굴에 그리는 흉터와 비슷해 보였다.

마티아는 할말을 찾지 못해 가만히 있었다. 알리체는 다시 청바지 단추를 채우고 그 안으로 속셔츠를 집어넣었다. 그런 다음 다시 침대에 앉았다. 좀전보다 더 가까이.

둘 다 정적이 참을 수 없이 무겁게 느껴졌다. 두 사람 사이에 기대와 당혹감이 차올랐다.

"전학 와보니 어때? 학교는 마음에 들어?" 알리체가 무슨 말이라도 하려고 물었다.

"어."

"다들 너보고 천재라더라."

마티아는 양볼을 빨아들여 입안에 피의 쇠맛이 가득해질 때까지 이로 깨물었다.

"정말 공부가 그렇게 좋아?"

마티아가 고개를 끄덕였다.

"왜?"

"내가 유일하게 할 줄 아는 거니까." 마티아는 짧게 대답했다. 공부는 혼자 할 수 있고, 우리가 배우는 모든 것은 이미 죽어서 싸늘해진데다 곱씹을 수 있어 좋다고 그는 알리체에게 말하고 싶었다. 교과서의 모든 페이지는 똑같은 온도를 지녔고 그것은 우리가 선택할 때까지 기다려주며 우리에게 전혀 해롭지 않고 우리도 그것을 해할 일이 없다는 이야기도. 하지만 그는 침묵을 지켰다.

"내가 마음에 들어?" 알리체는 과감하게 부딪쳤다. 하지만 목소리는 떨리고 얼굴은 뜨겁게 달아올랐다.

"모르겠어." 마티아는 바닥만 보며 급히 대꾸했다.

"왜?"

"몰라. 생각해본 적 없어." 그는 고집스러웠다.

"생각할 게 뭐가 있어?"

"난 생각을 안 하면 아무것도 이해 못해."

"난 네가 좋아." 알리체가 말했다. "조금. 그런 것 같아."

마티아가 고개를 끄덕거렸다. 그는 눈의 초점이 카펫의 기하학적 문양에 맞았다가 다시 흐려지도록 수정체에 힘을 주었다 뺐다 했다.

"키스하고 싶어?" 알리체는 부끄럽지 않았다. 하지만 그가 싫다고 하면 어쩌나 하는 두려움에 빈 위장이 뒤틀리는 것 같았다.

마티아는 잠시 가만히 있었다. 곧 그가 천천히 고개를 좌우로 저었다. 카펫의 소용돌이무늬에서 시선을 떼지 않은 채.

알리체는 신경질적으로 옆구리에 손을 짚고 허리둘레를 재는 척했다.

"상관없어." 그녀는 좀전과 확연히 다른 목소리로 재빨리 말했다. 그러곤 덧붙였다. "부탁인데, 아무한테도 말하지 마."

알리체, 넌 바보야, 그녀는 생각했다.

넌 초등학생보다 못해.

잠시 후 알리체는 자리에서 일어섰다. 갑자기 비올라의 방이 낯설고 적대적으로 보였다. 벽지의 모든 빛깔, 화장품이 널려 있는 책상, 잘린 발처럼 보이는 옷장에 걸린 발레 슈즈, 바닷가 모래사장에 누워 찍은 아름다운 비올라의 확대사진, 스테레오 옆에 아슬아슬하게 쌓인 카세트테이프 그리고 소파 위의 산더미 같은 옷가지에 취하는 듯한 기분이었다.

"나가자." 알리체가 말했다.

마티아는 침대에서 일어나 아주 잠깐 알리체를 바라보았

는데, 마치 미안하다고 말하는 것처럼 보였다. 알리체가 문을 열자 음악소리가 방안으로 밀려들어왔다. 그녀는 복도로 나와 혼자 걸어갔다. 그러다 비올라의 얼굴이 떠올랐다. 알리체는 갑자기 되돌아가 다짜고짜 마티아의 뻣뻣한 손을 잡고, 떠들썩한 거실로 나란히 들어갔다.

14

여자아이들은 조금 놀아볼까 하는 마음으로 데니스를 냉장고 옆 구석에 몰아세웠다. 그들이 도발적인 눈빛과 길게 늘어뜨린 머리카락으로 방벽을 세우듯 에워싸는 바람에 데니스는 더이상 마티아를 볼 수 없었다.

"진실게임 어때?" 비올라가 말했다.

데니스는 내키지 않아서 조심스레 고개를 가로저었다. 비올라는 눈을 들어 천장을 보고는 데니스를 한쪽으로 밀치며 냉장고를 열었다. 복숭아향 보드카 병을 꺼내더니 잔에 따르지도 않고 한 모금 마셨다. 그런 다음 마치 공범자에게 보내는 듯한 미소를 지으며 그에게 보드카를 건넸다.

냄새만 맡아도 데니스는 어지럽고 속이 울렁거렸다. 좀전에 마신 위스키 탓에 코부터 입까지 쓴 뒷맛이 남아 있었다. 하지만 비올라의 태도엔 저항할 수 없게 만드는 뭔가가 있었다. 그는 병을 받아 한 모금 삼키고 자다 사바리노에게 건넸다. 자다는 기다렸다는 듯 낚아채 오렌지주스를 마시듯 단숨에 벌컥벌컥 들이켰다.

"자, 이제 선택해. 대답할래? 아니면 벌칙?" 비올라가 다시 한번 물었다. "네가 안 하면 우리가 정한다."

"난 하기 싫어." 데니스가 힘없이 저항했다.

"너랑 네 친구 정말 짜증나. 그럼 내가 정하지. 대답하는 걸로! 음, 뭘 물을까?"

비올라는 검지를 턱에 대고 골똘히 생각하는 척하면서 천장을 보고 눈을 굴리다가 소리쳤다. "그래! 우리 넷 중 누가 제일 좋은지 말해봐."

데니스는 기가 질려 어깨를 움츠렸다.

"몰라." 그가 말했다.

"몰라? 적어도 한 명은 마음에 들 거 아냐?"

데니스는 한 명도 마음에 들지 않았다. 그저 그애들이 눈앞에서 사라져 마티아에게 돌아갈 수 있기만 바랄 뿐이었다.

평소 같으면 무슨 색인지 모를 이불을 덮고 잠든 마티아의 모습을 상상하는 수밖에 없었지만 오늘은 마티아와 함께 있으면서 밤에 그가 어떤 모습인지 지켜볼 수 있었다. 그런데 이제 한 시간밖에 남지 않았다.

아무나 한 명 고르면 날 내버려두겠지, 곧바로 그런 생각이 들었다.

"쟤." 데니스는 줄리아 미란디를 가리켰다. 그나마 가장 착해 보였다.

줄리아는 지금 막 파티 퀸으로 뽑힌 것처럼 한 손을 입으로 가져갔다. 비올라는 입을 샐쭉거렸고, 다른 두 명은 천박하게 깔깔댔다.

"좋아." 비올라가 말했다. "이번엔 벌칙이야."

"싫어, 그만해." 데니스는 저항했다.

"너 진짜 재미없는 애구나. 여자 네 명한테 둘러싸여 있는데, 잠깐이라도 즐길 생각이 없다니. 이런 기회가 매일 있는게 아닐 텐데."

"하지만 이번엔 다른 사람 차례잖아."

"아직 네 차례야. 넌 내가 시키는 대로 해야 해. 어때, 얘들아?"

다른 애들이 열광적으로 고개를 끄덕였다. 보드카 병은 다시 자다의 손에 있었다. 다른 애들이 눈치채기 전에 다 마시려는 생각인지 이따금씩 머리를 뒤로 젖히고 홀짝홀짝 들이켰다.

"이제 알겠지?" 비올라가 말했다.

데니스는 한숨을 쉬었다.

"뭘 하면 되는데?" 데니스가 어쩔 수 없다는 듯 물었다.

"보다시피 난 매너 좋은 파티 주인공이니까 네가 좋아할 만한 걸 시킬 거야." 비올라가 알 듯 모를 듯한 말을 내뱉었다. 나머지 세 명은 그녀가 새로운 벌칙으로 뭘 말할지 궁금해 그녀의 입술만 보고 있었다. "줄리아한테 키스해."

줄리아의 얼굴이 빨개졌다. 데니스는 명치가 욱신거리는 걸 느꼈다.

"미쳤어?" 줄리아는 놀라서 물었다. 아마도 본심은 아니겠지만.

비올라는 변덕스러운 어린애처럼 어깨를 으쓱했다. 데니스는 싫다고 두세 번 거세게 고개를 저었다.

"쟤가 좋다며?" 비올라가 말했다.

"내가 안 하겠다면?" 데니스가 위험을 무릅쓰고 말했다.

비올라가 갑자기 정색하고 그의 눈을 똑바로 바라보았다.

"키스 안 하면 넌 다시 진실을 말해야 해. 예를 들어 네 친구에 대한 얘기라든지."

날카롭게 번득이는 비올라의 눈빛을 보자, 누구에게도 들키지 않을 거라고 믿어온 것들이 모두 드러난 것처럼 느껴졌다. 데니스의 목이 뻣뻣하게 굳었다.

데니스는 줄리아 미란디에게 다가갔다. 양팔을 옆구리에 붙이고 그녀에게 얼굴을 내밀었다. 그러곤 눈을 질끈 감고 키스했다. 곧바로 뒤로 물러나려 했지만, 줄리아가 한 손을 그의 목덜미에 올리고 머리를 붙잡았다. 그녀의 혀가 꼭 다문 그의 입술 사이로 비집고 들어왔다.

입안에서 타인의 타액을 느끼자마자 구역질이 났다. 첫 키스를 하다가 눈을 뜬 순간, 데니스는 절름발이 여자애와 손을 잡고 주방으로 들어오는 마티아를 보았다.

15

알리체와 마티아가 오랜 세월이 지나서야 알게 된 것을 다른 아이들은 첫눈에 알아보았다. 손을 잡고 주방에 들어선 두 사람은 웃음기 없이 제각기 다른 방향을 보고 있었지만, 맞닿은 팔과 손가락을 통해 하나의 몸이 다른 몸으로 이어져 흐르는 것처럼 보였다.

알리체의 몹시 창백한 얼굴을 감싸고 있는 밝은색 머리와 마티아의 검은 눈을 가리고 있는 헝클어진 짙은 색 머리의 대비도 호를 그리는 그들의 두 손을 따라 녹아들었다. 둘 사이에는 서로 공유하는 공간이 있었다. 구체적으로 경계 지어 보일 수는 없었지만 전혀 부족함이 없는 것 같았고, 견고하고 평온한 분위기를 풍겼다.

알리체가 마티아보다 한 발 앞서 걸었고, 가볍게 이끌려오는 마티아의 걸음은 그녀의 다리가 지닌 결함을 지우며 보조를 맞췄다. 마티아는 알리체가 이끄는 대로 따라갔고, 타일 바닥 위에서 조금도 발소리를 내지 않았다. 그의 흉터들은 알리체의 손안에 안전하게 감춰졌다.

두 사람은 여자애들과 데니스한테서 조금 떨어진 주방 문턱에 멈춰 서서, 무슨 일이 벌어지고 있는지 파악하려 애썼다. 여전히 둘만 아는 머나먼 곳에서 온 듯한 몽환적인 분위기를 풍겼다.

데니스가 줄리아를 거칠게 밀쳐내자 그들의 입술이 소리를 내며 떨어졌다. 데니스는 마티아를 바라보며 그의 표정에서 자신을 불안케 하는 흔적을 찾았다. 마티아와 알리체가 자신은 전혀 알 길 없는 이야기를 나눴다는 생각이 들자 머리끝까지 피가 솟구쳤다.

데니스는 그 둘 사이의 안정을 깨뜨리기 위해 어깨로 마티아를 치면서 주방을 뛰쳐나갔다. 그 순간 마티아는 격앙되어 붉게 충혈된 데니스의 눈과 마주쳤다. 왠지 모르지만 그날 오후 공원에서 보았던 미켈라의 무방비한 눈빛이 떠올랐다.

세월이 흐르면서 그 둘의 눈빛은 하나가 되어 그의 기억 속에 잊을 수 없는 두려움으로 자리매김하게 될 것이었다.

마티아는 알리체의 손을 놓았다. 모든 신경이 온통 손끝에 몰려 있었던 것처럼 손을 떼는 순간 마치 피복이 벗겨진 전선에 불꽃이 튀듯 팔이 저릿했다.

"미안." 마티아는 알리체에게 속삭이곤 데니스를 쫓아 주방을 나갔다.

알리체는 돌처럼 차디찬 눈빛으로 자신을 바라보는 비올라에게 다가갔다.

"우린 그냥……" 알리체가 입을 열었다.

"관심 없어." 비올라가 말을 가로막았다. 알리체와 마티아를 보자 바닷가에서 만났던 남자애가 떠올랐던 것이다. 두 사람처럼 손잡고 일행이 있는 해변으로 돌아가고 싶었지만 남자애가 자신의 손을 뿌리쳤던 그때가. 비올라는 고통스럽고 격렬한 질투심에 휩싸였다. 자신이 바라던 행복을 지금 막 다른 사람에게 거저 넘겨줬다는 생각에 분노가 일었다. 마치 알리체가 자기 몫의 행복까지 다 가져가기라도 한 것처럼 도둑맞은 기분이었다.

비올라는 알리체가 자신의 귀에 뭔가 속삭이려 하자 고개를 돌려버렸다.

"뭘 더 바라는데?" 비올라가 말했다.

"아냐, 아무것도." 알리체는 깜짝 놀라 뒤로 물러났다.

그때 자다가 투명 인간에게 배를 맞은 것처럼 앞으로 허리를 숙였다. 자다는 한 손으로 주방 바닥을 짚고 다른 손으로는 배를 움켜쥐었다.

"왜 그래?" 비올라가 물었다.

"토할 것 같아." 자다가 울먹이며 말했다.

"더러워, 화장실로 가." 집주인인 비올라가 고함쳤다.

하지만 이미 늦었다. 웩 하는 소리와 함께 자다가 뱃속의 음식물을 바닥에 게워냈다. 솔레다드의 디저트와 보드카가 뒤섞인 듯한, 불그스름하고 알코올냄새가 풍기는 것을.

다른 아이들은 모두 질색하며 뒷걸음쳤다. 알리체 혼자 자다의 허리를 붙들고 일으켜세우려 애썼다. 순식간에 시큼한 냄새가 주방에 진동했다.

"잘한다, 멍청아." 비올라가 울상을 지으며 말했다. "파티가 완전 엉망진창이 됐잖아."

비올라는 뭔가를 후려치고 싶은데 억지로 참는 것처럼 주먹을 부들부들 떨며 주방을 나가버렸다. 알리체는 걱정스럽

게 비올라를 바라보다가 소리 죽여 흐느끼는 자다를 다시 돌
보았다.

16

파티에 초대된 아이들은 두셋씩 짝을 지어 거실에 흩어져 있었다. 남자애들 대부분은 음악에 맞춰 고개를 까닥거리고, 여자애들은 방안 여기저기를 두리번거리고 있었다. 몇몇은 음료수 컵을 들고 있었고, 예닐곱은 〈A Question of Time〉에 맞춰 춤을 추었다. 마티아는 다른 사람들 앞에서 그런 식으로 몸을 흔들어대면서 어떻게 마음 편히 즐길 수 있는지 궁금했다. 하지만 곧 그것이야말로 세상에서 가장 자연스러운 일이고, 그렇기 때문에 자신은 그럴 수 없는 거라고 결론을 내렸다.

데니스는 사라지고 없었다. 마티아는 그를 찾으러 거실을 가로질러 비올라의 방까지 들어갔다. 비올라의 언니 방과 부모님 방까지 들여다봤고, 화장실 두 곳도 확인했다. 한 화장실에서는 같은 학교 남자애와 여자애를 보았다. 여자애는 변기 뚜껑 위에 앉아 있고, 남자애는 그 앞 바닥에 책상다리를 하고 앉아 있었다. 두 사람이 슬프고 의아한 표정으로 그를 응시했고, 마티아는 재빨리 문을 닫았다.

마티아는 거실로 돌아와 발코니로 나갔다. 어둠이 깔린 언덕이 내려다보이고, 그 아래로 너나없이 하얗고 둥근 점으로 이루어진 도시 전체가 시야 끝까지 펼쳐졌다. 마티아는 발코니 난간 위로 몸을 내밀고 정원 나무 사이를 살폈지만 아무도 보이지 않았다. 그는 다시 안으로 들어왔다. 불안과 걱정이 밀려와 숨이 가빠졌다.

거실의 나선형 계단은 캄캄한 다락방과 이어졌다. 그는 얼마 오르다 말고 멈춰 섰다.

도대체 어딜 간 거지?

그는 다시 계단 끝까지 올라갔다. 아래층에서 새어든 불빛 덕분에 다락방 한가운데에 있는 데니스의 그림자를 알아볼 수 있었다.

마티아가 데니스를 불렀다. 그때껏 친구로 지내오며 그의 이름을 부른 건 채 세 번도 되지 않았다. 데니스는 마티아의 팔다리가 연장된 것처럼 자연스럽게 늘 그의 곁에 있었기 때문에 굳이 이름을 부를 필요가 없었다.

"꺼져." 데니스가 말했다.

마티아는 벽에서 스위치를 찾아 불을 켰다. 다락방은 생각보다 꽤 넓었고, 벽을 따라 높은 서가가 빙 둘러서 있었다. 다른 가구는 큼직한 나무 책상뿐이었다. 마티아는 오래전부터 그곳에 아무도 올라오지 않았다는 인상을 받았다.

"열한시가 다 됐어. 이제 가야 해." 마티아가 말했다.

데니스는 아무런 대답이 없었다. 그는 등을 돌린 채 커다란 카펫 중앙에 서 있었다. 마티아는 친구에게 가까이 다가갔고, 친구가 울고 있다는 걸 알아챘다. 데니스는 씩씩거리며 숨을 내쉬고 있었다. 시선은 앞을 향해 고정되어 있었고, 반쯤 벌어진 입술은 파르르 떨렸다.

잠시 후 마티아는 친구의 발밑에 부서져 있는 책상 스탠드를 알아챘다.

"무슨 짓을 한 거야?" 마티아가 물었다.

데니스의 숨소리가 갑자기 헐떡임으로 바뀌었다.

"데니스, 뭘 한 거냐고?"

마티아가 한쪽 어깨를 만지려 하자 데니스가 소스라쳤다. 마티아는 그를 세게 흔들었다.

"대체 무슨 짓을 한 거야?"

"난……" 데니스가 입을 열었다가 다시 닫았다.

"네가 뭐?"

데니스가 왼손을 펴서 쥐고 있던 스탠드 조각을 마티아에게 보여줬다. 손에 난 땀으로 얼룩진 초록색 유리 파편은 스스로 빛을 내는 것처럼 보였다.

"네가 느끼는 걸 나도 느끼고 싶었어." 데니스가 중얼거렸다.

마티아는 그 말을 이해하지 못했다. 그는 혼란스러운 나머지 한 발짝 뒤로 물러섰다. 뱃속에서 타는 듯한 고통이 터져나와 팔과 다리로 퍼졌다.

"하지만 도저히 할 수 없었어." 데니스가 말했다.

데니스는 뭔가를 기다리는 것처럼 양 손바닥을 위로 하고 있었다.

마티아는 이유를 물으려다 그만뒀다. 음악소리가 아래층에서 웅웅거리며 올라왔다. 저주파는 바닥을 가로질러 사라졌지만 그보다 높은 진동은 그곳에 남아 있었다.

"가자." 데니스가 코를 훌쩍이며 말했다.

마티아는 고개를 끄덕였다. 하지만 둘 다 그 자리에서 움직이지 않았다. 데니스가 갑자기 홱 돌아서서 계단을 향해 갔다. 마티아가 뒤따라 거실을 지나 밖으로 나왔다. 문을 나서자, 그들이 다시 숨쉴 수 있도록 서늘한 밤공기가 두 사람을 기다리고 있었다.

17

비올라는 새로운 멤버를 추방할지 말지 고민하고 있었다. 일요일 아침 자다 사바리노의 아버지가 비올라의 아버지에게 전화를 걸었는데, 이 때문에 비올라의 가족 모두가 잠에서 깼다. 전화 통화는 길었다. 비올라는 잠옷 바람으로 부모님 침실 문에 귀를 바짝 대고 엿들으려 했지만 한마디도 제대로 듣지 못했다.

침대가 삐거덕거리는 소리가 들리자 비올라는 자기 방으로 달려가 이불 속에 들어가서 자는 척했다. 아버지는 그녀를 깨우고는 말했다. "어떻게 된 일인지는 이따 듣겠다. 어쨌든 앞으로 이 집에 파티 같은 건 절대 없어. 파티란 파티는 죄다 잊고 살아야 할 거야. 아주 오랫동안." 점심때 어머니는 다락방의 스탠드가 깨져 있는 이유를 물었다. 언니도 비올라가 자기 물건에 손댔다는 걸 눈치채고는 비올라를 편들어주지 않았다.

비올라는 전화 통화도 금지된 채 의기소침하게 하루종일 방안에 틀어박혀 있었다. 알리체와 마티아, 그리고 두 사람이 손잡고 있던 모습을 머릿속에서 떨쳐낼 수 없었다. 매니큐어를 손톱으로 긁어내며 그녀는 결심했다. 알리체는 추방이야.

월요일 아침 알리체는 화장실 문을 걸어잠그고 문신을 덮고 있던 거즈를 완전히 떼어냈다. 거즈는 돌돌 말아서 아침식사 때 먹지 않은 비스킷과 함께 변기에 던져버렸다.

거울에 비친 바이올렛을 보자 자신의 몸을 영원히 바꿔놓은 생애 두번째 사건이라는 생각이 들었다. 후회와 불안이 기분좋게 뒤섞이며 전율이 몰아쳤다. 그녀는 이 몸이 자기만의 것이라고 생각했다. 자기가 원하면 파괴할 수도 있고, 흔적이 남을 정도로 망가뜨릴 수도 있고, 어린아이가 장난삼아 꺾었다가 땅바닥에 버려 시들어가는 꽃처럼 비쩍 마르게 내팽개쳐둘 수도 있다고.

그날 아침 알리체는 학교 여자 화장실에서 비올라와 다른 아이들에게 문신을 보여줄 작정이었다. 그리고 마티아와 어떤 식으로 길게 키스했는지 꾸며내 들려줄 생각이었다. 그 이상은 아무것도 덧붙일 필요가 없었다. 더 자세히 캐물어도 그들의 상상에 맡길 셈이었다.

알리체는 교실에 들어가 의자에 가방을 내려놓고 곧장 비올라의 책상으로 갔다. 다른 애들은 벌써 모여 있었다. 가까이 가는데 줄리아 미란디가 "쟤 온다"라고 말하는 게 들렸다. 알리체가 웃는 얼굴로 "안녕" 하고 인사했지만 아무도 대답이 없었다. 알리체는 전에 비올라가 가르쳐준 대로 양볼에 키스를 하려고 그녀에게 몸을 숙였지만 친구는 꿈쩍도 하지 않았다.

알리체는 다시 허리를 펴고, 냉랭한 네 명의 눈을 차례로 보았다.

"어제 우리 다 아팠어." 비올라가 말문을 열었다.

"정말?" 알리체는 진심으로 걱정돼서 물었다. "어디가 아팠는데?"

"넷 다 복통이 심했지." 자다가 사나운 투로 끼어들었다.

알리체는 주방 바닥에 토하던 자다의 모습이 떠올라 "너무 많이 마셨으니까 그렇지"라고 말하고 싶었다.

"난 괜찮았는데." 알리체가 말했다.

"그랬겠지." 비올라가 다른 애들을 바라보며 비아냥거렸다. "보나마나 뻔하지."

자다와 페데리카가 키득거렸고, 줄리아는 눈을 내리깔았다.

"무슨 뜻이야?" 알리체가 어리둥절해져서 물었다.

"무슨 말인지 잘 알 텐데." 비올라는 금세 목소리 톤을 바꾸며 아름답고 날카로운 눈으로 쏘아보았다.

"아니, 모르겠어." 알리체가 항변했다.

"우리한테 이상한 걸 먹였잖아." 자다가 쏘아붙였다.

"무슨 소리야? 이상한 걸 먹이다니?"

줄리아가 눈치를 보며 끼어들었다.

"그러지들 마. 사실이 아니잖아."

"아냐, 쟤가 우리한테 이상한 걸 먹였어." 자다가 같은 말을 반복했다. "그 디저트에 뭘 넣었는지 알 게 뭐야."

그러고는 알리체에게 말했다. "너 우릴 배탈 나게 하려던 거 아냐? 대단해, 성공했잖아."

알리체는 곧이어 쏟아지는 말들을 이해하기까지 시간이 좀 걸렸다. 크고 푸른 눈으로 "미안, 어쩔 수 없었어"라고 말하는 줄리아를 바라보았다. 비올라의 눈에서 피난처를 찾으려 했지만 돌아온 건 무심한 눈길뿐이었다.

자다는 아직도 아픈 것처럼 한 손을 배에 대고 있었다.

"디저트는 솔레다드와 내가 함께 만들었어. 재료는 모두 마트에서 샀고."

아무도 대꾸하지 않았다. 마치 살인자가 떠나주길 기다리는 것처럼 서로 다른 곳만 보고 있었다.

"솔의 디저트 때문이 아냐. 나도 먹었지만 괜찮았어." 알리체는 거짓말로 둘러댔다.

"거짓말쟁이." 그때까지도 입을 다물고 있던 페데리카 마촐디가 한마디했다. "넌 한입도 먹지 않았어. 다들 안다고. 넌……"

페데리카가 갑자기 말을 멈췄다.

"제발, 그만해." 줄리아가 말렸다. 금방이라도 울음을 터뜨릴 것 같았다.

알리체는 한 손을 배 위로 가져갔다. 살갗 아래서 심장박동이 느껴졌다.

"뭘 안다는 거야?" 알리체가 가라앉은 목소리로 물었다.

비올라 바이가 천천히 고개를 저었다. 알리체는 옛 친구를 조용히 응시했다. 자신에게 오지 않는 말들을 기다렸지만, 투명한 연기로 이루어진 혀처럼 공기 중에 떠다닐 뿐이었다. 수업 시작종이 울렸는데도 알리체는 꼼짝하지 않았다. 과학 교사 투발도가 두 번이나 이름을 부른 뒤에야 알리체는 자기 자리로 가서 앉았다.

18

데니스는 학교에 오지 않았다. 토요일에 집으로 가는 동안 마티아와 데니스는 한 번도 서로를 바라보지 않았다. 마티아 아버지가 묻는 말에 데니스는 짧게 대답했고, 차에서 내릴 때 인사조차 하지 않았다.

마티아는 옆의 빈자리에 손을 올려놓았다. 어두운 다락방에서 데니스가 했던 말들이 문득문득 머릿속에 떠올랐다. 하지만 그 말들은 의미의 바닥까지 닿기도 전에 빠르게 미끄러져나갔다.

마티아는 데니스가 한 말을 꼭 이해하고 싶은 건 아니라는 사실을 깨달았다. 그가 원하는 건 데니스가 옆에 앉아서 책상 너머의 모든 걸 차단해주는 것뿐이었다.

전날 마티아의 부모는 그를 불러 거실 소파에 앉히고 그와 마주앉았다. "자, 생일파티 얘기 좀 들어보자." 아버지가 말했다. 마티아는 두 손을 꽉 쥐었다가 부모가 잘 볼 수 있게 무릎 위에 펼쳤다. 그는 어깨를 한번 으쓱하고는 나지막이 대답했다. "얘기할 게 없어요." 어머니가 신경질적으로 자리에서 일어나 주방으로 가버렸다. 그러나 아버지는 그에게 다가와 위로하듯 어깨를 두어 번 톡톡 다독였다. 그러자 어렸을 때 무더운 여름날 아버지가 그의 얼굴과 미켈라의 얼굴에 번갈아가며 입으로 바람을 불어서 더위를 식혀주던 기억이 떠올랐다. 피부에 맺혀 있던 땀이 날아가듯 가볍게 증발하던 느낌이 되살아나면서, 미켈라와 함께 강물 속으로 가라앉아버린 세계의 일부가 가슴 저린 향수를 불러일으켰다.

마티아는 반 아이들이 모두 그 일을 알고 있는지 궁금했다. 어쩌면 선생님들도 알고 있을지 몰랐다. 그는 자기 머리 위에서 그들의 시선이 은밀하게 오가며 그물처럼 얽히곤 하는 걸 느꼈다.

마티아는 역사책을 아무렇게나 펼쳐서 그 페이지부터 나오는 모든 사건의 연도를 암기하기 시작했다. 논리적인 의미

없이 한 줄로 나열된 숫자 목록이 그의 머릿속에서 점점 길어졌다. 그러는 사이 마티아는 어둠 속에 서 있던 데니스에 대한 생각에서 조금씩 벗어났고, 데니스의 빈자리도 까맣게 잊었다.

19

　쉬는 시간에 알리체는 몰래 2층 양호실로 들어갔다. 침대 하나와 구급약을 보관하는 거울 달린 캐비닛이 덩그러니 놓인 좁고 하얀 방이었다. 딱 한 번 체육 시간에 정신을 잃고 양호실에 실려온 적이 있었다. 쓰러지기 마흔 시간 전 고작 통밀 크래커 두 개와 저칼로리 바 하나만 먹었기 때문이었다. 초록색 디아도라 운동복에 한 번도 사용한 적 없는 호루라기를 목에 건 체육 교사는 그날 알리체에게 네가 무슨 짓을 하고 있는지 잘 생각해봐, 정말 잘 생각해보라고, 하고 말했다. 그러고는 남은 수업시간 동안 딱히 할일도 볼 것도 없는 형광등 불빛 아래 그녀를 혼자 남겨두고 나가버렸다.

구급약 캐비닛은 잠겨 있지 않았다. 알리체는 그 안에서 자두만한 탈지면 한 뭉치와 변성알코올 작은 병 하나를 꺼냈다. 캐비닛 문을 다시 닫고, 묵직한 물건이 없나 찾아보았다. 눈에 띄는 건 빨간색과 갈색의 중간쯤 되는 칙칙한 색깔의 딱딱한 플라스틱 쓰레기통뿐이었다. 밖에서 아무도 듣지 못하길 바라면서, 쓰레기통 바닥으로 캐비닛의 거울을 깨뜨렸다.

알리체는 손을 베지 않게 조심하면서 삼각형의 큼지막한 유릿조각을 집어들었다. 반사면에 비친 오른눈을 보고, 자신이 눈물 한 방울 흘리지 않은 것에 자부심을 느꼈다. 그녀는 넉넉한 스웨트셔츠 가운데 달린 앞주머니에 물건들을 챙긴 후 교실로 돌아왔다.

알리체는 나머지 오전 시간을 무감각하게 보냈다. 비올라와 그 무리 쪽으로는 고개도 돌리지 않았고, 아이스킬로스의 희곡에 관한 수업은 한마디도 듣지 않았다.

수업이 끝나고 줄지어 나가는 반 아이들을 따라 교실을 나서는데 줄리아 미란디가 슬그머니 알리체의 손을 잡았다.

"미안." 줄리아는 알리체의 귀에 속삭이더니 뺨에 키스한 다음 이미 복도에 나가 있는 다른 친구들에게 달려갔다.

알리체는 리놀륨이 깔린 아트리움 계단 밑에서 마티아를 기다렸다. 너도나도 출입문 쪽으로 달음질하는 학생들이 물결처럼 쏟아져나왔다. 그녀는 계단 난간에 손을 올려놓았다. 철제의 냉기가 마음을 차분하게 가라앉혀줬다.

마티아가 데니스 말고는 아무도 넘보지 못하는 반경 50센티미터의 빈 공간에 에워싸여 계단을 내려왔다. 헝클어진 검은 곱슬머리가 이마를 뒤덮어 눈을 찌를 것 같았다. 몸을 뒤로 살짝 젖힌 채 시선은 발 딛는 곳에 두고 계단을 내려오고 있었다. 알리체가 처음 불렀을 때 그는 눈길을 돌리지 않았다. 더 크게 부르자 그제야 고개를 들었다. 그는 당황한 얼굴로 안녕, 하고 인사하고는 출입문으로 향했다.

알리체는 다른 아이들을 헤치고 마티아에게 갔다. 그녀가 팔을 잡자 그가 움찔했다.

"나랑 같이 갈 데가 있어." 알리체가 말했다.

"어디?"

"나 좀 도와줘."

마티아는 위험한 게 없나 살피듯 불안하게 주위를 두리번거렸다.

"아버지가 밖에서 기다리셔." 그가 둘러댔다.

"더 기다려주실 거야. 나 좀 도와줘. 지금 당장."

마티아가 한숨을 내쉬었다. 그는 알았다고 대답했지만 스스로도 왜 그랬는지 이유를 알지 못했다.

"저기로 가자."

알리체가 비올라의 생일파티 때처럼 마티아의 손을 잡았다. 이번엔 그의 손가락도 자연스럽게 알리체의 손을 감싸쥐었다.

그들은 학생 무리에서 빠져나왔다. 알리체는 도망치듯 빠르게 걸었다. 그들은 텅 빈 2층 복도에 들어섰다. 빈 교실마다 활짝 열려 있는 문이 버려진 듯한 느낌을 풍겼다.

둘은 여자 화장실로 향했다. 마티아가 쭈뼛거렸다. "난 여기 들어가면 안 돼"라고 말하려 했지만, 어느새 알리체의 손에 끌려 들어와 있었다. 알리체가 그를 데리고 화장실 칸으로 들어가 문을 걸어잠갔다. 둘 사이가 너무 가까워서 마티아는 다리가 후들거리기 시작했다. 문에서 변기까지의 공간이라고 해야 고작 작은 타일 한 줄밖에 안 될 정도로 좁아서 두 사람은 겨우 발을 딛고 서 있었다. 여기저기 떨어진 휴짓조각이 바닥의 절반을 차지하고 있었다.

이제 나한테 키스할 거야, 마티아는 생각했다.

너도 그냥 같이 키스하는 거야. 어렵지 않아. 누구나 하는 거잖아.

알리체가 반들거리는 재킷의 지퍼를 내리고는 비올라네 집에서처럼 옷을 벗기 시작했다. 똑같은 청바지에서 속셔츠를 빼내고 엉덩이 중간까지 바지를 내렸다. 마치 혼자 있는 것처럼 마티아에게는 눈길조차 주지 않았다.

토요일 밤 봤던 하얀 거즈가 있던 자리에 꽃 문신이 보였다. 마티아는 뭐라고 얘기하려다 입을 다물고 눈을 돌렸다. 그의 다리 사이에서 뭔가가 움직였기 때문에 딴생각을 하려 노력했다. 그는 벽에 있는 낙서를 되는대로 읽었다. 타일 선과 평행을 이루는 낙서는 하나도 없었다. 대부분 같은 각도로 기울어 있었는데, 마티아는 바닥 모서리를 기준으로 30도에서 35도쯤 될 거라 추측했다.

"이거 받아." 알리체가 말했다.

한쪽은 반사면이고 반대쪽은 검게 칠해진 칼날처럼 날카로운 유릿조각을 그의 손에 건넸다. 마티아는 영문을 알 수 없었다. 알리체는 마티아를 처음 만났을 때 상상했던 것처럼 그의 턱을 들어올렸다.

"이걸 없애줘. 나 혼자선 못하겠어."

마티아는 유릿조각을 본 후 배에 새겨진 문신을 가리키는 알리체의 오른손을 바라보았다.

알리체는 마티아가 거절하리란 걸 알고 있었다.

"넌 할 수 있다는 거 알아. 다시는 이걸 보고 싶지 않단 말이야. 제발, 날 위해서 해줘."

마티아는 칼날 같은 파편을 손안에 굴렸다. 그러자 팔에 전율이 흘렀다.

"하지만……" 마티아가 입을 열었다.

"날 위해 해줘." 알리체가 마티아의 입술에 자기 손을 대며 그의 말을 끊고선 곧바로 손을 뗐다.

날 위해 해줘, 마티아는 그 말을 곰곰이 생각했다. 그 세 마디가 계속 귓가를 맴돌아 결국 그는 알리체 앞에 무릎을 꿇었다.

마티아의 발뒤꿈치가 벽에 닿았다. 어떻게 해야 할지 감이 잡히지 않았다. 망설임 끝에 문신 주변의 살갗을 쫙 폈다. 그는 지금까지 단 한 번도 그토록 가까이에서 여자의 몸을 마주한 적이 없었다. 자신도 모르게 체취를 맡기 위해 깊게 숨을 들이켰다.

마티아는 유릿조각을 그녀의 몸에 가져갔다. 그의 손이 흔들림 없이 손가락 한 마디쯤 상처를 냈다. 알리체가 몸을 떨며 고통스러운 비명을 질렀다.

마티아는 움찔하며 마치 자기 탓이 아니라고 부정하듯 등 뒤로 유릿조각을 숨겼다.

"못하겠어." 마티아가 말했다.

위를 올려다보니 알리체가 숨죽여 울고 있었다. 그녀는 고통스러운지 눈을 질끈 감고 있었다.

"하지만 다시는 보기 싫단 말이야." 그녀가 울먹이며 말했다.

마티아가 보기에 알리체는 용기가 부족한 것 같았다. 오히려 다행이었다. 그는 일어서면서 그만 나가는 게 좋겠다고 생각했다.

알리체가 배에 흐르는 핏방울을 손으로 훔쳤다. 그런 뒤 다시 청바지 단추를 채웠고, 그사이 마티아는 그녀에게 위로가 될 만한 말을 찾았다.

"곧 익숙해질 거야. 나중엔 눈에 보이지도 않을걸."

"어떻게? 항상 거기 있을 텐데, 내 눈에 보이는 곳에."

"바로 그거야. 그러니까 오히려 안 보이게 될 거야."

다른 방

1995

20

마티아 말이 맞았다. 시간은 하루하루 알리체의 살갗 위로 미끄러지듯 지나갔고, 그녀의 문신과 두 사람의 기억의 아름다운 빛깔은 한 꺼풀씩 지워졌다. 문신의 윤곽선은 우리를 늘 둘러싼 환경처럼 검고 뚜렷하게 늘 그 자리에 있었지만, 윤곽선 안의 색채들은 서로 뒤섞여 제 빛깔을 잃고 단조롭고 창백한 음영으로 퇴색해 의미를 알 수 없게 되었다.

고교 시절은 마티아와 알리체에게 결코 아물지 않을 깊고 쓰라린 상처였다. 둘은 숨쉬는 것조차 꾹 참으며 그 시간을 지나왔다. 마티아는 세상을 거부하는 마음으로, 알리체는 세상에 거부당하는 기분으로 견뎠지만, 차츰 그 두 가지가 별로 다르지 않다는 걸 깨달았다. 그들은 불완전하고 비대칭적인 우정을 쌓아갔다. 오랜 부재와 기나긴 침묵으로 이루어진 두 사람의 우정은 학교 담장이 조여와 질식할 것 같을 때, 유일하게 숨 돌릴 수 있는 순수하고 텅 빈 공간이었다.

좀더 시간이 흐르자 사춘기의 상처 또한 아물어갔다. 상처 가장자리의 살갗은 조금씩 지속적으로 움직여 서로 가까워졌다. 새로운 상처가 생길 때마다 딱지가 떨어져나가며 더 짙고 두꺼운 딱지가 고집스레 그 자리를 대신하더니 마침내는 매끄럽고 단단한 새살이 돋았다. 불그스름했던 흉터는 서서히 하얘지며 다른 피부와 같아졌다.

두 사람은 알리체의 침대에 나란히 누웠다. 서로 반대쪽에 머리를 둔 채 몸이 닿을까봐 둘 다 부자연스럽게 다리를 구부리고 있었다. 알리체는 슬쩍 마티아의 등에 발끝을 대고 모른 척해볼까 생각했다. 하지만 그가 즉시 몸을 뺄 거라는 생각에 시시하게 실망할 일은 하지 않기로 했다.

둘 중 누구도 음악을 틀자는 말을 꺼내지 않았다. 그들은 별달리 하고 싶은 게 없었다. 그저 일요일 오후가 저절로 사라져, 먹고 자고 다시 한 주를 시작하는 것처럼 불가피한 일을 할 때가 다시 오길 기다릴 뿐이었다. 열린 창문으로 9월의 금빛 햇살이 비쳐들고 이따금씩 거리의 소음이 함께 실려 왔다.

알리체가 침대 위에 서자 마티아의 머리 주위로 매트리스가 출렁였다. 그녀는 두 주먹으로 허리를 짚고 그를 뚫어지게 내려다보았다. 머리카락이 앞으로 쏟아져내려 심각한 표정이 가려졌다.

"그대로 있어. 꼼짝하지 말고."

알리체는 그렇게 말하곤 그의 몸을 넘어 온전한 다리로 침대에서 뛰어내렸다. 실수로 잘못 붙은 것처럼 보이는 다른 쪽 다리가 바닥에 끌리며 뒤따랐다. 마티아는 턱을 가슴에 묻고 알리체가 방안을 왔다갔다하는 모습을 지켜보았다. 그녀가 책상 한가운데에 놓인 네모난 상자를 열었는데, 그때까지 그는 거기 그런 게 있는 줄도 몰랐다.

알리체가 한쪽 눈은 감고 다른 눈은 낡은 카메라에 댄 채 돌아섰다. 마티아가 침대에서 몸을 일으키려 했다.

"누워 있어. 그대로 가만히." 알리체가 명령했다.

곧 찰칵 소리가 났다. 폴라로이드 카메라가 얇고 하얀 혀처럼 사진을 뱉어냈고, 알리체는 색이 나타나게 사진을 흔들었다.

"그건 어디서 났어?" 마티아가 물었다.

"창고에 있던 거야. 아빠 거. 언제 샀는지 모르겠지만 한 번도 사용한 적 없는 거야."

마티아가 침대에 일어나 앉았다. 알리체는 사진을 카펫 위에 던지고 한 장 더 찍었다.

"그만해." 그가 손사래를 쳤다. "사진 찍으면 어벙하게 나온단 말이야."

"넌 늘 어벙해 보여."

다시 찰칵 소리가 났다.

"나 사진작가가 되고 싶어." 알리체가 말했다. "결심했어."

"그럼 대학은?"

알리체가 어깨를 으쓱했다.

"그건 아빠의 관심사야. 그렇게 대학이 좋으면 아빠나 가라지 뭐."

"그럼 자퇴할 거야?"

"아마도."

"하루아침에 사진작가가 되겠다고 결심하고 일 년이나 공부한 걸 버리다니. 세상이 그렇게 호락호락하진 않아." 마티아가 단정적으로 말했다.

"이런, 네가 우리 아빠 같은 사람이라는 걸 깜박했네." 알리체가 비아냥거렸다. "아빠와 넌 언제나 뭘 해야 하는지 알고 있지. 너만 해도 다섯 살 때부터 수학자가 되겠다고 생각했잖아. 그런 유형은 정말 따분해. 고리타분하다고."

알리체는 창가로 가서 셔터를 아무렇게나 한번 더 눌렀다. 그 사진 역시 카펫 위에 있는 다른 사진 두 장 옆에 던져놓곤 와인을 만들기 위해 포도를 으깨듯 사진을 발로 짓이겼다.

마티아는 뭐라 대꾸할 말을 찾았지만 아무 말도 생각나지 않았다. 허리를 굽혀 알리체의 발밑에 깔린 첫번째 사진을 빼냈다. 머리를 받치고 있던 두 팔의 윤곽이 하얀 바탕 위에 서서히 떠오르고 있었다. 매끄러운 표면 위에 나타나는 그 놀라운 현상에 대해 궁금해진 마티아는 집에 가자마자 바로 백과사전을 찾아봐야겠다고 생각했다.

"보여줄 게 또 있어." 알리체가 말했다.

새 장난감에 마음을 뺏겨 갖고 놀던 장난감을 내팽개치는 어린애처럼 알리체는 카메라를 침대에 던져놓고 방을 나갔다.

십 분이 지나도 알리체는 나타나지 않았다. 마티아는 책상 책꽂이에 비스듬히 꽂힌 책들의 제목을 읽기 시작했다. 언제

봐도 늘 똑같은 책들. 제목의 머리글자를 조합해봤지만 단어가 만들어지지 않았다. 책이 꽂힌 순서에서 논리적인 체계를 찾아내고 싶었다. 그러려면 스펙트럼을 따라 표지 색이 빨강에서 시작해 보라로 끝나게 꽂거나 책 높이가 높은 것에서 낮은 것 순으로 정리했을 것이다.

"짜잔." 알리체의 목소리에 마티아의 생각이 흐트러졌다.

돌아보니 넘어질세라 양손으로 문기둥을 잡고 문턱에 서 있는 알리체가 보였다. 그녀는 웨딩드레스를 입고 있었다. 한때는 눈부시게 새하앴을 테지만 세월이 흐르며 병균이 조금씩 좀먹은 것처럼 끝자락이 누렇게 바랜 드레스였다. 오랫동안 상자에만 담겨 있던 탓에 바스러질 듯 마르고 뻣뻣했다. 보디스*가 알리체의 빈약한 가슴 위로 헐겁게 늘어져 있었다. 특별히 깊이 파인 게 아닌데도 어깨끈이 알리체의 어깨 아래로 몇 센티미터쯤 흘러내렸다. 자세 때문에 알리체의 쇄골이 더욱 두드러졌다. 그녀의 고운 목선이 살지 않고 말라버린 호숫바닥처럼 작은 골이 패었다. 마티아는 손끝으로 그 선을 따라가면 어떤 느낌일까 눈을 감고 생각해봤다. 소

---

* 드레스의 몸통 부분.

매 끝의 레이스는 구겨져 있고, 왼쪽 소매는 살짝 올라가 있었다. 뒷자락은 마티아의 시야를 벗어나 복도로 길게 드리워 있었다. 풍성한 드레스 아래로 빨간 슬리퍼가 빼꼼히 나와 흥미로운 불협화음을 만들어냈다.

"어때? 뭐라고 얘기 좀 해봐." 알리체는 마티아를 보지도 못하고 말했다. 한 손으론 드레스에 달린 싸구려 합성섬유 같은 튈을 만지작거렸다.

"누구 거야?" 마티아가 물었다.

"내 거야, 왜?"

"좀, 진지하게 말해봐."

"누구 거겠니? 우리 엄마 거지."

마티아는 고개를 끄덕이며 그 옷을 입은 페르난다 부인을 상상했다. 알리체의 어머니가 유일하게 지었던 표정이 떠올랐다. 그가 집에 가기 전 인사를 하려고 거실에 들르면 텔레비전을 보고 있던 페르난다 부인은 문병객이 환자에게 하듯 다정다감하고 깊은 연민이 담긴 얼굴이었다. 뒷날 병이 부인의 몸을 잠식한 후 그 표정은 기묘한 느낌을 주었다.

"그렇게 멍하니 있지 말고 사진 좀 찍어줘."

마티아는 침대에서 폴라로이드 카메라를 집어들었다. 하

지만 어디를 눌러야 할지 몰라 손안에서 카메라를 이리저리 돌리기만 했다. 알리체는 문 앞에서 몸을 흔들고 있었다. 마치 그녀 주위로만 산들바람이 부는 것처럼. 마티아가 카메라를 들이밀자 알리체는 등을 꼿꼿이 펴더니 도발적으로 느껴질 만큼 진지한 표정을 지었다.

"자, 됐지?" 마티아가 말했다.

"이번엔 같이 찍자."

마티아가 고개를 저었다.

"빨리. 분위기 좀 깨지 마. 한 번쯤은 네가 제대로 차려입은 걸 보고 싶어. 한 달째 입고 있는 그 너덜너덜한 스웨트셔츠 말고."

마티아는 자신을 내려다보았다. 파란 스웨트셔츠의 소맷단은 좀먹은 것처럼 보였다. 그는 엄지손톱으로 소맷단을 문지르는 버릇이 있었다. 엄지손톱으로 검지와 중지 사이의 살을 할퀴지 않도록 손가락을 부단히 움직이는 것이다.

"너, 내 결혼식 날을 망치려는 건 아니지?" 알리체가 입을 삐죽이며 말했다.

알리체 스스로도 장난일 뿐이란 걸 알았다. 시간을 때우기 위한 농담, 시시한 놀이, 여느 때와 다르지 않은 어리석은 짓이었지만, 옷장 문 안쪽 거울에 하얀 드레스를 입은 자신과 마티아의 모습이 나란히 비치자 당황한 나머지 숨이 턱 막히는 것 같았다.

"여긴 괜찮은 게 없네." 알리체는 서둘러 말했다. "따라와."

마티아는 내키지 않았지만 알리체를 따라갔다. 알리체가 그럴 때마다 마티아는 다리가 저려오며 당장 뛰쳐나가고 싶은 충동에 휩싸였다. 그녀의 태도에는, 어린애 같은 변덕을 충족하려는 그녀의 격정에는 그를 못 견디게 하는 무언가가 있었다. 마치 의자에 그를 묶어놓은 다음 수십 명을 집으로 불러 자신의 소유물이나 우습게 생긴 애완동물인 양 보여주는 듯한 느낌이 들었다. 대부분 그는 입을 굳게 다물고 참을 수 없다는 감정을 온몸으로 고스란히 드러냈다. 알리체가 그의 심드렁한 태도에 진저리치며 "넌 언제나 날 바보로 만들어"라며 포기할 때까지.

마티아는 드레스 자락 뒤를 따라 알리체 부모님의 방까지 갔다. 그 방에는 한 번도 들어가본 적이 없었다. 창문 거의 끝까지 내려온 블라인드 틈새로 햇빛이 평행선을 이루며 비쳐들었는데, 너무 선명해서 언뜻 나무 바닥에 빗살을 그려놓은 것처럼 보였다. 방안 공기는 그 집 어느 곳보다 무겁고 나른했다. 한쪽 벽면에 마티아 부모님의 침대보다 훨씬 더 높은 더블베드와 똑같은 협탁 두 개가 놓여 있었다.

알리체는 옷장을 열고, 셀로판 커버에 싸여 가지런히 걸린 아버지의 정장을 손가락으로 훑었다. 그중에 검은 양복 한 벌을 꺼내 침대 위에 던졌다.

"그거 입어." 알리체가 마티아에게 명령했다.

"미쳤어? 네 아버지께서 아시면 어쩌려고."

"아빤 절대 눈치 못 채."

알리체는 잠시 생각에 잠겼다. 방금 내뱉은 말을 다시 곱씹어보거나 빼곡히 들어찬 무채색 옷들 너머를 바라보고 있는 것처럼.

"셔츠와 넥타이도 찾아줄게."

마티아는 어떻게 해야 할지 알 수 없어 꼼짝 않고 서 있었다. 알리체가 그의 마음을 알아차렸다.

"계속 그러고 있을 거야? 여기서 갈아입어. 부끄러워할 거 하나도 없으니까!"

그렇게 말하는데 알리체의 텅 빈 위에 경련이 일었다. 순간 그녀는 자신이 솔직하지 못하다고 느꼈다. 그녀의 말은 은근한 강요에 가까웠다.

마티아가 코로 한숨을 내쉬곤 침대에 앉아 신발끈을 풀기 시작했다.

알리체는 이미 골라놓고도 셔츠를 고르는 척 돌아서 있었다. 허리띠가 찰칵하는 소리가 들리자 그녀는 셋까지 세고 뒤돌았다. 마티아가 청바지를 벗고 있었다. 그는 바지 속에 그녀가 상상했던 꼭 끼는 삼각팬티가 아닌 매끄러운 회색 사각팬티를 입고 있었다.

알리체는 그의 반바지 차림을 수십 번 봤기에 속옷 차림을 봐도 별반 다르지 않을 거라 생각했다. 하지만 네 겹의 하얀 웨딩드레스 속에서 몸이 가볍게 떨리는 게 느껴졌다. 마티아는 맨몸을 가리려고 러닝셔츠 자락을 끌어내린 다음 재빨리 정장 바지를 꿰입었다. 옷감은 부드럽고 가벼웠다. 옷이 스치면서 정전기가 일어 다리털이 고양이 털처럼 일어섰다.

알리체가 다가가 셔츠를 건네주었다. 마티아는 눈도 들지 않고 받았다. 그는 이런 무의미한 흉내내기가 짜증나고 지긋지긋했다. 가슴과 배꼽 주변에 성기게 난 털과 가느다란 팔을 보이는 것도 창피했다. 알리체는 마티아가 다른 때처럼 일부러 분위기를 민망하게 만들고 있다고 생각했다. 하지만 다음 순간 입장을 바꿔 생각해보니 순전히 자기 탓인 것 같아 목이 메었다. 그러고 싶진 않았지만 알리체는 자신이 보지 않는 사이 그가 러닝셔츠를 벗도록 뒤돌아섰다.

"이젠 뭘 해야 하는데?" 마티아가 물었다.

알리체는 돌아섰다. 아버지 옷을 입은 마티아를 보자마자 숨이 멎는 것 같았다. 재킷은 품이 조금 남고 어깨는 지나치게 넓었지만 마티아가 멋지다는 생각을 떨칠 수 없었다.

"넥타이를 안 했어." 한 박자 늦게 알리체가 말했다.

마티아는 알리체의 손에서 보르도 색상의 넥타이를 받아들고 광택이 나는 천을 무심결에 엄지손가락으로 매만졌다. 팔과 등줄기를 타고 전율이 흘러내렸다. 손바닥이 모래처럼 메마르게 느껴졌다. 그는 즉시 손을 입으로 가져가 입김을 불어 손바닥을 촉촉하게 만들었다. 유혹을 떨치지 못하고 알리체의 눈을 피해 손마디를 깨물었다.

"어떻게 매는지 몰라." 그가 느릿느릿 말했다.

"휴, 넌 진짜 구제불능이야."

사실 알리체는 마티아가 넥타이를 맬 줄 모른다는 사실을 이미 알고 있었다. 자신이 넥타이 매는 법을 안다는 걸 어서 빨리 보여주고 싶었다. 알리체의 아버지는 그녀가 어렸을 때 넥타이 매는 법을 가르쳐줬다. 아침이면 알리체의 침대에 넥타이를 놓아두고, 집을 나서기 전 그녀의 방에 들러 "넥타이 준비됐니?" 하곤 했다. 그러면 알리체는 미리 매듭지어놓은 넥타이를 들고 아버지에게 쪼르르 달려갔다. 아버지는 여왕을 알현하듯 양손을 등뒤에 모으고 머리를 숙였다. 그녀는 아버지의 목에 넥타이를 걸고 조인 다음 살짝 고쳐 맸다. 그러면 아버지가 프랑스어로 "완벽해"라고 말하곤 했다. 그 사고가 있은 후 어느 아침, 아버지는 넥타이가 자신이 놓아둔 그대로 침대 위에 있는 걸 보았다. 그날 이후 아버지는 항상 스스로 넥타이를 맸고, 그 작은 의식 역시 다른 많은 것처럼 자취를 감췄다.

알리체는 앙상한 손가락을 필요 이상으로 재빠르게 놀려 매듭을 만들었다. 마티아는 그 손놀림을 눈으로 좇았지만 꽤 복잡해 보였다. 그래서 그냥 알리체가 직접 그의 목둘레에 맞게 넥타이를 고쳐 매도록 두었다.

"와, 꽤 멋진데. 거울 볼래?"

"아니, 싫어." 마티아는 자기 옷으로 갈아입고 거기서 벗어나고 싶었다.

"사진 찍어야지." 알리체가 손뼉을 치며 말했다.

마티아는 알리체를 따라 다시 그녀의 방으로 갔다. 그녀가 카메라를 집어들고 말했다.

"이건 자동 촬영이 안 돼. 대충 짐작으로 찍어야 해."

알리체는 마티아의 허리에 팔을 둘러 자기 쪽으로 끌어당겼다. 그는 뻣뻣하게 굳어 있었고 그녀는 사진을 찍었다. 쉭 소리를 내며 사진이 미끄러져나왔다.

알리체는 마치 긴 결혼식을 마친 신부처럼 침대에 몸을 던진 다음 방금 전 찍은 사진으로 부채질했다.

마티아는 가만히 서서 몸에 걸친 낯선 이의 옷을 의식하며 자신이 그 속으로 사라지고 있는 듯한 감각이 주는 짜릿함을 즐겼다. 어느새 방안의 색조가 바뀌었다. 태양의 발톱이 마지막으로 맞은편 건물 뒤로 내려앉자 노란빛은 단조로운 푸른빛으로 바뀌었다.

"이제 갈아입어도 돼?"

그는 놀이에 충분히 응했다는 걸 그녀가 알아채도록 일부러 물었다. 무슨 생각을 하는지 알리체가 양미간을 찡그렸다.

"마지막 한 가지가 남았어." 그녀가 다시 일어났다. "신랑은 신부를 안고 문지방을 넘어야 해."

"그래서?"

"나를 팔로 안아서 저기까지 데려다줘." 알리체가 복도를

186

가리켰다. "그럼 넌 자유야."

마티아가 고개를 저었다. 그녀는 가까이 다가와 어린아이처럼 팔을 내밀었다.

"용기를 내, 나의 영웅." 그녀가 그를 놀리며 말했다.

마티아는 단념한 듯 어깨를 축 내려뜨렸다. 알리체를 들어올리려고 어정쩡하게 몸을 구부렸다. 그때껏 누구도 그런 식으로 안아 옮긴 적이 없었다. 한 팔로 그녀의 무릎 아래를 받치고, 다른 팔은 등에 둘렀다. 그리고 그녀를 들어올렸는데너무 가벼워 깜짝 놀랐다.

그는 복도를 향해 휘청휘청 걸어갔다. 너무도 가까워서 알리체의 숨결이 셔츠 올 사이로 스며드는 게 느껴졌고, 드레스 자락이 바닥을 스치는 소리가 들렸다. 문턱을 넘는 순간, 뭔가 찢어지는 소리에 우뚝 멈춰 섰다.

"젠장."

그가 황급히 알리체를 내려놓았다. 문 경첩에 드레스가 걸려 있었다. 한 뼘 정도 찢어진 구멍이 마치 비웃는 입처럼 보였다. 둘은 약간 놀라 멍하니 그 광경을 바라보았다.

마티아는 알리체가 무슨 말이든 하기를 기다렸다. 실망해서 화를 낼 거라고 생각했다. 사과해야 한다고 생각했지만,

내심 그런 어리석은 일을 고집한 그녀의 책임이 크다는 생각도 들었다. 그녀가 자초한 일이었다.

알리체가 찢어진 옷을 무표정하게 바라보며 말했다.

"신경쓸 거 없어. 이젠 아무한테도 필요 없는데 뭐."

물 안팎에서

1998

21

소수素數는 오직 1과 자기 자신으로만 나누어진다. 모든
수가 그렇듯 소수는 두 개의 수 사이에서 짓눌린 채 무한히
연속하는 자연수 안에 고유한 자리를 차지하지만, 다른 수보
다 한발 더 앞서 있다. 소수는 의심 많고 고독한 수다. 그 때
문에 마티아는 소수에서 경이를 느끼곤 했다. 때로는 소수가
실수로 그런 수열에 놓여, 목걸이에 꿰인 진주처럼 옴짝달싹
못하고 있다는 생각이 들었다. 어느 때는 소수 역시 다른 평
범한 수처럼 되고 싶었는데 무슨 이유에선가 그럴 수 없었던
게 아닐까 하는 생각이 들기도 했다. 두번째 생각은 특히 잠
들기 전, 스스로를 기만하기엔 마음이 너무 느슨해진 밤을

틈타 혼란스럽게 엉켜드는 상념 사이로 스쳐가곤 했다.

대학 1학년 때 마티아는 소수 가운데 좀더 특별한 수가 있다는 걸 배웠다. 수학자들은 그 수를 '쌍둥이소수'라고 부른다. 쌍둥이소수는 근접한, 거의 근접한 두 수가 한 쌍을 이루는데, 그 사이엔 항상 둘의 만남을 방해하는 짝수가 있다. 11과 13이라든가 17과 19, 또는 41과 43 같은 수가 그렇다. 참을성 있게 계속 세어나가면, 이 쌍둥이소수가 점점 희소해지는 걸 발견하게 된다. 오직 기호로만 이루어진 고요하고 규칙적인 세계에서 길을 잃은 채 더욱 고립된 소수를 만나게 된다. 그러면 그때까지 만난 쌍둥이소수는 우연의 산물이며, 결국 그들의 진정한 운명은 홀로 존재하는 것이라는 불안한 예감이 밀려온다. 그래서 더 세어볼 마음이 들지 않아 그만두려고 하면, 서로 꼭 붙어 있는 쌍둥이소수를 만나게 된다. 수학자들 사이에선 계속 수를 헤아리다보면 언제나 다음 쌍둥이소수가 나타난다는 견해가 일반적이다. 비록 발견될 때까진 어디에 위치하는지 단언할 수 없지만.

마티아는 자신과 알리체가 그런 사이라고 생각했다. 외로이 방황하는 두 소수, 가깝지만 실제로 서로 닿기에는 충분하지 않은 쌍둥이소수. 알리체에게 그런 생각을 털어놓은 적은 없었다. 고백하는 상상만으로도 손바닥에서 수분이 한 층쯤 증발해버려 적어도 십 분은 아무것도 만질 수 없었다.

어느 겨울날 마티아는 알리체의 집에서 오후를 보내고 집으로 돌아왔다. 그녀의 집에 있는 동안 그녀는 텔레비전 채널을 이리저리 돌리는 것 외에는 아무것도 하지 않았다. 마티아는 텔레비전에서 흘러나오는 소리나 영상에 시큰둥했다. 거실 테이블에 올려놓은 알리체의 오른발이 뱀의 머리처럼 그의 시야 왼편에서부터 파고들어와 침범했다. 알리체는 최면에 걸릴 만큼 일정한 리듬으로 발가락을 구부렸다 폈다 하고 있었다. 그 반복적인 움직임 탓에 그의 뱃속에서 딱딱하고 불안정한 무언가가 부풀어올랐는데, 그는 그 장면에서 어떤 것도 변하지 않도록 될 수 있는 한 시선을 한곳에 고정하려 애썼다.

마티아는 집으로 돌아와 링 바인더에서 새 종이 한 묶음을 두툼히 빼냈다. 그래야 딱딱한 책상 표면에 펜이 걸리지 않고 부드럽게 써졌다. 그는 손으로 종이를 위아래로, 그다음엔 양옆으로 반듯하게 골랐다. 책상 위의 펜들 가운데 잉크가 가장 많은 펜을 골라 뚜껑을 열고 잃어버리지 않게 펜 끝에 끼웠다. 그런 다음 재볼 필요도 없이 정확히 종이 한가운데에 써내려가기 시작했다.

2760889966649. 그는 뚜껑을 다시 닫고 펜을 종이 옆에 내려놓았다. "이조 칠천육백팔억 팔천구백구십육만 육천육백사십구." 그는 큰 소리로 그 수를 읽었다. 혀가 꼬일 만큼 복잡한 문장을 입에 완벽하게 익히려는 것처럼 한번 더 작게 중얼거렸다. 마티아는 그 수를 자기 것으로 정했다. 세계 역사를 통틀어 어느 누구도 그 수를 생각해본 적이 없을 거라고 확신했다. 아마 이 순간까지 그 수를 종이에 적어본 사람도 없었을 것이고, 소리 내어 읽은 이는 더더군다나 없었을 것이다.

잠시 머뭇거리다 두 줄 아래에 2760889966651이라고 썼다. 그리고 생각했다. 이건 알리체 거야. 그의 머릿속에서 그 수는 텔레비전의 푸르스름한 불빛 속에 도드라져 보이던 알리체의 발같이 창백한 빛깔을 띠었다.

이 두 개도 쌍둥이소수일지 몰라, 마티아는 생각했다. 그렇다면……

그는 갑자기 소수에 대한 생각에 사로잡혀 두 수의 약수를 찾기 시작했다. 3은 쉬웠다. 각 자리의 수를 더한 값이 3의 배수인지를 확인하면 되었다. 5는 처음부터 제외했다. 7의

경우에도 어떤 규칙이 있을 테지만 좀처럼 기억나지 않아 세로 계산식으로 직접 나누기 시작했다. 마찬가지 방식으로 11과 13 그리고 그 뒤의 수들도 확인했고, 계산은 점점 더 복잡해져갔다. 37을 시도할 때쯤 졸음이 몰려오기 시작했다. 손에 쥔 펜이 종이 위로 스르륵 미끄러졌다. 47에 이르러서야 그는 멈추었다. 알리체의 집에서 그의 안에 차올랐던 소용돌이는 이제 사라지고 없었다. 공기 중을 떠도는 냄새처럼 근육 속으로 서서히 사그라졌다. 그는 더이상 느끼지 못했다. 방에는 오로지 마티아와 무의미한 나눗셈 계산이 빼곡히 적힌 채 어지러이 흩어져 있는 종이들만 있었다. 시계는 새벽 세시 십오분을 가리키고 있었다.

마티아는 한가운데에 두 수를 적어놓은 첫 장을 다시 집어들었다. 자신이 실없이 느껴졌다. 종이 가장자리가 왼손 약지 손톱 밑으로 파고들 정도로 빳빳해질 때까지 반으로 찢고 또 찢었다.

대학 사 년 동안 수학은 인간 지성의 가장 매혹적이고 머나먼 영역으로 그를 이끌었다. 마티아는 연구실에서 마주하는 모든 수학 정리의 증명 과정을 의식을 치르듯 세심하게 필사했다. 한여름 오후에도 블라인드를 내리고 인공조명 아래서 공부를 계속했다. 시선을 어지럽힐 만한 것은 모조리 책상에서 치워버렸다. 오로지 자신과 종이 단둘이 대면하고 있다는 기분으로 임하기 위해서였다. 한번 시작하면 멈추지 않고 써내려갔고, 다음 단계로 넘어갈 때 지나치게 오래 머뭇거리거나 등호 다음에 내용을 잘못 적으면 가차없이 종이를 바닥에 버리고 처음부터 다시 시작했다. 부호와 문자 그리고 숫자로 빽빽한 페이지 끝에 C.V.D.*라고 쓰고 나면 잠시 동안은 세상의 작은 한 부분에 질서를 부여한 듯한 기분이었다. 그런 후엔 의자 등받이에 몸을 기대고 두 손의 마찰을 최소화하며 깍지를 꼈다.

종이가 그에게서 점점 멀어져갔다. 방금 전까지 손목의 움직임을 따라 쏟아져나오던 부호들이 이제는 그가 다가갈 수 없는 공간에서 얼어붙은 채 멀리 떨어져 있는 것처럼 보였다. 어두운 방 한가운데에 있는 그의 머릿속에 침울하고 소란스러운 생각이 스멀스멀 차올랐다. 그럴 때면 마티아는 책한 권을 골라 닥치는 대로 펼쳐 들고 다시 공부를 시작했다.

---

* Come Volevasi Dimostrare, '이상이 내가 증명하려던 바다'라는 뜻의 약호.

복잡한 해석학, 사영기하학 그리고 텐서 미적분학에 이르기까지 그 어떤 것도 그가 수에 대해 품었던 처음의 열정을 꺼뜨리지 못했다. 마티아는 복잡한 수열을 따라 1부터 수를 세어나가는 걸 좋아했다. 이따금 순간적으로 수열이 떠오르기도 했다. 그는 수가 이끄는 대로 따라갔고, 그러다보면 숫자 하나하나를 잘 알 것 같았다. 그런 이유로 졸업논문 주제를 정할 때가 되자 그는 한 치의 망설임도 없이 이산수학을 전공한 니콜리 교수의 연구실을 찾아갔다. 마티아는 그의 이름만 알 뿐 그를 시험 감독관으로도 만난 적이 없었다.

프란체스코 니콜리의 연구실은 수학과가 있는 19세기 건물 4층에 있었다. 작은 방은 냄새 없이 말끔히 정리돼 있었고, 온통 하얀색이었다. 벽, 서가, 플라스틱 책상 그리고 책상 위의 낡은 컴퓨터까지도 하얬다. 마티아는 조용히 문을 두드렸다. 안에 있던 니콜리 교수는 노크소리가 자신의 방문에서 들리는 건지 옆방에서 들리는 건지 확신이 서지 않았다. 교수는 거만한 인상을 주고 싶지 않아서 일단 들어오라고 말했다.

마티아가 문을 열고 연구실 안으로 발을 내디뎠다.

"안녕하세요, 교수님."

"안녕하시오." 니콜리 교수가 대답했다.

마티아의 눈에 교수 등뒤에 걸린 사진이 들어왔다. 수염을 기르지 않은 아주 젊은 시절의 교수가 한 손에 은상패를 들고 유명 인사인 듯한 어떤 남자와 악수를 하고 있었다. 마티아는 눈을 가늘게 떠봤지만 상패에 적힌 글을 알아볼 수는 없었다.

"무슨 일인가?" 니콜리 교수가 눈썹을 찌푸린 채 그를 뜯어보며 채근했다.

"리만제타함수의 영점에 대해 논문을 쓰고 싶습니다." 마티아는 밤하늘에 반짝이는 작은 별들처럼 비듬이 내려앉아 있는 교수의 오른쪽 어깨에 시선을 고정한 채 말했다.

니콜리 교수의 얼굴이 조소를 띠며 일그러졌다.

"미안하네만 자넨 누군가?" 그는 잠시 즐기려는 듯 머리 뒤로 양손을 깍지 끼고 빈정대는 투로 물었다.

"마티아 발로시노라고 합니다. 시험은 모두 치렀고 올해 안에 졸업하려 합니다."

"성적 기록부는 가져왔나?"

마티아가 고개를 끄덕였다. 그는 어깨에 멘 배낭을 바닥에 내려놓고 그 안을 뒤적였다. 니콜리 교수가 성적 기록부를 받으려고 손을 내밀었지만 마티아는 책상 한 귀퉁이에 올려놓았다.

몇 달 전부터 교수는 멀찍이 떨어뜨리고 봐야만 글자를 알아볼 수 있었다. 그의 눈이 30점 만점에 30과 30+로 나열된 점수들을 빠르게 훑어내렸다. 오점 하나 없고, 한 치의 망설임도 보이지 않았으며, 연애가 잘되지 않아 휘청거린 흔적조차 없었다.

그는 성적 기록부를 덮고 마티아를 더욱 유심히 바라보았다. 눈에 띄지 않는 옷차림, 자기 몸이 공간을 차지하고 있는 것에 어찌할 바를 모르는 것 같은 자세. 그의 눈에 마티아는 일상생활에선 턱없이 어설프지만 연구실에선 꽤 우수한 유형의 학생으로 보였다. 저런 학생은 대학에서 잘 마련해놓은 길에서 벗어나면 예외 없이 그 무능함이 드러나지, 그는 생각했다.

"내가 논문 주제를 제시해줘야 한다고 생각하지 않나?"
교수가 느긋하게 물었다.

마티아는 어깨를 으쓱했다. 그의 검은 눈동자가 책상 모서리를 따라 오른쪽에서 왼쪽으로 움직였다.

"저는 소수에 관심 있습니다. 리만제타함수에 대해 연구하고 싶습니다." 그가 고집했다.

니콜리 교수는 한숨을 쉬고는 자리에서 일어나 하얀 서가로 다가갔다. 책등의 제목을 검지로 훑으며 규칙적으로 콧숨을 쉬었다. 그가 한쪽 모서리를 철해놓은 서류 뭉치를 빼내 들었다.

"좋아, 그러게." 교수가 마티아에게 서류를 건넸다. "이 논문에 있는 계산들을 재구성하고 나서 다시 찾아오게. 전부 빠짐없이."

마티아는 서류를 건네받아 제목도 읽지 않은 채 다리에 기대놓았던 배낭 안에 집어넣었다. 마티아는 교수에게 고맙다고 중얼거리곤 문을 닫으며 연구실을 빠져나왔다.

니콜리 교수는 자기 자리로 돌아가 저녁식사 때 아내에게 뜻밖의 새로운 골칫거리에 대해 어떻게 투덜댈지 생각했다.

22

알리체의 아버지는 사진 이야기를 여자애가 심심해서 부리는 변덕쯤으로 치부해왔다. 그러면서도 딸의 스물세번째 생일에 거금을 들여 캐논에서 출시한 리플렉스카메라와 가방 그리고 삼각대까지 선물했다. 아버지의 선물에 알리체는 차디찬 돌풍처럼 다가갈 수 없지만 아름다운 미소를 지으며 고마워했다. 아버지는 거기에 그치지 않고 시에서 운영하는 육 개월짜리 사진 강좌의 수업료도 내줬다. 알리체는 그 강좌에 단 한 번도 빠지지 않았다. 암묵적인 합의 내용은 분명했다. 대학 수업을 최우선으로 할 것.

어느 순간, 빛과 어둠을 가르는 선처럼 선명하게 페르난다의 병이 급속히 악화되었다. 세 사람 모두 시시각각 조여오는 생경한 의무의 소용돌이 속으로 끌려들어갔고, 결국 서로에 대한 냉담함과 무관심으로 치닫는 걸 피할 수 없었다. 알리체는 더이상 대학에 발을 들이지 않았고 아버지는 이를 모른 체했다. 오래전 일에서 비롯된 회한에 가로막혀 그는 예전처럼 딸에게 단호하지 못했고 이야기도 제대로 하지 못하게 되었다. 가끔은 별거 아니라고, 어느 날 저녁이고 딸의 방에 들어가 말을 걸면 되는 일이라고 생각하기도 했지만…… 무슨 얘길 할 것인가? 아내는 셔츠의 물자국이 마르듯 삶에서 멀어져가고, 자신과 딸 사이의 끈은 아직 이어져 있긴 하지만 점점 느슨해져 바닥을 긁고 있었다. 딸은 이미 거리낌 없이 자기 일을 스스로 결정했다.

알리체는 사진의 결과물보다 찍는 행위 자체를 사랑했다. 빈 카메라의 뒷면을 열고 새 필름을 몇 센티미터쯤 풀어내 홈에 끼우면 되는 간단한 과정이 좋았다. 백지상태의 필름이 곧 뭔가 의미 있는 게 되겠구나 생각하면서도 그게 뭔지는 아직 모른 채 아무렇게나 몇 컷 찍어보고, 무언가를 겨냥해 초점을 맞추고, 앞뒤로 몸을 기울이며 그녀의 눈에 비친 현실의 편린을 담을지 뺄지 결정하고 확대하고 변형하는 그 행위가 좋았다.

찰칵하는 셔터 소리에 이어 가볍게 사락거리는 소리가 들릴 때마다 알리체는 어린 시절 산속에 있던 별장 정원에서 두 손을 컵 모양으로 오므리고 메뚜기를 잡던 일이 떠올랐다. 사진도 그와 마찬가지라고 생각했다. 다만 사진은 다음 순간으로 펄쩍 뛰어오르는 시간을 잡아 필름에 꼼짝 못하게 가둘 수 있었다.

사진 강좌에서는 카메라 줄을 손목에 두 번 감으라고 가르쳤다. 그렇게 하면 누군가가 카메라를 훔쳐가려 할 때 팔까지 잡아당기게 된다면서. 엄마가 입원한 마리아 아우실리아트리체 병원의 복도에서는 그럴 위험이 전혀 없는데도 알리체는 자신의 캐논 카메라를 그런 식으로 들고 다녔다.

알리체는 아래위를 다른 색으로 칠한 벽에 바짝 붙어서 걸었다. 다른 사람들과 부딪치는 걸 피하려다보니 이따금씩 오른쪽 어깨가 벽에 닿고는 했다. 점심 면회시간이 시작된 참이어서 병원 복도로 사람들이 물결처럼 쏟아져나왔다.

알루미늄과 합판으로 된 병실 문이 모두 활짝 열려 있었다. 병동마다 고유한 냄새가 있는데, 암 병동에는 소독약과 알코올을 적신 거즈 냄새가 진동했다.

알리체는 복도 끝 두번째 병실로 들어갔다. 엄마는 인위적인 수면 상태에 빠져 있었고, 몸에 부착된 의료 장치들에선 아무런 소리도 나지 않았다. 흐릿한 조명은 느른했고, 창턱 위 화병에는 빨간 꽃들이 가지런히 꽂혀 있었다. 전날 솔레다드가 가져온 것이었다.

알리체는 카메라를 든 두 손을 침대 가장자리에 내려놓았다. 그러자 엄마의 실루엣을 드러내던 이불이 당겨지며 다시 반반해졌다.

그녀는 하루도 빠짐없이 엄마를 보러 왔지만 아무것도 하지 않았다. 간호사들이 모든 걸 신경쓰고 있었다. 알리체는 자신의 역할이 엄마에게 말을 건네는 것이라고 상상해봤다. 실제로 많은 사람이 그렇게 했다. 환자가 말을 알아듣고 옆에 있는 사람이 누군지 알아서 마음으로 대화를 나눌 수 있다는 듯이. 병이 그들 사이에 다른 차원의 인지적 통로를 열어줄 수 있다는 듯이.

알리체는 그런 걸 믿지 않았다. 병실 안에서 그녀는 혼자라고 느꼈고, 그뿐이었다. 보통은 그냥 앉아서 삼십 분쯤 시간이 흐르길 기다렸다 밖으로 나왔다. 그러다 의사를 만나면 병세에 차도가 있는지 물었지만 그들은 늘 같은 대답뿐이었다. 의사들의 말과 치켜세운 눈썹은 그저 뭔가 나빠지길 기다릴 뿐이라고 말하는 것 같았다.

하지만 그날 아침에는 집에서 빗을 가져왔다. 알리체는 가방에서 빗을 꺼내 엄마의 얼굴을 긁지 않도록 조심하며 머리를 빗겼다. 되도록 베개와 머리 사이에 눌리지 않은 머리카락만 가려 빗질했다. 엄마는 인형처럼 나약하고 순종적으로 보였다.

그녀는 엄마의 두 팔을 이불 밖으로 빼내 편한 자세로 나란히 놓았다. 생리식염수 방울이 주사관을 타고 내려와 엄마의 혈관 속으로 사라졌다.

알리체는 침대 발치로 가서 알루미늄 침대 난간 위에 캐논 카메라를 얹었다. 왼눈을 감고 오른눈을 뷰파인더에 댔다. 그때껏 한 번도 엄마 사진을 찍은 적이 없었다. 그녀는 셔터를 누른 다음 프레임을 그대로 유지한 채 몸을 좀더 숙였다.

그때 사락거리는 소리가 들려와 알리체는 깜짝 놀랐다. 방안이 갑자기 빛으로 가득찼다.

"이게 더 나은가요?" 등뒤에서 남자 목소리가 들려왔다.

알리체는 뒤를 돌아보았다. 어떤 의사가 창가에서 베니션 블라인드를 올리고 있었다. 젊은 남자였다.

"네, 고마워요." 알리체가 조금 어색해하며 대답했다.

의사는 하얀 가운 주머니에 손을 찔러넣고 촬영을 계속하길 기다리는 것처럼 그녀를 물끄러미 보았다. 그녀는 그의 장단에 맞추려고 아무렇게나 다시 셔터를 눌렀다.

아마 날 미쳤다고 생각할 거야, 알리체는 생각했다.

하지만 의사는 개의치 않는 듯 엄마의 침대로 다가왔다. 그는 차트를 보더니 점점 더 눈을 찡그리며 읽어내려갔다. 그러고는 주사관 쪽으로 다가가 엄지손가락으로 조절장치를 돌렸다. 주사액이 더욱 빠른 속도로 떨어졌고, 그는 만족스러운 표정을 지었다. 알리체는 그의 행동에 다른 사람을 안심시키는 뭔가가 있다고 생각했다.

의사는 알리체에게 다가와 양손으로 침대 난간을 짚었다.

"간호사들은 강박관념에 사로잡혀 있다니까." 그가 혼잣말하듯 덧붙였다. "병원 어딜 가나 어둡게 해놓는군. 안 그래도 이 안에선 밤낮을 구분하기가 어려운데."

그가 고개를 돌려 알리체를 보고 미소 지었다.

"따님인가요?"

"네."

그는 연민하는 기색 없이 고개를 끄덕였다.

"전 닥터 로벨리입니다." 그가 말했다.

그러고는 미리 생각해놓았던 것처럼 덧붙였다. "파비오예요."

알리체는 그와 악수를 하고 자신을 소개했다. 둘은 얼마 동안 아무 말 없이 잠들어 있는 페르난다를 지켜보았다.

잠시 후 의사는 침대의 금속 난간을 텅텅 소리 나게 두어 번 두드리고 떠났다. 그는 알리체 옆을 지나면서 그녀의 귀 쪽으로 살짝 몸을 기울였다.

"내가 그랬다고 말하지 마요." 그가 윙크하며 속삭이더니 눈짓으로 햇살이 쏟아져들어오는 창문을 가리켰다.

면회 시간이 끝날 즈음 알리체는 계단으로 두 층을 내려온 다음 병원 로비를 가로질러 자동 유리문을 나섰다.

병원 뜰을 지나 입구 한편에 있는 가판대 앞에서 멈춰 섰다. 땀을 흘리고 있는 주인에게 탄산수 한 병을 주문했다. 배가 고팠지만, 허기를 가라앉혀 거의 완전히 사라지게 하는 데는 익숙했다. 탄산수는 속임수였다. 그걸로 속을 채우면 점심시간의 고비를 넘길 수 있었다.

그녀는 작은 숄더백에서 지갑을 찾았다. 손목에 건 카메라가 조금 거치적거렸다.

"제가 낼게요." 뒤에서 누군가가 말했다.

파비오였다. 고작 삼십 분 전에 알게 된 의사가 그녀 대신 가판대 주인에게 지폐를 건넸다. 그러곤 알리체에게 미소를 지었는데, 거절할 용기를 한순간에 앗아가는 미소였다. 파비오는 하얀 가운 대신 하늘색 반소매 셔츠를 입고 있었다. 아까는 알아차리지 못했던 향수냄새가 짙게 풍겼다.

"콜라도 한 병 주세요." 그가 가판대 주인에게 말했다.

"고마워요." 알리체가 말했다.

그녀는 병을 따려고 했지만 뚜껑이 꿈쩍도 않고 손가락 사이에서 미끄러지기만 했다.

"도와드릴까요?" 파비오가 말했다.

그는 그녀의 손에서 탄산수 병을 가져가더니 엄지와 검지만으로 뚜껑을 열었다. 그 정도는 별거 아니라고 알리체는 생각했다. 손이 땀에 젖지만 않으면 누구든 쉽게 할 수 있으니까. 그럼에도 그녀는 그 모습에서 묘한 매력을 느꼈다. 자신을 위한 사소하지만 영웅적인 일 같았다.

파비오가 탄산수 병을 건네자 알리체는 다시 한번 고맙다고 인사했다. 그들은 할말을 찾듯 서로를 흘깃거리며 음료수를 마셨다. 파비오의 짧은 갈색 곱슬머리는 쏟아지는 햇살을 받으면 붉은빛을 띠었다. 파비오 스스로도 그 햇빛의 유희를 잘 아는 것 같았다. 자기 자신과 그 주변의 모든 것을 어떤 식으로든 의식하는 듯한 느낌이었다.

둘은 약속이나 한 것처럼 가판대에서 몇 걸음 떼어놓았다. 알리체는 이제 그와 어떻게 헤어져야 할지 난감했다. 그가 음료수를 사주고 뚜껑까지 열어줘서 조금은 빚진 기분이 들었다. 솔직히 자신이 서둘러 자리를 뜨고 싶은지조차 확신이 없었다.

파비오가 그 사실을 알아차린 듯했다.

"가시는 데까지 바래다드릴까요?" 그가 넉살 좋게 물었다.

알리체는 얼굴을 붉혔다.

"차 가져왔어요."

"그럼 차 있는 데까지요."

알리체는 좋다고도 싫다고도 하지 않고 다른 쪽을 보며 미소 지었다. 파비오는 손을 내밀어 먼저 가라고 몸짓해 보였다.

두 사람은 큰길을 건너 좁은 길로 접어들었다. 더는 가로수 그늘이 없었다.

나란히 걷는 동안 파비오는 알리체의 그림자를 보고 그녀의 걸음걸이가 한쪽으로 기운 것을 알아차렸다. 카메라 무게에 눌린 오른쪽 어깨가 막대기처럼 뻣뻣한 왼쪽 다리 선과 대비되었다. 안쓰러울 정도로 가녀린 몸은 가늘고 긴 그림자에서 더욱 두드러졌다. 그림자는 같은 모양의 의족과 의수가 검은 몸마디 양쪽에서 대칭을 이루며 뻗어나온 것처럼 보였다.

"다리를 다쳤었나요?" 파비오가 물었다.

"네?" 알리체가 흠칫했다.

"다리를 다쳤었는지 물었어요. 다리를 절뚝거리는 것 같아서요."

알리체는 멀쩡한 다리까지 위축되는 기분이었다. 그녀는 다친 다리에 통증이 느껴질 정도로 힘을 줘 어떻게든 똑바로 걸으려 애썼다. 다리를 절뚝거린다라는 말이 얼마나 잔인하고 얼마나 정확한가 생각하면서.

"사고를 당했어요." 그녀가 말했다. 그리고 바로 해명하듯 덧붙였다. "오래전에요."

"교통사고였나요?"

"아뇨, 스키 사고였어요."

"전 스키 타는 걸 정말 좋아합니다." 파비오가 대화의 실마리를 찾은 듯 흥분해서 말했다.

"전 딱 질색이에요." 알리체가 퉁명하게 대꾸했다.

"유감이군요."

"네, 유감이네요."

둘은 더이상 아무 말도 하지 않고 나란히 걸었다. 젊은 의사는 침착한 분위기와 자기 확신이라는 견고하고 투명한 보호막에 감싸여 있었다. 그의 입꼬리는 웃지 않을 때도 미소 짓는 것처럼 올라가 있었다. 병실에서 만난 여자와 이야기를 나누고 차까지 바래다주는 일이 일상인 것처럼 자연스럽고 편안해 보였다. 그와 달리 알리체는 나무막대기가 된 기분이었다. 힘줄은 팽팽하고 관절은 삐거덕거리며 뼈에 붙은 근육은 뻐근했다.

알리체가 이 차예요, 라고 말하듯 파란색 세이첸토를 가리키자 파비오가 양팔을 펼쳐 보였다. 등뒤 도로에서 자동차 한 대가 지나갔다. 정적 속에서 튀어나온 자동차 소음은 어느새 잦아들며 사라졌다.

"그럼, 사진작가예요?" 파비오가 시간을 벌려고 물었다.

"네." 알리체는 무심코 대답했다가 바로 후회했다. 그 무렴 그녀는 대학을 중퇴하고 마음 내키는 대로 사진을 찍으며 거리를 배회하는 어린 여자일 따름이었다. 그것만으로 사진 작가라 할 수 있을까, 어떠한 존재인지 아닌지를 가르는 정확한 경계는 뭘까.

알리체는 얇은 입술을 깨물었다. "거의 그런 셈이에요."

"잠깐 봐도 될까요?" 파비오가 카메라를 향해 손을 뻗었다.

"그럼요."

알리체는 손목에 감긴 줄을 풀고 파비오에게 카메라를 건넸다. 파비오는 카메라를 이리저리 돌려보고 렌즈 덮개를 열더니 정면의 피사체를 보다가 하늘로 렌즈를 돌렸다.

"와." 그가 감탄했다. "프로 같아요."

알리체의 얼굴이 붉어졌고, 파비오는 그녀에게 카메라를 돌려주려 했다.

"찍어보셔도 돼요." 알리체가 말했다.

"아, 아뇨. 전 전혀 못 찍어요. 재주가 없거든요. 당신이 찍어봐요."

"어떤 걸요?"

파비오가 주위를 둘러봤다. 뭐가 좋을지 망설이며 두리번거리다 어깨를 으쓱했다.

"절 찍으세요."

알리체는 진심이냐고 묻듯 그를 바라보았다.

"제가 왜 그래야 하죠?" 알리체의 입에서 저도 모르게 심술궂은 말이 튀어나왔다.

"그래야 다시 만날 테니까요. 사진을 보여주기 위해서라도 말이죠."

알리체는 잠시 망설였다. 그녀는 처음으로 파비오의 눈을 똑바로 바라보았지만 일 초도 버티지 못했다. 그의 눈동자는 등뒤로 펼쳐진 하늘처럼 해맑고 푸르며 그늘 한 점 없었다. 알리체는 거대한 빈방에서 벌거벗고 있는 것처럼 당황스러운 기분이 들었다.

잘생겼네, 알리체는 생각했다. 누가 봐도 남자답다 할 만큼 잘생겼어.

그녀는 파비오의 얼굴 한가운데에 뷰파인더의 초점을 맞췄다. 그는 전혀 쑥스러워하는 기색 없이 미소를 지었고, 대부분의 사람들과 달리 렌즈 앞에서 고개를 숙이지 않았다. 알리체는 초점을 맞추고 검지로 셔터를 눌렀다. 단 한 번의 찰칵 소리에 두 사람을 둘러싼 공기가 산산이 부서졌다.

23

니콜리 교수를 만난 지 일주일 만에 마티아는 다시 연구실을 찾았다. 교수는 노크소리만으로도 누가 왔는지 바로 알아차렸는데 그 점이 이상할 정도로 거슬렸다. 마티아가 들어오는 걸 보면서 교수는 심호흡을 했다. 마티아가 "이해되지 않는 것이 있습니다" 혹은 "몇 군데 설명해주셨으면 합니다" 따위의 말을 꺼내면 벌컥 화를 내겠다고 마음먹었다. 아직까지는 혼자서도 너끈히 저 친구를 쫓아낼 수 있을 만큼 자신이 신랄하다고 생각했다.

마티아는 들어가도 되는지 물었고, 교수 얼굴은 보지도 않은 채 지난번 공부하라고 받은 논문을 책상 끄트머리에 올려놓았다. 니콜리 교수가 집어들자 종이 뭉치가 떨어졌다. 논문에 첨부된 그 종이들에는 번호가 매겨져 있었고, 그 위의 글씨는 단정했다. 종이들을 한데 그러모아 보니 논문과 관련한 계산식이었다. 논문의 어디를 참조할지 언급하며 논지를 제대로 전개하고 있었다. 니콜리는 빠르게 내용을 훑었다. 마티아의 풀이가 맞는지 깊이 검토해볼 필요도 없었다. 페이지 순서만 봐도 정확하다는 걸 충분히 알 수 있었다.

니콜리 교수는 자못 실망하고 말았다. 화가 재채기처럼 목 한가운데에 걸린 기분이었다. 교수는 마티아의 작업물을 주의깊게 살펴보면서 계속 고개를 끄덕였다. 일상생활에선 몹시 어설퍼 보이지만 수학 분야에선 의심할 여지 없이 특출난 재능이 있는 그를 향해 시기심이 솟구치는 걸 억누르려 애썼다. 정작 교수 본인은 한 번도 자신에게서 그런 천재성을 느껴본 적이 없었다.

"아주 훌륭하군." 마침내 교수가 입을 열었다. 하지만 진심으로 칭찬하는 기색 없이 혼잣말처럼 내뱉었다. 그는 일부러 심드렁한 투로 말했다. "마지막 단락들에서 난제 하나가 제기됐을 텐데. 제타함수의 어느 지점에서……"

"네, 했습니다." 마티아가 끼어들었다. "그 문제를 풀었다고 생각합니다."

교수는 의심스러운 눈초리로 그를 바라보다 곧 고의적으로 경멸어린 눈길을 보냈다.

"아, 그런가?"

"제 풀이 마지막 장에 있습니다."

교수는 검지에 침을 묻혀 마지막 페이지까지 종이를 넘겼다. 이마를 찌푸린 채 마티아의 증명을 빠르게 읽어갔다. 자세한 내용은 이해하지 못했지만 이의를 제기할 만한 점은 발견하지 못했다. 다시 처음부터 찬찬히 살펴보았다. 이번엔 논리 전개의 정확함이 보였다. 초보가 흔히 그러듯 세세한 데 지나치게 얽매인 흔적이 여기저기 보이긴 했지만 치밀하고 정교했다. 내용을 따라가는 사이 주름이 잡혔던 교수의 이마가 서서히 펴졌고, 무의식중에 혀로 아랫입술을 축였다. 그는 마티아에 대해선 까맣게 잊고 있었다. 마티아는 들어올 때와 똑같은 자세로 꼼짝 않고 발끝만 내려다보며 머릿속으로 '제발 맞아라, 제발 맞아'라고 되뇌었다. 마치 자신의 남은 생애가 교수의 평가에 달려 있기라도 한 것처럼. 하지만 속으로 되풀이해 말하면서도 진짜 그렇게 될 줄은 상상도 못했다.

니콜리 교수는 마티아의 작업물을 신중하게 책상에 내려놓고는, 습관처럼 등받이에 몸을 기대고 양손을 다시 머리 뒤로 포갰다.

"음, 자네는 졸업할 자격이 충분하네."

　5월의 마지막날 졸업식이 치러질 예정이었다. 마티아는 부모에게 참석하지 말아달라고 부탁했다. "아니, 왜?" 의아해한 건 어머니뿐이었다. 마티아는 창 쪽을 바라보며 고개만 가로저었다. 벽의 유리창에는 어둠이 깔렸고, 네모난 식탁에 빙 둘러앉은 세 사람의 모습이 비쳤다. 아버지가 어머니의 팔을 잡고 다른 손으로 그냥 내버려두자고 손짓하는 게 보였다. 그리고 저녁식사가 아직 끝나지 않았는데 어머니가 입을 가리고 식탁에서 일어나 설거지하려고 물을 트는 모습이 보였다.

　졸업식 날은 여느 날과 다름없이 다가왔고, 마티아는 알람이 울리기도 전에 일어났다. 휘갈겨쓴 종잇장들처럼 그의 시야를 채웠던 간밤의 환영들은 한동안 어른거리다 완전히 자취를 감추었다. 거실에는 아무도 없었다. 고상한 푸른색 새 양복과 완벽하게 다림질된 연분홍색 셔츠가 나란히 놓여 있을 뿐이었다. 우리 졸업생에게라는 문구 아래 엄마와 아빠가라고 서명한 카드가 셔츠 위에 놓여 있었다. 아버지 필체였다. 그는 옷을 입은 다음 거울도 보지 않고 집을 나섰다.

마티아는 논문 심사위원 각각에게 똑같은 시간을 할애해 눈을 똑바로 바라보면서 차분한 목소리로 발표를 이어갔다. 맨 앞줄에 앉은 니콜리 교수는 언짢은 표정으로 고개를 끄덕이며 동료들의 얼굴에 드러나는 감탄의 기색을 힐끗힐끗 살폈다.

심사 결과 발표 시간이 되자 마티아는 다른 발표자들과 한 줄로 나란히 섰다. 지나치게 넓은 대강당 안에 그들만 서 있었다. 마티아는 청중의 시선이 개미떼처럼 그의 등 위를 기어다니는 걸 느꼈다. 그는 주의를 돌리려고 심사위원장의 키를 척도 삼아 강당 전체 크기를 가늠해보았다. 하지만 개미떼가 그의 목까지 기어올라오더니 두 갈래로 갈라져 양쪽 관자놀이를 잡아당겼다. 마티아의 상상 속에서 수천 마리의 작은 벌레가 그의 귓속으로 밀려들고 수천 마리의 굶주린 좀이 그의 뇌 속에 굴을 팠다.

심사위원장이 졸업 후보자 한 사람 한 사람에게 똑같이 반복하는 문구는 매번 더 길어지는 것 같더니 점점 더 소리가 커지면서 마티아의 머릿속을 뒤덮어버렸다. 결국 그의 이름을 호명하는 순간 마티아는 자기 이름을 알아듣지 못했다. 얼음덩이처럼 딱딱한 무언가가 목을 꽉 막고 있는 것 같았다. 그는 위원장과 악수를 했고, 손이 너무 건조하게 느껴져서 자신도 모르게 있지도 않은 허리띠의 금속 버클을 찾았다. 모든 청중이 파도처럼 웅성거리며 일어났다. 니콜리 교수가 다가와 그에게 축하한다고 말하며 두어 번 어깨를 두드렸다. 박수소리가 끝나기도 전에 강당을 빠져나온 마티아는 발소리를 내지 않기 위해 발끝을 먼저 내딛는 것조차 잊어버리고 서둘러 건물 출입구를 향해 걸었다.

해냈어, 내가 해냈다고. 그는 나직이 되뇌었다. 하지만 문이 가까워질수록 뱃속의 심연은 점점 커졌다. 밖으로 나오자 햇빛이 쏟아지며 후끈한 열기와 자동차 소음이 그를 덮쳐왔다. 그는 시멘트 계단에서 넘어질까 겁먹은 듯이 건물 입구에서 휘청거렸다. 보도에 사람들이 무리 지어 있었는데, 그는 한눈에 그들이 열여섯 명임을 알아챘다. 대부분 꽃다발을 들고 있었다. 학교 친구들을 기다리고 있는 게 틀림없었다. 마티아는 자신을 기다리는 누군가가 거기 있으면 좋겠다는 생각이 잠시 들었다. 그는 갑자기 자신의 두 다리만으로는 머릿속에 든 것을 지탱할 수 없는 것처럼 다른 이의 몸에 자신의 무거운 몸을 맡기고 싶은 욕망을 느꼈다. 그는 부모를 찾았다. 알리체와 데니스도 찾았다. 하지만 초조하게 시계를 보고, 어디서 났는지 모를 종이로 부채질하고, 담배를 피우고, 아무것도 모르면서 큰 소리로 떠드는 낯선 사람들 사이에 그들은 없었다.

마티아는 말아 쥔 졸업장을 내려다봤다. 그 안에는 멋진 이탤릭체로 마티아 발로시노가 졸업생이자 전문가이자 어엿한 성인이라고, 학사 발로시노가 삶과 오롯이 마주할 때라고, 초등학교 1학년 때부터 대학 졸업 때까지 눈 감고 귀막은 채 달려온 선로가 이제 끝났다고 적혀 있었다. 혈압이 낮아 산소가 제대로 공급되지 않는 것처럼 그의 호흡이 짧아졌다.

이젠 뭘 하지? 그는 스스로에게 물었다.

그때 자그마한 키에 얼굴이 발그레한 여자가 좀 지나갈게요, 라고 말했고 그는 길을 내주려고 비켜섰다. 그 여자가 명쾌한 답을 줄 수 있는 것도 아닌데 마티아는 여자를 따라 다시 건물 안으로 들어갔다. 그는 복도를 따라 걷다가 2층으로 올라갔고, 도서관에 들어가 늘 앉던 창가 옆자리로 갔다. 옆의 빈 의자에 졸업장을 내려놓고 책상 위에 두 손을 펼쳤다. 그는 자신의 호흡에 집중했다. 목과 폐 사이의 조화가 깨져 호흡은 계속 가빴다. 전에도 여러 번 그런 일이 있었지만 이번만큼 오래 지속된 적은 없었다.

어떻게 하는지 잊지 않았지? 정신 차려, 잊을 걸 잊어야지.

그는 몸속에 있는 공기를 모두 밖으로 뱉어내고 몇 초 동안 숨을 멈췄다. 그런 다음 입을 크게 벌리고 가슴근육이 뻐근해질 정도로 온 힘을 다해 숨을 크게 들이마셨다. 이번에는 숨이 폐 깊숙이 들어갔다. 둥글고 하얀 산소 분자가 동맥으로 퍼져나가 심장 속에서 다시 소용돌이치는 게 눈에 보이는 듯했다.

그는 한동안 아무 생각도 하지 않고 그 자세로 가만히 있었다. 학생들이 드나드는 것도 의식하지 못한 채 무감각하고 불안정한 멍한 상태로.

그때 눈앞에 빨간 얼룩 같은 것이 휙 지나가는 바람에 그는 가슴이 철렁했다. 시야가 점점 선명해지면서 셀로판지로 포장한 장미 한 송이가 눈에 들어왔다. 누군가가 책상에 툭 던져놓은 듯한 그 꽃의 줄기를 따라가자 알리체의 손이 보였다. 하얀 손가락에 불그스름한 마디가 불거져 있고 손톱은 동그랗게 바짝 깎여 있었다.

"이 나쁜 자식."

마티아는 헛것을 보듯 알리체를 쳐다보았다. 아주 멀리서부터, 이미 어디였는지도 기억나지 않을 만큼 아득한 곳에서부터 알리체를 향해 다가가고 있는 듯한 느낌이었다. 꽤 가까워졌을 때 그녀의 얼굴에서 여태껏 보지 못한 깊은 슬픔을 읽었다.

"왜 말 안 했어? 나한테는 말했어야지. 그랬어야 한다고."

알리체는 기운 없는 얼굴로 마티아의 맞은편에 털썩 앉았다. 그녀는 고개를 저으며 창밖의 거리를 바라보았다.

"너 어떻게 알고……" 마티아가 입을 열었다.

"부모님. 네 부모님한테 들었어." 알리체가 고개를 휙 돌려 그를 뚫어지게 보았다. 그녀의 파란 눈동자에 분노가 일었다. "넌 이게 잘한 일이라고 생각해?"

마티아는 머뭇거리다 고개를 저었다. 구겨진 셀로판지에 비친 희미하고 일그러진 그의 모습이 그를 따라 움직였다.

"그 자리에 참석한 내 모습을 늘 상상해왔어. 얼마나 기다려왔는데. 그런데 넌……"

알리체는 말을 잇지 못했다. 나머지 말들은 입안에 갇혀버렸다. 그때까지도 마티아는 그 순간이 어떻게 갑작스레 현실이 된 건지 생각하고 있었다. 바로 몇 초 전까지 자신이 어디에 있었는지 기억해내려 했지만 헛수고였다.

"아무것도 아니지." 마침내 알리체가 말을 맺었다. "너한텐 아무것도 아니겠지. 늘 그렇듯이."

마티아는 머리가 어깨 사이로 푹 꺼지고 두개골 속에서 좀들이 다시 우글거리는 기분이 들었다.

"별로 중요한 일이 아니라고 생각했어." 그가 중얼거렸다. "난 그냥……"

"입 닥쳐." 알리체가 험악하게 말을 막았다. 다른 자리에서 쉿 하는 소리가 들렸고, 정적 속에서 그 소리는 그의 머릿속을 맴돌았다.

"얼굴이 창백해." 알리체가 불안한 눈빛으로 마티아를 보며 물었다. "괜찮아?"

"모르겠어. 좀 어지러워."

알리체가 자리에서 일어섰다. 그녀는 머릿속에 뒤엉킨 불쾌한 생각까지 쓸어버리듯 이마에 흘러내린 머리카락을 쓸어올렸다. 그런 후 몸을 숙여 마티아의 뺨에 가볍게 키스했다. 그녀의 숨결이 마티아에게서 벌레들을 단숨에 털어냈다.

"틀림없이 굉장히 잘했겠지." 알리체가 마티아의 귓가에 속삭였다. "난 알아."

알리체의 머리카락이 마티아의 목을 간질였다. 두 사람 사이에 놓인 얇은 공기층이 그녀의 온기로 채워져 솜처럼 가볍게 마티아의 살갗을 눌러왔다. 알리체를 끌어당기고 싶은 충동이 일었지만 그의 두 손은 잠든 것처럼 꼼짝하지 않았다.

알리체가 다시 몸을 세웠다. 의자에서 졸업장을 집어 펼치더니 나직이 소리 내어 읽으며 미소 지었다.

"우와." 마지막에 이르러 그녀가 감탄했다. 한층 밝아진 음색이었다. "축하파티 해야겠다. 자 일어나세요, 학사님." 그녀가 명령했다.

알리체가 마티아에게 손을 내밀었다. 그는 잠시 머뭇거리다 그녀의 손을 잡았다. 몇 해 전 여자 화장실에 끌려갔을 때와 똑같이 무방비 상태의 신뢰감으로 그녀를 따라 도서관 밖으로 나갔다. 그사이 두 사람이 맞잡은 손의 균형은 달라져 있었다. 이제는 그의 손가락이 까끌까끌한 조개껍데기 같은 알리체의 손을 완전히 감싸고 있었다.

"어디 가는 거야?" 마티아가 물었다.

"드라이브 가자. 햇빛이 좋잖아. 넌 햇볕 좀 쬐어야 해."

둘은 건물 밖으로 나왔다. 이제 마티아는 강렬한 햇빛과 도로를 메운 차들 그리고 건물 입구에 모여 있는 사람들이 두렵지 않았다.

두 사람은 차창을 낮게 내렸다. 알리체는 양손으로 핸들을 잡고 운전하면서 의미도 모르는 〈Pictures of You〉의 영어 가사를 소리만 흉내내며 불렀다. 마티아는 서서히 근육이 이완되며 몸이 자동차 좌석에 적응하는 걸 느꼈다. 자동차는 온갖 근심 걱정과 과거가 남긴 끈적끈적하고 어두운 자취를 뒤로하고 앞을 향해 달리고 있었다. 그릇이 비워지듯 서서히 마음이 가벼워지는 것 같았다. 그는 눈을 감고, 얼굴을 간질이는 바람과 알리체의 목소리 속에서 잠시 부유했다.

다시 눈을 떴을 때 그들은 마티아의 집으로 가는 길 위에 있었다. 혹시 깜짝파티가 준비된 건 아닐까 하고 마티아는 생각했다. 제발 그렇지 않기를 바랐다.

"지금 어디 가는 거야?" 그가 다시 물었다.

"으음." 알리체가 웅얼거렸다. "걱정 마. 언젠가 네가 운전하게 되면 그때 선택권을 가져. 지금은 아냐."

마티아는 처음으로 스물두 살이 되도록 운전면허증이 없다는 게 창피했다. 보통 남자라면 분명히 거쳤을 삶의 단계

였지만 그는 그 길을 선택하지 않기로 결심하고 지금껏 제쳐
뒀다. 쳇바퀴 같은 삶에서 가급적 벗어나고 싶어서였다. 영
화관에서 팝콘을 먹거나 벤치에 앉을 때 등받이에 기대거나
부모님의 통금 시간을 무시하거나 알루미늄포일을 뭉친 공
으로 축구를 하거나 여자애 앞에서 알몸으로 서 있거나 하
는 것에서 벗어나기 위해. 그는 지금 이 순간부터 달라져야
겠다고 생각했다. 알리체를 차에 태우고 다니기 위해 되도
록 빨리 면허를 딸 것이다. 받아들이기 두렵지만 그녀와 있
을 때는 평범한 사람들이 하는 평범한 일들이 가치 있어 보
였다.

마티아의 집이 가까워졌을 즈음 알리체가 방향을 틀었다.
그녀는 큰길로 접어들어 공원 맞은편에 멀찌감치 차를 세
웠다.

"다 왔어." 알리체가 프랑스어로 말했다. 그녀는 안전벨트
를 풀고 차에서 내렸다.

마티아는 공원을 뚫어지게 보며 못박힌 듯 앉아 있었다.

"뭐야? 안 내려?"

"여긴 안 돼." 그가 대답했다.

"왜 그래, 바보같이."

마티아가 고개를 저었다.

"다른 데로 가자."

알리체는 주위를 둘러봤다.

"뭐가 문제야?" 그녀가 굽히지 않고 말했다. "잠깐 산책이나 하자."

알리체는 마티아가 앉은 쪽 창문으로 다가갔다. 그는 등뒤에서 누가 칼로 위협하는 것처럼 딱딱하게 굳은 채 살짝 열린 차문의 손잡이를 꽉 움켜쥐고 있었다. 시선은 몇백 미터 앞의 나무를 향했다. 초록빛이 도는 넓은 잎들이 얼기설기한 가지와 옹이 진 나무줄기를 뒤덮었다. 마티아 남매의 끔찍한 비밀을 감추고 있었다.

마티아는 그곳에 발길을 끊었다. 경찰과 왔던 게 마지막이었다. 그날 아버지가 마티아에게 엄마 손 꼭 잡아, 라고 말했을 때 어머니는 자신의 손을 주머니에 넣어버렸다. 그날도 그는 손가락부터 팔꿈치까지 양팔에 붕대를 감고 있었다. 얼마나 겹겹이 두껍게 감았던지 살갗이 보이게 뚫으려면 쇠톱이 필요할 지경이었다. 그는 경찰관에게 미켈라가 앉았던 자리를 가리켜 보였다. 그들은 정확한 지점을 알고 싶어했고, 처음엔 멀리서 그다음엔 가까이서 현장 사진을 찍었다.

부모와 집으로 돌아가는 차 안에서 그는 포클레인 여러 대가 강물에 기계 팔을 집어넣어 검은 빛깔의 젖은 흙을 한 무더기 퍼올려서 강둑에 묵직이 쌓는 걸 보았다. 그는 흙덩이가 쏟아져내릴 때마다 어머니가 숨을 멈추는 걸 눈치챘다. 미켈라는 분명 그 진흙 속에 있을 텐데 그들은 미켈라를 찾아내지 못했다. 영영 찾지 못했다.

"그만 가자. 부탁이야." 마티아가 다시 한번 말했다. 간청하는 투가 아니었다. 우울하고 불쾌한 듯한 목소리였다.

알리체는 다시 차에 올랐다.

"가끔은 정말 널 이해……"

"저기서 쌍둥이 여동생을 잃어버렸어." 마티아가 알리체의 말을 자르며 무정하리만치 담담하게 말했다. 그는 팔을 들어 오른손 검지로 공원의 나무들을 가리켰다. 그러고는 팔을 든 걸 잊어버린 듯 허공에 그대로 들고 있었다.

"쌍둥이 여동생? 무슨 말이야? 너 여동생 없잖아……"

마티아는 여전히 나무들을 응시한 채 천천히 고개를 끄덕였다.

"나랑 똑같이 생겼었어. 모든 게 똑같았어."

그러고는 알리체가 물을 겨를도 없이 모든 걸 털어놓았다.

228

벌레, 생일파티, 레고, 강, 유릿조각, 병실, 베라르디노 판사, 텔레비전의 미아 찾기 광고, 정신과의사, 모든 걸. 그는 단 한 번도 누군가에게 그런 식으로 말한 적이 없었다. 이야기 중간에 알리체를 보지도 않았고 동요하지도 않았다. 말을 끝내고 나서는 침묵에 잠겼다. 그는 오른손으로 좌석 밑을 더듬어봤지만 뭉툭한 물건뿐이었다. 그는 차분해졌다. 또다시 몸에서 이질적으로 떨어져나온 듯 아득한 느낌이 들었다.

알리체가 마티아의 턱으로 손을 가져가더니 그의 얼굴을 살며시 자기 쪽으로 돌렸다. 마티아는 자신을 향해 다가오는 그림자를 보았다. 그는 본능적으로 눈을 감았고 곧 알리체의 뜨거운 입술이 그의 입술에 닿았다. 그녀의 뺨에서 흐르는 눈물이 느껴졌다. 어쩌면 그녀의 눈물이 아니었는지도 모른다. 마침내 너무나 가벼운 그녀의 손이 그의 머리를 잡고 그의 머릿속을 떠도는 생각들을 그들 사이에 더는 존재하지 않는 공간에 가둬버렸다.

24

그후 한 달간 알리체와 파비오는 자주 만났다. 한 번도 약속다운 약속을 한 적은 없었지만 순전히 우연으로 만난 것도 아니었다. 면회 시간이 끝나면 알리체는 항상 파비오가 소속된 병동을 어슬렁거렸고, 그도 그녀의 눈에 띄려 애썼다. 둘은 암묵적으로 동의한 듯 거의 늘 같은 길로 병원 뜰을 거닐었다. 병원 울타리는 두 사람의 이야기에 한계를 정해주고, 둘 사이에 흐르는 뭔지 모를 순수한 것에 굳이 이름을 붙이지 않아도 되는 외딴 공간을 만들어줬다.

파비오는 연애의 법칙을 정확히 아는 것처럼 보였다. 때를 기다릴 줄 알았고 외교관처럼 상황에 맞는 말을 골랐다. 그는 알리체의 내면에 깊은 상처가 있음을 감지했지만 경계선 밖에 물러나 있었다. 극단적인 일은 어떤 형태로든 세상에 존재했으므로 그는 개의치 않았다. 그런 일이 그의 상식과 분별력에 부딪히곤 했지만 그는 그것이 존재하지 않는 척 무시하는 편을 택했다. 만약 길에 걸림돌이 있으면 잠시도 걸음을 멈추지 않고 피했고, 그러고는 바로 잊어버렸다. 그는 의심하지 않았다, 거의 절대로.

그럼에도 사람에게 어떻게 다가가야 하는지는 알았다. 다소 젠체하는 면이 있긴 해도 그는 존중하는 태도로 알리체의 기분을 세심하게 배려했다. 알리체가 말이 없으면 무슨 일이 있는지 물었지만 절대 연이어 두 번은 묻지 않았다. 그는 알리체의 사진들과 어머니의 건강 상태에 관심을 보였고, 자신의 일상에 관한 이야기와 병동을 돌며 들은 재미있는 일화로 어색한 침묵을 채웠다.

알리체는 자신이 그의 확신에 이끌려가게 두었다. 어릴 적 수영장에서 죽은 척 물의 부력에 몸을 맡겼듯이 조금씩 그에게 자신을 내맡겼다.

그들은 눈에 보이지 않게 천천히 서로의 세계로 스며들었다. 중심축이 같고 점점 더 가까워지는 두 궤도 위에 있는,

시공간의 한 점에서 확실히 만날 운명인 두 행성처럼.

알리체 어머니의 치료가 중단되었다. 아버지는 고개를 한 번 끄덕이는 것으로 아내가 마침내 무거운 모르핀 이불을 덮고 고통 없는 잠에 드는 데 동의했다. 알리체는 어서 모든 일이 끝나기를 기다릴 뿐이었고 그 점에 죄책감을 느끼지 않았다. 엄마는 이미 알리체 안에서 추억으로 살고 있었고, 알리체의 머릿속 어느 한구석에 한 줌 꽃가루처럼 내려앉아 알리체의 남은 생애 내내 딱 그만큼의 이미지로 소리 없이 굳어 있을 터였다.

파비오는 자신이 알리체에게 그런 제안을 하리라곤 예상치 못했다. 그는 충동적으로 행동하는 성격이 아니었지만 그날 오후 알리체는 평상시와 뭔가 달랐다. 늘 그의 눈과 마주치지 않으려 애쓰던 눈을 이리저리 움직이고 손가락을 꼬는 모습에서 초조함 같은 게 엿보였다. 그녀를 알고 처음으로 그는 마음이 조급해지고 판단이 흐려졌다.

"이번 주말에 부모님이 바닷가에 가세요." 그가 뜬금없이 말을 꺼냈다.

알리체는 듣지 못한 것 같았다. 어쨌든, 그녀는 아무 말이 없었다. 며칠 전부터 그녀의 머릿속은 벌집 같았다. 마티아는 졸업식 이후 일주일 넘게 연락이 없었다. 분명 이번엔 그가 연락할 차례였다.

"토요일에 저녁식사하러 우리집에 왔으면 해서요." 결국 파비오가 말하고 말았다.

그 말을 하는 도중에 확신이 살짝 흔들렸지만 그는 곧 불안을 떨쳐냈다. 양손을 가운 주머니에 찔러넣고 언제나처럼 가벼운 마음으로 무슨 대답을 들어도 받아들일 준비를 했다. 그는 필요해지기도 전에 피난처를 마련할 줄 알았다.

뭔가 괴로운 일이 있는지 알리체는 그늘진 얼굴로 희미하게 미소 지었다.

"모르겠어요. 아마……" 그녀가 느릿하게 대답했다.

"괜찮아요." 파비오가 말을 가로막았다. "괜한 말을 했네요. 미안해요."

그들은 순찰하듯 말없이 병원을 거닐었고 다시 파비오의 병동 앞에 이르자 그가 혼잣말로 말끝을 늘이며 오케이, 하고 말했다.

둘 다 움직이지 않았다. 그들은 재빨리 눈길을 주고받곤 이내 시선을 떨어뜨렸다. 파비오가 웃음을 터뜨렸다.

"우린 정말 어떻게 인사할지를 모르는 것 같아요."

"그러게요." 알리체가 웃으며 대답했다. 그녀는 손을 올려 검지로 머리카락을 꼬면서 살며시 잡아당겼다.

파비오가 결연한 태도로 그녀에게 한 발 다가섰다. 그의 발밑에서 산책로의 자갈이 부딪치는 소리가 났다. 그는 애정 어린 오만함으로 그녀의 왼뺨에 키스하곤 뒤로 물러섰다.

"아무튼 한번 생각은 해봐요." 그가 말했다.

파비오는 입가와 눈가 그리고 뺨까지 모두 움직여 활짝 미소 지었다. 그러고는 뒤돌아서 가슴을 펴고 당당히 병동 입구로 걸어갔다.

파비오가 유리문 안으로 들어갔고, 알리체는 이제 그가 돌아볼 거라고 생각했다.

하지만 파비오는 그대로 모퉁이를 돌아 복도로 사라졌다.

25

학사 마티아 발로시노 앞으로 편지 한 통이 도착했다. 만져보니 마티아의 미래가 달렸다기엔 너무나 가볍고 얄팍했다. 아델레는 허락도 없이 뜯어본 것이 마음에 걸려 저녁식사 때가 되어서야 아들에게 편지를 보여줬다. 일부러 뜯어본건 아니었다. 편지를 받았을 때 수신인을 확인하지 않은 탓이었다. 마티아에게 편지가 온 적은 한 번도 없었으니까.

"이런 게 왔더라." 어머니가 접시 위로 편지를 내밀었다.

마티아는 뭔가 모호하게 고개를 끄덕이는 아버지를 의아한 눈길로 흘깃 보았다. 그는 편지를 받아들기 전에 이미 깨끗한 입가를 일부러 한번 더 냅킨으로 닦았다. 주소 옆에 파란색으로 인쇄된 복잡한 원형 로고를 보아도 편지 내용은 전혀 짐작할 수 없었다. 마티아는 봉투 입구를 벌려 편지를 꺼냈다. 학사 마티아 발로시노, 바로 자신에게 온 것이라는 생각에 조금 상기된 채 편지를 펼쳐 읽기 시작했다.

부모님은 필요 이상으로 접시 위에서 달그락 소리를 냈고 아버지는 연거푸 헛기침을 했다. 편지를 다 읽은 후 마티아는 원상태로 되돌리기 위해 개봉했을 때의 역순으로 종이를 접어 봉투에 넣었다. 그러곤 미켈라가 앉던 의자 위에 올려놓았다.

마티아는 포크를 다시 집어들었지만 접시 위에 동그랗게 썰린 호박을 본 순간 당황했다. 누군가가 그 몰래 가져다놓은 듯한 착각이 들었다.

"좋은 기회 같아." 어머니가 말했다.

"네."

"가고 싶니?"

그렇게 말하며 아델레는 얼굴이 달아오르는 걸 느꼈다. 그게 아들을 잃을지 모른다는 두려움과는 아무 상관 없다는 걸 알았다. 오히려 아들이 제안을 받아들여 이 집에서, 저녁식사 때마다 검은 머리를 접시에 파묻고 비극적인 기운을 퍼뜨리며 앉아 있는 식탁 맞은편에서 떠나주길 간절히 바랐다.

"모르겠어요." 마티아가 호박을 물끄러미 보며 대답했다.

"좋은 기회잖니." 어머니가 같은 말을 반복했다.

"네."

아버지가 침묵을 깨고 북유럽 사람들의 효율성과 그곳의 말끔한 도로에 대해 생각나는 대로 말하면서 혹독한 기후와 거의 일 년 내내 부족한 일조량으로 여가 활동에 제한을 받는 탓인 것 같다고 했다. 그 지역에 가본 적은 없지만 여기저기서 들은 대로라면 분명 그럴 거라고.

저녁식사가 끝날 무렵 마티아가 매일 저녁 해왔듯 똑같은 순서로 접시를 모아 쌓기 시작하자 아버지가 그의 어깨에 손을 올리며 "그냥 가거라, 내가 하마" 하고 나직이 말했다. 마티아는 의자에서 편지 봉투를 집어들고 자기 방으로 갔다.

그는 침대에 앉아 편지를 이리저리 살펴보았다. 부스럭거리며 코팅된 종이봉투를 몇 번이나 앞으로 접었다 뒤로 접었다 했다. 그런 다음 주소 옆에 찍힌 로고를 찬찬히 살펴보았다. 독수리로 짐작되는 맹금이 날개를 펼치고 고개를 한쪽으로 돌린 채 날카로운 부리 옆모습을 드러내고 있었다. 날개 끝과 두 발톱은 원 위에 있었는데 스탬프가 잘못 찍히는 바람에 살짝 타원형으로 보였다. 그 원과 그보다 더 큰 동심원 사이에 마티아에게 연구직을 제안한 대학 이름이 인쇄되어 있었다. 이름 안에 있는 k와 h 그리고 수학에서 공집합 기호 인 Ø 같은 고딕체 문자들을 보며 마티아는 발소리가 울리는 복도와 높다란 천장이 있고 짧게 깎은 잔디밭으로 에워싸인, 세상 끝에 있는 대성당처럼 적막하고 인적 없는 어두운 고층 건물을 연상했다.

머나먼 미지의 땅에 수학자로서 그의 미래가 있었다. 그곳 에는 구원의 약속 그리고 그 무엇과도 타협한 적 없는 순수 한 영역이 있었다. 반면 이곳에는 오직 알리체, 그녀와 주위 를 온통 에워싼 늪뿐이었다.

졸업식 날 겪었던 일이 또다시 일어났다. 숨이 목 한가운 데에 마개처럼 걸려 턱 막혔다. 방안의 공기가 갑자기 액화 된 것처럼 그는 숨을 헉헉거렸다. 그즈음 낮이 꽤 길어져 저 녁 땅거미는 푸르스름하고 흐릿했다. 마티아는 바깥세상의 햇빛이 마지막 한줄기까지 스러지길 기다렸다. 그러는 사이 그의 마음은 이미 낯선 학교의 복도를 서성이고 있었다. 이 따금 알리체와 마주쳤는데 그녀는 그를 보고도 말을 걸거나 미소 짓지 않았다.

갈지 말지 어서 결정을 내려, 그는 생각했다. 1이 아니면 0인 거야. 이진법처럼.

하지만 단순화하려고 할수록 더 혼란스러워졌다. 몸부림칠수록 더욱 말려드는 끈끈한 거미줄에 걸린 벌레 같았다.

그때 누가 방문을 두드렸다. 그 소리가 깊은 우물 바닥에서 올라오는 것처럼 들렸다.

"네?" 그가 대답했다.

문이 천천히 열리고 아버지가 방안을 들여다보았다.

"들어가도 되니?" 아버지가 물었다.

"네."

"왜 이렇게 컴컴하게 하고 있어?"

대답을 기다리지 않고 피에트로가 전등 스위치를 눌렀다. 100와트 전구가 불빛을 쏟아내자 확장되어 있던 마티아의 동공이 기분좋은 통증과 함께 수축했다.

피에트로는 침대 위 아들 곁에 앉았다. 부자는 똑같이 다리를 꼬고 왼발 복사뼈에 오른쪽 발꿈치를 포갠 채 앉아 있었지만 둘 다 그 사실을 알아차린 적은 한 번도 없었다.

"네가 연구한 그걸 뭐라고 하지?" 피에트로가 잠시 뜸을 들이다 물었다.

"어떤 거요?"

"논문 주제 말이다. 제목이 도무지 기억나지 않는구나."

"리만제타함수요."

"아 그래. 리만제타함수."

마티아는 엄지손톱으로 새끼손톱 밑을 문질렀지만 굳은살이 단단히 박여서 아무런 감각이 없었다. 손톱들이 서로 튕겨나가며 부딪치는 소리가 났다.

"너와 같은 머리가 내게도 있었으면 좋았을 텐데." 피에트로가 계속해서 말했다. "수학은 뭐 하나 제대로 이해하지 못하겠더구나. 나와는 맞지 않아. 어떤 분야에선 비범한 두뇌가 필요한 법이지."

마티아는 자신과 같은 머리를 가져봤자 하나도 좋을 게 없다고 생각했다. 텅 비어 가벼워질 수만 있다면 기꺼이 뽑아내 다른 머리로 바꾸거나 비스킷 상자로라도 갈아끼우고 싶은 심정이었다. 자신이 특별하다고 느끼는 건 스스로를 가두는 최악의 철창이라고 말하려 입을 열었지만 결국 아무 말도하지 않았다. 마티아는 담임이 그를 교실 한가운데에 앉혀놓고 희귀동물이라도 되는 듯 반 아이들에게 그를 빙 둘러싸고 바라보게 했던 때를 떠올렸다. 그토록 오랜 세월이 지났는데

자신이 그 자리에서 단 한 발짝도 움직이지 못했다는 생각이
들었다.

"어머니가 가보라고 하셨어요?" 그가 아버지에게 물었다.

피에트로의 목 언저리가 뻣뻣해졌다. 그는 입술을 깨물고
고개를 끄덕였다.

"네 미래가 제일 중요해." 아버지가 어딘지 모르게 당황한
듯한 목소리로 말했다. "이제 너 자신을 생각할 때가 됐어.
가기로 결정한다면 우리가 널 뒷바라지하마. 여윳돈이 많지
는 않지만 네가 쓸 만큼은 돼."

다시 긴 침묵이 이어졌다. 마티아는 알리체를 생각했고,
미켈라에게서 빼앗은 돈에 대해 생각했다.

"아버지?" 마티아가 마침내 입을 열었다.

"응?"

"죄송하지만 좀 나가주실래요? 전화할 데가 있어서요."

피에트로가 안도감이 섞인 긴 한숨을 내쉬었다.

"그러마."

자리에서 일어난 그는 돌아서서 나가기 전에 마티아의 얼
굴로 손을 뻗었다. 그는 아들의 볼을 어루만지려다 듬성듬성
난 수염 앞에 멈칫했다. 대신 머리카락 쪽으로 손길을 돌렸

지만 그마저도 대는 둥 마는 둥 했다. 서로에게 그런 행동들을 하지 않은 지 너무 오랜 세월이 흘렀다.

26

마티아를 향한 데니스의 사랑은 빈방에 켜놓은 채 잊은 촛불처럼 홀로 소진되어 허기진 욕구불만만 남았다. 열아홉 살 때 데니스는 지역신문의 마지막 장에서 게이 클럽 광고를 발견했다. 그는 그 부분을 뜯어 두 달 동안 지갑 속에 넣어 다녔다. 가끔씩 그것을 펼쳐서 이미 외워버린 주소를 읽고 또 읽었다.

주변의 또래 남자애들은 여자애들과 데이트를 했고, 끊임없이 섹스에 대해 떠벌리던 짓도 그만둘 정도로 섹스에 익숙해졌다. 데니스는 자신의 유일한 탈출구가 그 신문조각 속에, 손끝에 난 땀으로 글자가 번진 그 주소에 있다고 느꼈다.

비 오던 어느 날 밤 그는 마음을 정하지도 못한 채로 그곳을 찾아갔다. 옷장에서 손에 잡히는 대로 옷을 꺼내 입고 다른 방에 있는 부모에게 영화 보러 간다고 외치고는 밖으로 나왔다.

데니스는 두세 번 클럽 앞을 그냥 지나쳤고, 그럴 때마다 그 일대를 한 바퀴 돌았다. 결국 그는 호주머니에 두 손을 찔러넣고 입구를 지키는 남자들에게 은밀한 눈짓을 보내며 안으로 들어갔다. 그는 바에 앉아 맥주 한 잔을 시켜 천천히 마시며 벽에 줄지어 선 술병을 물끄러미 바라보면서 기다렸다.

얼마 지나지 않아 한 남자가 다가왔다. 데니스는 얼굴을 제대로 보지도 않고 그 남자로 결정했다. 남자가 자기 얘기를 늘어놓았다. 어쩌면 데니스가 보지 않은 영화 얘기였는지도 모른다. 남자는 데니스의 귀에 대고 큰 소리로 말했지만 데니스는 전혀 듣지 않았다. 데니스가 불쑥 화장실로 가자며 남자의 말을 끊었다. 남자는 순간 멈칫하더니 못생긴 이를 드러내며 웃음을 흘렸다. 데니스는 그가 못생겼다고 생각했다. 두 눈썹은 거의 붙어 있고 나이도 너무 많았지만 상관없었다.

화장실 안에서 남자는 데니스의 셔츠를 배 위로 끌어올리고는 그에게 키스하기 위해 몸을 숙였다. 하지만 데니스는 몸을 뺐다. 대신 무릎을 꿇고 앉아 남자의 바지 지퍼를 내렸다. 남자는 너무 서두른다며 투덜댔지만 곧 그냥 내버려뒀다. 데니스는 눈을 질끈 감고 서둘러 일을 끝내려고 노력했다.

입을 사용한 행위는 아무 성과가 없었고 데니스는 자신이 무력하게만 느껴졌다. 그래서 고집스럽게 계속 양손을 사용했다. 남자가 절정에 이르는 사이 그 역시 옷 속에서 절정에 다다랐다. 데니스는 남자에게 옷을 챙겨입을 시간도 주지 않고 도망치듯 화장실을 빠져나왔다. 언제나처럼 죄책감은 화장실 문밖에서 기다리고 있다가 찬물을 끼얹듯 그를 덮쳤다.

클럽 밖으로 나온 데니스는 남자의 냄새를 씻어내려고 삼십 분 가까이 분수를 찾아 헤맸다.

데니스는 그후로도 여러 번 그 클럽을 드나들었다. 매번 다른 남자와 이야기를 나눴고 상대가 물어도 이름을 말해주지 않으려고 늘 적당히 둘러댔다. 누구와도 그 이상의 관계까지 가지 않았다. 대신 자신과 같은 사람들의 이야기에 귀기울였는데, 대부분 침묵을 지킨 채 듣기만 했다. 그는 서서히 그 이야기들이 서로 엇비슷하다는 걸 알게 되었다. 그들은 같은 길을 걸었다. 머리 전체를 물속 깊숙이 집어넣어 바닥을 치고 나서야 수면 위로 올라와 겨우 숨을 쉴 수 있었다.

그들 모두 마티아를 향한 데니스의 마음처럼 쓸쓸한 사랑을 마음 한편에 혼자 간직하고 있었다. 한결같이 두려움을 느꼈던 적이 있고 대부분 여전히 두려워했지만, 그 클럽에 있을 때는, 그들이 말하는 대로 환경의 보호 아래 자신을 이해해줄 수 있는 사람들 한가운데에 있을 때는 달랐다. 데니스는 그곳의 낯선 남자들과 대화를 나눌 때면 외로움을 덜 느꼈고, 밑바닥을 치고 올라와 마침내 숨을 쉬게 될 그날이 자신에게는 언제 올까 생각하곤 했다.

어느 밤 누군가가 그에게 '묘지의 불빛'이라는 곳을 귀띔해주었다. 공원묘지 뒷길을 그렇게 불렀는데, 커다란 철책 사이로 묘비 등의 어슴푸레한 불빛이 새어나오기 때문이었다. 사람들은 손으로 더듬거리며 그곳을 찾아갔는데, 다른 사람과 마주치거나 눈에 띌 염려 없이 어둠에 몸을 내맡긴 채 쌓여 있던 욕망을 해소하기에 적합한 장소였다.

데니스는 그 묘비의 불빛에서 자신의 밑바닥을 경험했다. 아주 얕은 물에 다이빙할 때처럼 그는 얼굴과 가슴, 무릎으로 바닥에 부딪혔다. 그날 이후 다시는 클럽에 가지 않았고 전보다 더욱 완강하게 자기부정 속에 스스로를 가뒀다.

그후 그는 대학교 3학년 때 스페인으로 유학을 떠났다. 성가시게 달라붙는 가족과 친구들의 시선 그리고 그가 이름을 아는 모든 거리를 멀리 벗어난 곳에서 그는 사랑을 찾았다. 그의 이름은 발레리오였다. 데니스처럼 이탈리아인이었고 젊었으며 그와 마찬가지로 죽을 만큼 겁에 질려 있었다. 람블라스 거리에서 조금 떨어진 작은 아파트에서 두 사람이 함께 지낸 몇 달은 너무나 빨리, 강렬하게 지나갔다. 그 시간들은 며칠 동안 퍼붓던 폭우가 그친 후의 초저녁처럼 두 사람에게서 부질없는 고통의 허울을 전부 쓸어갔다.

이탈리아로 돌아온 뒤 두 사람은 다시 만나지 않았지만 데니스는 괴로워하지 않았다. 다시는 잃어버리지 않을 완전히 새로운 자신감을 갖고 다음 이야기로 넘어갔다. 새로운 사랑은 그 오랜 세월 모퉁이 바로 뒤에 서서 그를 기다렸던 것처럼 줄지어 나타났다. 옛 친구들 중에서는 유일하게 마티아하고만 우정을 이어갔다. 둘은 드문드문 소식을 주고받는데 대개는 전화 통화였다. 두 사람은 전화선에 실려오는 상대방의 규칙적이고 믿음직한 숨소리를 들으며 몇 분 동안 말없이 각자 생각에 잠겨 있곤 했다.

그 전화가 왔을 때 데니스는 이를 닦고 있었다. 그의 집에서는 항상 벨이 두 번 울린 후 전화를 받았는데 아파트 어디에 있든 제일 가까운 수화기로 가는 데 그만큼 시간이 걸리기 때문이었다.

어머니가 그에게 전화받으라고 소리쳤다. 그는 전화를 받으러 가기 전에 조금 여유를 부렸다. 입을 잘 헹구고 수건으로 닦은 다음 앞니 두 개를 다시 한번 살펴봤다. 요즈음 양옆에서 사랑니가 밀어대는 바람에 앞니가 틀어지는 듯했다.

"여보세요?"

"안녕."

마티아는 자기 이름을 대는 법이 없었다. 친구가 자신의 목소리를 혼동하지 않을 걸 알았고, 이름을 말하는 걸 거추장스러워했다.

"아, 학사님, 잘 지내?" 데니스가 쾌활하게 말했다. 그는 졸업식 일로 기분이 상하지 않았다. 그는 마티아가 자기 주위에 파놓은 심연을 존중할 줄 알았다. 오래전 그것을 뛰어넘으려다 그 안에 빠지고 말았으니까. 이제는 그 심연 가장자리에서 허공에 다리를 흔들며 앉아 있는 데 만족했다. 마티아의 목소리에 이제 더는 동요하지 않았지만 그에 대한 마음은 늘 변함없었다. 이후 어떤 남자를 만나더라도 마티아는 언제나 유일한 기준점으로 남을 것이었다.

"내가 방해했니?" 마티아가 물었다.

"아니. 넌 방해돼?" 데니스가 그를 놀렸다.

"내가 전화했잖아."

"그렇지. 그럼 말해봐. 목소리를 들으니 무슨 일이 있는 것 같은데."

마티아는 잠자코 있었다. 무슨 일인가 있었고, 그 무슨 일이 거기, 마티아의 혀끝에 달라붙어 있었다.

"왜? 무슨 일인데?" 데니스가 채근했다.

수화기 너머에서 마티아가 숨을 크게 몰아쉬었다. 데니스는 그가 숨쉬기 힘들어한다는 걸 알아차렸다. 데니스는 전화기 옆에 있던 펜을 들어 오른쪽 손가락 사이로 돌리기 시작했다. 그러다 펜을 떨어뜨렸지만 굳이 몸을 굽혀 줍지 않았다. 마티아는 여전히 말이 없었다.

"내가 먼저 질문을 던져야 하는 거야?" 데니스가 말했다. "그러면……"

"외국에서 일자리 제안이 들어왔어." 마티아가 끼어들었다. "대학에서. 주요 대학 가운데 하나야."

"우와." 데니스가 전혀 놀란 기색 없이 대꾸했다. "멋진

데. 그럼 가는 거야?"

"모르겠어. 가야 할까?"

데니스는 짐짓 웃음을 터뜨리는 척했다.

"아직 졸업조차 안 한 나한테 묻는 거야? 나 같으면 바로 가지. 환경을 바꾸는 건 언제나 좋은 거니까."

데니스는 "여기에 널 붙잡는 게 있어?" 하고 덧붙일까 하다 그만두었다.

"하나 더 있어." 마티아가 용기를 내어 말문을 열었다. "졸업식 날."

"음."

"그날 알리체가 왔었는데……"

"그런데?"

마티아가 순간 머뭇거렸다.

"그러니까, 우리 키스했어." 결국 그가 말을 꺼냈다.

수화기를 쥔 데니스의 손가락이 뻣뻣해졌다. 그는 자신의 반응에 놀랐다. 더는 마티아를 두고 질투하지 않았고 그럴 필요도 없었지만, 그 순간은 마치 과거가 목까지 역류해 올라오는 것 같았다. 마티아와 알리체가 손을 잡고 비올라네 주방으로 들어오던 모습이 떠올랐고, 둘둘 말린 수건처럼 입안으로 밀고 들어오던 줄리아 미란디의 혀가 느껴졌다.

"알레루야." 그는 애써 기뻐하는 척하며 말했다. "드디어 해냈구나."

"응."

뒤이은 정적 속에서 두 사람 다 수화기를 내려놓고 싶었다.

"그래서 고민이구나." 데니스가 간신히 입을 뗐다.

"응."

"그런데 걔랑 너 이제, 그러니까……"

"모르겠어. 그후로 못 봤어."

"아."

데니스는 검지손톱으로 꼬불꼬불한 전화선을 훑었다. 반대편에서 마티아도 똑같이 행동했고, 전화선을 보면 늘 그러듯 자신의 쌍둥이를 잃고 혼자 남은 DNA 나선을 떠올렸다.[*]

"하지만 숫자는 어디에나 있잖아. 항상 똑같고. 안 그래?"

"맞아."

"하지만 알리체는 여기에만 있고."

"그래."

---

[*] DNA의 분자구조는 이중나선이다.

"그럼 이미 결정했네."

데니스는 친구의 숨소리가 고르게 바뀌고 한결 편해진 걸 느꼈다.

"고마워." 마티아가 말했다.

"뭐가?"

마티아가 수화기를 내려놓았다. 데니스는 몇 초 더 귀에 수화기를 대고 그 너머에 있는 고요함을 들었다. 재 속에서 오래 버텨온 마지막 불씨처럼 그의 내면에서 무언가가 사위었다.

해야 할 말을 한 거야, 그는 생각했다.

잠시 후 뚜 뚜, 신호음이 들렸다. 데니스는 수화기를 내려놓고 지긋지긋한 사랑니를 자세히 보러 화장실로 돌아갔다.

27

"무슨 일 있니, 미 아모르시토?" 솔레다드가 알리체와 눈을 맞추려고 고개를 숙이며 물었다. 페르난다가 입원한 뒤로 솔레다드는 그 집 사람들과 한 식탁에 앉아 식사했다. 아버지와 딸 단둘이 마주앉아 있는 건 서로에게 고역이기 때문이었다.

아버지는 일을 마치고 집에 돌아온 다음에도 옷을 갈아입지 않는 버릇이 생겼다. 언제나 잠깐 들렀다 가는 사람처럼 재킷을 걸치고 넥타이를 살짝 느슨하게 푼 채 저녁을 먹었다. 식탁 위에 신문을 펼쳐놓고는 딸이 몇 술이라도 뜨는지 확인하려고 아주 가끔 눈을 들 뿐이었다.

침묵은 식사의 일부가 되었고 난감해하는 사람은 솔레다드 하나였다. 그녀는 어린 시절 어머니 집에서 시끌벅적하게 먹던 식사 자리를 자주 떠올렸다. 그때는 자신이 이렇게 될 줄 상상도 못했다.

   알리체는 자신의 접시에 담긴 커틀릿과 샐러드를 거들떠보지도 않았다. 대신 입술에 댄 물컵을 노려보면서 약을 먹듯 심각한 표정으로 조금씩 홀짝거렸다. 그녀는 어깨를 으쓱하고는 솔레다드를 보며 싱긋 웃었다.

   "아무 일도 없어요. 별로 배고프지 않아요." 그녀가 말했다.

   아버지가 신경질적으로 신문을 넘겼다. 그는 신문을 다시 내려놓기 전에 신문을 거칠게 털었다. 그래도 손도 대지 않은 딸의 음식에 눈길이 가는 건 어쩔 수 없었다. 그는 아무 말도 하지 않고 기사를 되는대로 골라 의미를 파악하지도 않고 읽어내려갔다.

   "솔 아줌마." 알리체가 불렀다.

   "응?"

   "아줌마 남편은 아줌마를 어떻게 유혹했어요? 처음에 말예요. 뭘 해줬어요?"

   음식을 씹던 솔레다드가 멈칫했다. 잠시 후 시간을 벌기 위해 아주 느릿느릿 다시 음식을 씹기 시작했다. 그녀의 머릿속을 처음 스쳐간 것은 남편을 처음 알게 된 날이 아니었다. 그보다는 그날 아침 느지막이 잠에서 깬 후 맨발로 집안 구석구석 남편을 찾아다니던 일이 먼저 떠올랐다. 마치 남편과 보낸 세월이 마지막날을 위한 준비 과정에 불과했다는 듯 오랜 결혼생활에 대한 기억 전부가 그날 일로 수렴되었다. 그날 아침 솔레다드는 전날 치우지 않은 접시와 소파 밖으로 삐져나온 쿠션을 물끄러미 바라보았다. 모든 게 지난밤 놓아둔 그대로였다. 공기 중에 떠도는 소음도 여전했다. 그러나 물건들이 놓인 모습에서, 그 위로 빛이 쏟아지는 모양에서 무언가가 그녀를 격심한 충격으로 몰아넣어 거실 한가운데에서 얼어붙게 했다. 그녀는 당혹스러울 정도로 명료하게 남편이 떠났다는 걸 직감했다.

솔레다드는 언제나처럼 그리운 추억을 회상하는 척 한숨 짓고는 말했다. "그 사람은 내가 퇴근하면 일터에서 집까지 자전거로 데려다주곤 했지. 하루도 빠짐없이 자전거를 타고 왔어. 그리고 얼마 뒤 구두를 선물해줬지."

"네?"

"구두 말이야. 하얀 하이힐이었단다."

솔레다드는 미소를 띠고 엄지와 검지로 굽 높이를 만들어
보였다.

"아주 예뻤어." 그녀가 말했다.

아버지가 코웃음을 치며 둘 사이에 오가는 이야기를 참고
들어줄 수 없다는 듯 고쳐 앉았다. 알리체는 구두 상자를 팔
에 끼고 상점을 나서는 솔의 남편을 상상했다. 솔의 침대 헤
드보드 위에 걸어놓은 사진에서 솔의 남편 얼굴을 보았다. 사
진 액자 고리와 못 사이에는 말린 올리브 가지가 껴 있었다.

잠시나마 알리체의 머릿속이 가벼워지는가 싶더니 금세
마티아에 대한 생각이 밀려왔다. 벌써 일주일이 지났는데 그
는 연락이 없었다.

지금 찾아가봐야겠어, 알리체는 생각했다.

그녀는 아버지에게 자, 먹고 있어요, 하고 말하듯 포크로
샐러드를 찍어 입에 넣었다. 식초 때문에 입술이 살짝 아렸
다. 그녀는 음식을 씹으며 식탁에서 일어났다.

"나가봐야 해요." 알리체가 말했다.

아버지가 어처구니없다는 듯 눈썹을 찡그렸다.

"이 시간에 어딜 가겠다는 거냐?" 그가 물었다.

"밖에요." 알리체가 반항하는 투로 말했다. 그러곤 어조를

누그러뜨리기 위해 덧붙였다. "여자 친구네 가요."

아버지는 네 멋대로구나, 하고 말하듯 고개를 내저었다. 알리체는 혼자 남아 신문을 읽을 아버지에게 아주 잠깐 미안한 마음이 들었다. 아버지를 끌어안고 속내를 모두 털어놓으며 앞으로 어떻게 하면 좋을지 묻고 싶은 충동이 일었지만, 곧 그 생각에 몸서리쳤다. 그녀는 돌아서서 곧장 화장실로 향했다.

아버지는 신문을 내려놓고 두 손가락으로 피로한 눈을 문질렀다. 솔레다드는 얼마간 하이힐에 대한 추억을 되살리다 다시 기억 속 제자리에 넣어두고 식탁을 치우려고 일어섰다.

마티아의 집으로 가는 길에 알리체는 음악을 크게 틀었다. 하지만 누군가가 거기 있어 그녀에게 무슨 음악을 듣고 있느냐고 물었다면 대답하지 못했을 것이다. 갑자기 그녀는 자신이 모든 걸 망칠 거라는 생각에 화가 치밀었지만 달리 선택의 여지가 없었다. 그날 저녁 식탁에서 일어서며 그녀는 보이지 않는 경계선을 넘어버렸고, 그러자 모든 일이 그녀의 의지와 상관없이 돌아가기 시작했다. 스키를 탈 때 무게중심을 몇 밀리미터만 앞으로 옮겨도 눈 속에 얼굴을 처박고 넘어지고 마는 것처럼.

마티아의 집에는 딱 한 번 가봤는데 그마저도 거실까지가 끝이었다. 마티아는 옷을 갈아입으러 자기 방으로 사라졌고, 알리체는 아델레 부인과 당혹스러운 대화를 주고받았다. 소파에 앉은 아델레 부인은 마치 알리체의 머리에 불이 붙기라도 한 것처럼 다소 걱정스러운 얼굴로 멍하니 그녀를 바라보았다. 앉으라는 말을 하는 것조차 잊어버렸을 정도였다.

알리체가 '발로시노코르볼리'라고 적힌 문패 옆 초인종을 누르자 그 옆에 있는 표시등에 비상경보처럼 빨간 불이 들어왔다. 벨을 몇 번 울린 뒤에야 마티아의 어머니가 놀란 목소리로 응답했다.

"누구세요?"

"안녕하세요, 저 알리체예요. 이 시간에 불쑥 찾아와서 죄송하지만…… 마티아 있나요?"

생각에 잠긴 듯한 침묵이 반대편에서 넘어왔다. 알리체는 인터폰 렌즈를 통해 관찰당하는 데 달갑지 않아하며 머리카락을 그러모아 오른쪽 어깨 앞으로 내렸다. 잠시 후 삑 하는 기계음과 함께 문이 열렸다. 알리체는 안으로 들어가기 전에 인터폰 카메라를 향해 고마움의 표시로 미소 지었다.

텅 빈 아파트 로비에 그녀의 발소리가 심장박동과 같은 리듬으로 울려퍼졌다. 심장이 혈액을 보내는 걸 잊어버렸는지, 불편한 다리는 완전히 생명을 잃은 것처럼 보였다.

아파트의 현관문이 살짝 열려 있었지만 그녀를 맞는 사람은 아무도 없었다. 알리체는 문을 밀며 들어가도 되는지 물었다. 마티아가 불쑥 거실에서 나타나 세 걸음쯤 떨어진 곳에 멈춰 섰다.

"안녕." 그가 두 팔을 꼼짝 않고 말했다.

"안녕."

그들은 전혀 모르는 사이처럼 잠시 서로를 살피며 서 있었다. 마티아는 슬리퍼 안에서 엄지발가락을 꼬아 둘째발가락 위에 대고는 으스러지길 바라며 바닥으로 짓누르고 있었다.

"미안, 혹시 내가……"

"저기로 갈래?" 마티아가 자동 음성 같은 목소리로 말을 잘랐다.

알리체는 현관문을 닫으려고 돌아섰다. 손바닥이 땀에 젖어 둥근 놋쇠 손잡이 위에서 미끄러졌다. 문이 문기둥을 울리며 닫히자 마티아는 초조한 나머지 온몸이 떨렸다.

여긴 왜 온 걸까? 마티아는 궁금했다.

방금 전까지 데니스와 이야기한 알리체와 지금 예고 없이 집으로 들이닥친 그녀는 같은 인물이 아닌 듯했다. 그는 터무니없는 생각에서 벗어나려 했지만 불쾌한 감정이 욕지기처럼 입안에 남아 있었다.

마티아는 쫓기다라는 말이 생각났다. 어린 시절 아버지가 카펫 위로 그를 끌어내려 거대한 팔로 감싸안아 가두던 순간도 떠올랐다. 아버지가 그의 배와 옆구리를 간질이면 그는 웃음을 터뜨렸다. 너무 많이 웃어서 숨도 쉬지 못할 정도로.

알리체는 마티아를 따라 거실로 갔다. 마티아의 부모가 조촐한 환영단처럼 거기 서서 그녀를 기다리고 있었다.

"안녕하세요." 알리체는 어깨를 움츠리며 인사했다.

"안녕, 알리체." 아델레는 그녀의 인사를 받았지만 제자리에서 꿈쩍하지 않았다.

반면 피에트로는 알리체에게 다가와 뜻밖에도 그녀의 머리를 쓰다듬었다.

"점점 예뻐지는구나. 어머닌 좀 어떠시니?"

아델레는 남편 등뒤에서 경직된 미소를 띤 채 자신이 그렇게 묻지 못한 걸 후회하며 입술을 깨물었다.

알리체의 얼굴이 붉어졌다.

"여전하세요. 잘 견디고 계세요." 그녀는 비참해 보이지 않으려고 애썼다.

"우리가 안부 묻더라고 전해주렴." 피에트로가 말했다.

그러고 나서는 네 사람 모두 아무 말이 없었다. 알리체는 마티아 아버지의 시선이 자신을 꿰뚫는 것 같아 몸이 불편한 것을 들키지 않기 위해 양쪽 다리에 몸무게를 골고루 실으려 애썼다. 엄마가 마티아의 부모를 전혀 알지 못한다는 사실을 깨닫고 조금 씁쓸한 기분이 들었다. 하지만 그보다 더 그녀를 씁쓸하게 한 건 그런 생각을 하는 사람이 자기 혼자뿐이라는 사실이었다.

"어서들 이야기 나누렴." 마침내 피에트로가 입을 열었다.

알리체는 아델레에게 한번 더 미소 지은 뒤 고개를 숙이고 그 곁을 지나갔다. 마티아는 벌써 자기 방에 들어가 있었다.

"문 닫을까?" 알리체가 들어가자마자 문을 가리키며 물었다. 그녀의 용기가 단박에 수그러들었다.

"어…… 어."

마티아는 무릎 위에 손을 포갠 채 침대에 앉았다. 알리체는 방을 둘러보았다. 방안을 채운 물건들은 지금껏 누구의 손길도 닿은 적이 없어 보였다. 상점 진열창에 정성 들여 전시한 상품들 같았다. 쓸모없어 보이는 건 하나도 없었다. 벽에는 사진 한 장 걸려 있지 않고 어린 시절부터 애지중지해온 인형 같은 것도 없었다. 보통 남자애들 방에 감도는 친밀함과 애착의 냄새를 전혀 찾아볼 수 없었다. 몸과 마음에 차오르는 혼란스러움 때문에 알리체는 불청객이 된 기분이 들었다.

"방이 멋지네." 그녀는 속내를 감추고 말했다.

"고마워." 마티아가 대답했다.

그들의 머리 위로 하고 싶은 말들이 거대한 거품처럼 떠다녔지만 둘 다 바닥만 내려다보며 그 존재를 무시하려 애썼다.

알리체는 옷장에 등을 대고 천천히 미끄러져 앉은 다음 가슴 앞에 온전한 쪽 무릎을 세웠다. 그녀는 억지웃음을 지었다.

"그래, 졸업하니까 기분이 어때?"

마티아는 어깨를 으쓱하곤 희미하게 미소를 띠었다.

"전하고 똑같아."

"넌 정말 만족할 줄 몰라, 안 그래?"

"그런 것 같아."

알리체가 다문 입술 사이로 애정이 담긴 으음, 하는 소리를 냈다. 둘 사이에 흐르는 어색함이 별거 아니라고 생각해봤지만, 여전히 그것은 확실하고 견고하게 거기 있었다.

"그래도 요즘 여러 일이 있었잖아." 알리체가 말했다.

"그래."

알리체는 말을 꺼낼까 말까 망설였다. 그러다가 바짝 마른 입을 열어 말했다.

"기분좋은 일도 있었잖아, 안 그래?"

마티아는 다리를 움츠렸다.

또 시작이군, 그는 생각했다.

"그래, 맞아." 그가 대답했다.

마티아는 자신이 무엇을 해야 하는지 정확히 알았다. 침대에서 일어나 알리체 곁에 가서 앉은 다음 미소 띤 얼굴로 그녀의 눈을 바라보며 키스하면 된다. 그게 전부였다. 그건 그저 기계적인, 평범한 벡터의 배열처럼 그의 입을 그녀의 입에 맞대면 그만인 일이었다. 비록 마음이 내키지 않더라도 그는 할 수 있었고 능숙한 몸짓까지 보증할 수 있었다.

마티아는 침대에서 일어서려 했지만 웬일인지 매트리스가 질척한 늪처럼 그를 붙잡았다.

또다시 알리체가 먼저 움직였다.

"거기로 가도 돼?"

그는 고개를 끄덕였고, 그럴 필요 없는데도 조금 비켜앉았다.

알리체가 두 손을 짚고 일어섰다.

마티아가 자리를 비워준 침대 위에는 아코디언처럼 세 겹으로 접힌 타이핑된 종이 한 장이 놓여 있었다. 알리체는 종이를 옆으로 옮기려다 영어가 쓰여 있는 걸 알아차렸다.

"이게 뭐야?"

"오늘 받았어. 어느 대학에서 온 편지."

알리체는 편지 왼쪽 위 구석에 굵은 글씨로 쓰인 도시 이름을 읽었다. 눈앞의 글자들이 흐릿해 보였다.

"뭐라고 쓰여 있는데?"

"나한테 연구비를 지원하겠대."

알리체는 현기증이 났다. 패닉에 빠져 갑자기 그녀의 얼굴이 하얘졌다.

"와." 알리체는 아무렇지 않은 척했다. "얼마 동안이나?"

"사 년."

알리체는 마른침을 삼켰다. 여전히 선 채였다.

"그럼 가는 거야?" 그녀가 작은 소리로 물었다.

"아직 몰라." 마티아가 변명하듯 말했다. "네 생각은 어때?"

알리체는 아무 말 없이 손에 편지를 들고 벽만 바라보았다.

"네 생각은 어떤데?" 마티아는 알리체가 정말 듣지 못한 것처럼 한번 더 물었다.

"내 생각이라니, 뭐가?" 알리체의 목소리는 마티아가 흠 칫 놀랄 정도로 차갑게 돌변해 있었다. 무엇 때문인지는 알 수 없었지만 그녀는 병원에서 약물에 취해 누워 있는 엄마를 떠올렸다. 알리체는 무심히 편지를 바라보다 찢어버리고 싶은 충동을 느꼈다.

하지만 알리체는 자신이 앉으려 했던 자리에 편지를 내려 놓았다.

"앞으로의 경력을 위해선 중요할 것 같아." 마티아가 스스 로 합리화하듯 말했다.

알리체는 골프공을 입에 문 것처럼 턱을 앞으로 내밀고는 진지하게 고개를 끄덕였다.

"잘됐네. 그럼 뭘 망설여? 어서 가. 게다가 여기에는 널 잡아둘 게 없는 것 같은데." 알리체는 이를 악물고 말했다.

마티아는 목의 혈관이 부풀어오르는 것 같았다. 어쩌면 울음이 나오려는 건지도 몰랐다. 공원에서 미켈라를 잃은 그날 이후로 눈물은 목에 걸려 넘어가지 않는 음식처럼 늘 거기 고여 있었다. 오랫동안 막혀 있던 눈물길이 드디어 열려 그 동안 쌓인 것을 모조리 밖으로 분출하듯 눈물이 터져나오려 했다.

"만약 내가 떠나면." 마티아가 조금 떨리는 목소리로 다그 쳤다. "너는……" 그는 말을 잇지 못했다.

"나?" 알리체가 그를 침대 시트에 묻은 얼룩처럼 빤히 내 려다보았다. "내가 생각했던 앞으로의 사 년은 많이 달라. 난 스물세 살이고 엄마는 곧 돌아가시겠지. 나는……" 그녀 가 고개를 가로저었다. "너하곤 전혀 상관없는 일이잖아. 너 는 네 미래나 신경써."

엄마의 병을 들먹여서 누군가에게 상처를 준 건 그때가 처 음이었다. 하지만 후회되지 않았다. 알리체는 눈앞에서 마티 아가 점점 작아지는 걸 지켜보았다.

마티아는 아무런 대꾸도 하지 않고 숨을 고르는 데 집중 했다.

알리체가 계속해서 말했다. "아무튼 걱정하지 마. 그런 일 을 잘 신경써줄 사람을 만났으니까. 사실 그 얘길 하러 온 거야." 그녀는 잠시 말을 멈췄다. 머릿속에 아무것도 떠오르지 않았다. 또다시 그녀의 의지와 상관없이 상황이 제멋대로 흘러가고 있었다. 알리체는 또 한번 벼랑으로 구르는 중이었지만 멈추기 위해 스키폴을 눈 속에 꽂아야 한다는 걸 잊고 있었다. "이름은 파비오고 의사야. 난 너한테 기대도 안 했어…… 아무튼 그래."

알리체는 어설픈 배우처럼 자기 것이 아닌 목소리로 진부한 이야기를 읊조렸다. 단어 하나하나가 모래알처럼 그녀의 혀를 긁고 지나가는 것 같았다. 말하는 동안 혹시라도 마티아가 실망하는 기색인지 반응을 유심히 살폈다. 하지만 그의 눈동자는 너무 짙어서 어떤 동요도 알아차릴 수 없었다. 그녀는 마티아가 전혀 흔들리지 않는다고 확신하기에 이르렀다. 그러자 위장이 비닐봉지 구겨지듯 뒤틀리는 것 같았다.

"나 갈게." 알리체가 지친 얼굴로 힘없이 말했다.

마티아는 자신의 시야에서 알리체를 지우려고 닫힌 창문을 바라보며 고개를 끄덕였다. 파비오라는 이름이 하늘 어디선가 뚝 떨어진 파편처럼 머릿속에 박혀버렸다. 그는 어서 알리체가 가주기만 바랐다.

창밖의 밤하늘은 맑았고, 머지않아 따뜻한 바람이 불어올 것 같았다. 가로등 불빛 아래 날리는 포플러의 부연 꽃가루가 다리 없는 거대한 벌레들처럼 보였다.

알리체가 방문을 열자 마티아는 자리에서 일어났다. 그녀와 조금 거리를 두고 따라 나와 현관문까지 배웅했다. 시간을 좀더 벌기 위해 그녀는 문 앞에서 가방 안의 물건이 제자리에 있는지 확인하며 뭉그적거렸고, 잠시 후 오케이, 하고 중얼거리며 현관문을 나섰다. 엘리베이터 문이 닫히기 전, 알리체와 마티아는 아무 의미 없는 작별인사를 주고받았다.

28

마티아의 부모는 텔레비전을 보는 중이었다. 아델레는 잠옷 아래로 무릎을 모으고 있었다. 피에트로는 다리를 꼬아 소파 앞 낮은 테이블 위에 길게 뻗고 허벅지 위에 텔레비전 리모컨을 올려놓았다. 알리체는 잘 가라는 그들의 인사에 대답하지 않았는데, 그들이 거기 있는지조차 알아차리지 못한 것 같았다.

마티아가 소파 등받이 뒤에 서서 말했다.

"그 제안을 받아들이기로 했어요."

아델레는 한 손을 뺨에 가져다대며 놀란 얼굴로 남편의 눈치를 살폈다. 피에트로는 곧바로 고개를 돌려 장성한 아들을 보는 여느 아버지와 같은 눈길로 자신의 아들을 바라보았다.

"잘 생각했다." 피에트로가 말했다.

마티아는 방으로 돌아와 침대에서 편지를 집어들고 책상 앞에 앉았다. 그의 발아래서 우주가 점점 속력을 더하며 팽창하고 있었다. 순간 그는 늘어나는 우주의 막이 찢어져 자신이 추락했으면 싶었다.

마티아는 더듬더듬 스위치를 찾아 불을 켰다. 책상 모서리에 아슬아슬하게 나란히 놓인 연필 네 자루 가운데 가장 긴 것을 골랐다. 그런 다음 둘째 서랍에서 칼을 꺼내 연필을 깎으려고 휴지통 위로 몸을 숙였다. 그는 연필심 주위에 남아 있는 얇은 나무 부스러기를 불어 날렸다. 그의 앞에는 벌써 깨끗한 종이가 준비되어 있었다.

마티아는 손등을 위로 하고 손가락을 쫙 벌린 채 왼손을 종이 위에 올려놓았다. 그러고는 날카로운 연필심 끝을 그 위로 가져갔다. 중지 아래 두 개의 대정맥이 맞닿는 지점에 연필을 내리꽂을 준비를 한 채 얼마간 망설였다. 곧 그는 길게 숨을 들이마시며 천천히 왼손을 치웠다.

그리고 종이 위에 영어로 학장님께라고 썼다.

29

파비오는 층계참과 현관, 거실의 불을 환히 켜놓고 문 앞에서 알리체를 기다렸다. 아이스크림 통이 든 비닐봉지를 건네받으면서 그는 알리체의 손을 꼭 쥐고 지극히 자연스러운 일인 양 뺨에 살짝 키스했다. 그리고 알리체에게 옷차림이 정말 근사하다고 칭찬했다. 그 말은 진심이었다. 그는 저녁 식사 준비를 위해 가스레인지 앞으로 돌아갔다. 하지만 한시도 그녀에게서 눈길을 떼지 않았다.

오디오에서는 알리체가 처음 듣는 음악이 흘러나오고 있었다. 사실 누군가에게 들려주기 위해서라기보다는 완벽한 데이트 분위기를 연출하기 위한 것으로, 모든 건 의도한 장치였다. 촛불 두 개와 이미 따놓은 와인이 놓인, 두 사람분의 정갈한 저녁 식탁이 차려져 있었다. 나이프의 날은 모두 안쪽으로 놓여 있었다. 알리체가 어려서부터 엄마한테 들은 대로라면 그건 손님을 반긴다는 뜻이었다. 하얀 식탁보는 주름 한 줄 없었고 냅킨은 모서리들이 완벽히 들어맞게 삼각형으로 접혀 있었다.

알리체는 식탁에 앉아 음식이 얼마나 나올지 가늠하기 위해 켜켜이 쌓여 있는 접시 수를 세어봤다. 그날 저녁 집을 나서기 전 그녀는 솔레다드가 금요일이면 갈아놓는 수건을 뚫어지게 보며 오랫동안 욕실에 들어앉아 있었다. 대리석 수납장 안에서 엄마의 화장품을 찾아내 어스름한 불빛 아래서 화장을 했다. 립스틱을 바르기 전에 코에 대고 냄새를 맡아봤지만 아무것도 연상되지 않았다.

그녀는 하루이틀 전부터 이미 입고 갈 옷을 결정해놓고도 여느 때처럼 네 벌을 더 입어봤다. 론코니 씨네 아들의 견진성사 때 입었던 옷으로 골랐는데, 등이 훤히 보이는데다 양팔이 완전히 드러나기 때문에 아버지가 자리에 걸맞지 않다고 잔소리했던 옷이었다.

맨발인 채로 하늘색 원피스를 입자 목둘레선이 하얀 피부

위에서 만족스럽게 미소 짓는 것처럼 보였다. 알리체는 주방에 있는 솔레다드에게 가서 걱정스러운 기색으로 눈썹을 찡그리며 어떤지 물었다. "눈부실 만큼 멋져." 솔레다드가 말했다. 그리고 알리체의 이마에 키스했고 알리체는 화장이 지워지지 않을까 조바심냈다.

파비오는 주방에서 민첩하게 움직였다. 주목받는 데 익숙한 사람 특유의 지나친 신중함이 엿보였다. 알리체는 그가 따라준 화이트와인을 홀짝였다. 그러자 스무 시간 넘게 비어있던 뱃속이 불난 듯 화끈거렸다. 뜨거운 기운이 혈관을 따라 퍼져 천천히 머리까지 올라오더니 급기야 해변을 덮치는 밤바다처럼 마티아에 대한 생각을 휩쓸어갔다.

알리체는 식탁에 앉아 주방에 있는 파비오의 실루엣을 찬찬히 뜯어보았다. 짙은 갈색 머리카락이 드리운 곧은 목선, 그리 좁지 않은 골반 그리고 셔츠 아래 살짝 솟은 어깨에 시선이 갔다. 여지없이 그녀의 생각은 그 품에 안기면 어떤 기분일까 하는 쪽으로 흘러갔다.

알리체는 마티아에게 이미 파비오에 대해 말한데다, 여기에서 찾을 수 있는 것보다 더 사랑에 가까운 감정은 두 번 다시 없을 거라는 확신에서 파비오의 초대를 받아들였다.

파비오가 냉장고를 열고 버터를 꺼내 한 조각 잘랐다. 알리체가 보기엔 적어도 80~90그램 정도는 돼 보였다. 그가 리소토가 담긴 팬에 버터를 던져넣자 동물성 포화지방이 녹아나왔다. 그는 불을 끄고 나무 숟가락으로 몇 분 더 리소토를 저었다.

"다 됐어요." 파비오가 말했다.

그는 의자 위에 걸쳐놓은 행주에 손을 닦은 다음 팬을 들고 식탁으로 왔다.

알리체는 놀란 눈으로 팬 안에 담긴 걸 보았다.

"나는 아주 조금만 줘요." 파비오가 접시에 엄청난 칼로리의 질척한 요리를 한 국자 퍼담기 직전에 알리체는 손가락으로 '조금만'을 강조하며 말했다.

"안 좋아해요?"

"네. 버섯 알레르기가 있어요. 그래도 조금 맛볼게요." 알리체가 거짓말로 둘러댔다.

파비오는 실망한 기색으로 팬을 든 채 멀거니 서 있었다. 그의 안색이 조금 어두워졌다.

"이런, 정말 미안해요. 그런 줄 몰랐어요."

"괜찮아요. 정말이에요." 알리체가 미소 지었다.

"원하면 다른……" 그가 말을 이었다.

알리체는 파비오의 손을 잡으며 말을 가로막았다. 그가 선물을 바라보는 어린아이처럼 그녀를 바라보았다.

"그래도 맛은 볼 수 있어요." 알리체가 말했다.

파비오는 단호히 고개를 내저었다.

"절대 안 돼요. 그러다 탈 나면 어쩌려고요?"

그가 팬을 도로 가져가는 사이 알리체의 입가에서는 미소가 새어나왔다. 두 사람은 삼십 분쯤 빈 접시를 앞에 두고 이야기를 나눴고 파비오는 화이트와인을 한 병 더 땄다.

알리체는 와인을 한 모금 마실 때마다 자신이 조금씩 사라지는 느낌이 들어 좋았다. 망가질 듯한 자신의 몸을 의식하면서 그녀는 셔츠를 팔뚝 중간까지 걷어올리고 팔꿈치를 식탁에 괸 채 앞에 앉아 있는 파비오의 단단한 체격을 보았다. 요 몇 주 동안 그녀를 끈질기게 괴롭혀온 마티아에 대한 생각이 오케스트라 한가운데서 불협화음을 내는 느슨한 바이올린 현처럼 공기 중에서 약하게 진동하고 있었다.

"자, 두번째 요리로 분위기를 띄워볼까요." 파비오가 말했다.

알리체는 기절할 것 같았다. 그녀는 그냥 거기서 끝나길 바랐다. 하지만 파비오는 식탁에서 일어나더니 오븐에서 빵가루와 다진 고기 같은 걸로 속을 채운 듯한 토마토와 가지, 노란 피망이 두 개씩 담긴 오븐 접시를 꺼냈다. 다채로운 빛깔은 보기 좋았지만 채소가 너무 컸다. 알리체는 물웅덩이 바닥에 가라앉은 돌멩이들처럼 자신의 위 한가운데 모여 있을 음식을 상상했다.

"먹고 싶은 걸 골라요." 파비오가 권했다.

알리체는 입술을 깨물곤 조심스레 토마토를 가리켰다. 파비오가 포크와 칼을 핀셋처럼 사용해 그녀의 접시에 토마토를 옮겨 담았다.

"그리고요?"

"이걸로 됐어요." 알리체가 대답했다.

"말도 안 돼요. 아직 아무것도 안 먹었잖아요. 와인 마신 게 다예요!"

알리체는 그를 올려다보았다. 순간 마음속 깊이 증오가 느껴졌다. 아버지와 어머니 그리고 솔, 그 누구라도 그녀의 접시에 담긴 음식의 양을 가늠하면 곧바로 미워했듯이.

"그거요." 그녀는 마지못해 가지를 가리켰다.

파비오는 자기 접시에 종류별로 하나씩 채소를 던 다음 먹기 전에 흐뭇한 표정으로 바라보았다. 알리체는 포크 끝으로 살짝 찔러 속 재료를 맛봤다. 고기만이 아니라 달걀과 리코 타치즈, 파마산치즈까지 들어 있었다. 알리체는 즉시 칼로리를 계산해보고 그걸 소모하려면 하루종일 굶어도 모자라겠다고 생각했다.

"어때요?" 파비오가 입안에 반쯤 음식을 문 채 웃으며 물었다.

"아주 맛있어요." 알리체가 대답했다.

그녀는 용기를 내어 가지를 한입 베어먹었다. 구역질이 나오는 걸 애써 참으며 말없이 계속 한 조각씩 입에 넣었다. 가지를 다 먹고 접시 옆에 포크를 내려놓자마자 구역질이 났다. 파비오는 이야기하면서 그녀에게 와인을 따라줬다. 알리체는 고개를 끄덕이며 듣고 있었지만 그럴 때마다 위 속에서 가지가 아래위로 춤추는 것 같았다.

파비오는 음식을 모두 먹어치웠지만 알리체의 접시에는 역겨운 혼합물로 채워진 붉은 토마토가 아직 남아 있었다. 조금씩 포크로 떼어내 냅킨 속에 숨긴다면 틀림없이 파비오가 눈치챌 것이다. 벌써 반이나 타들어간 양초 외엔 그녀를 가려줄 것이 없었다.

잠시 후 축복처럼 두번째 와인병이 비었고 파비오가 세번째 병을 가지러 가려고 힘겹게 일어섰다. 그는 손으로 머리를 감싸쥐고 알리체에게 "그만, 제발 그만" 하고 큰 소리로 말했다. 알리체가 웃음을 터뜨렸다. 파비오는 냉장고 안을 들여다보고 선반도 죄다 열어봤지만 와인을 찾지 못했다.

"부모님이 와인을 거덜내셨나봐요. 지하실에 내려가봐야겠어요." 그가 말했다.

그가 이유 없이 웃음을 터뜨렸고 알리체는 웃느라 배가 아팠지만 그를 따라 또 웃었다.

"여기 꼼짝 말고 있어요." 파비오가 알리체의 이마를 손가락으로 가리키며 명령했다.

"알았어요." 알리체가 대답했고, 그 즉시 곤경에서 벗어날 좋은 생각이 떠올랐다.

파비오가 나가자마자 그녀는 기름기 흐르는 토마토를 두 손가락으로 집어들고선 역겨운 냄새를 피해 코에서 멀찍이 떨어뜨린 채 화장실로 갔다. 문을 걸어잠그고 변기 뚜껑을 들어올렸다. 깨끗한 변기가 '내가 처리할게'라며 미소 짓는 것처럼 보였다.

알리체는 토마토를 유심히 보았다. 꽤 커서 조각조각 잘라야 할 것 같았지만 약간 물컹하기도 해서 "뭐 어때"하며 변기 속으로 던져넣었다. 토마토가 풍덩 빠지면서 물방울이 약간 튀었지만 다행히 하늘색 원피스는 젖지 않았다. 토마토는 바닥으로 가라앉더니 배관 속으로 반쯤 모습을 감췄다.

변기 물을 내리자 물줄기가 단비처럼 흘러내렸다. 하지만 배관으로 빠지지 않고 오히려 차오르기 시작하더니 변기 깊숙이서 신통치 않은 물소리가 올라왔다.

알리체는 놀라서 뒷걸음치다 다친 다리가 후들거려 바닥에 넘어질 뻔했다. 물은 계속 차오르다 갑자기 멈췄다.

배관에서 이상한 소리가 나기 시작했다. 변기 테두리까지 물이 차 있었다. 투명한 수면이 미세하게 떨렸고 변기 바닥에는 토마토가 전과 똑같이 구멍에 끼여 꼼짝하지 않았다.

알리체는 두려움과 함께 묘한 호기심에 사로잡혀 일 분 정도 그 광경을 지켜보았다. 현관문소리에 그녀는 다시 정신을 차렸다. 변기 솔을 집어들고 역겨움 때문에 얼굴을 잔뜩 찡그리며 변기 물속에 집어넣었다. 토마토는 도무지 꼼짝도 하지 않았다.

"어떡하지?"

알리체는 곧 거의 무의식적으로 또 한번 변기 물을 내렸다. 이번에는 물이 변기 밖으로 넘쳐서 알리체의 우아한 구두까지 적실 정도로 화장실 바닥을 얕게 뒤덮었다. 그녀는 변기 레버를 올리려 했지만 물은 계속해서 밖으로 넘쳐흘렀다. 알리체가 문 앞에 욕실 깔개를 놓지 않았다면 물은 문턱을 넘어 다른 방으로 새어들어갔을 것이다.

몇 초 후 물이 다시 멈췄다. 토마토는 여전히 그대로 있었다. 바닥에 흥건히 고인 물은 더이상 퍼지지 않았다. 언젠가 마티아가 했던 말이 생각났다. 팽팽히 당겨진 막처럼 표면장력이 커지면 어느 시점에서 물은 더 퍼지지 않는다던.

알리체는 자신이 만들어놓은 난장판을 바라보았다. 그녀는 그 재난에 굴복하듯 변기 뚜껑을 닫고 그 위에 앉았다. 그리고 두 손으로 얼굴을 가리고 울기 시작했다. 마티아 때문에, 엄마 때문에, 아빠 때문에 그리고 물난리 때문에. 하지만 무엇보다 자기 자신 때문에 눈물이 났다. 그녀는 나지막이 마티아를 불렀다. 마치 그의 도움을 청하듯. 그러나 그 이름은 입술에 맥없이 달라붙어 있을 뿐이었다.

파비오가 화장실 문을 노크했지만 알리체는 미동도 하지 않았다.

"알리, 괜찮아요?"

반투명 유리문 너머로 그의 실루엣이 어른거렸다. 그녀는 코를 훌쩍이곤 운 기색을 감추려고 목소리를 가다듬었다.

　"네. 잠깐만요. 금방 나갈게요."

　그녀는 어쩌다 자신이 화장실 안에서 이런 꼴이 된 건지 모르겠다는 듯 당황한 얼굴로 주위를 둘러봤다. 변기에서 바닥으로, 적어도 세 줄기 이상 물이 흘러내리고 있었다. 알리체는 그 몇 밀리미터 깊이의 물속에 빠져버렸으면 좋겠다고 생각했다.

초점 맞추기

2003

30

어느 날 아침 열시, 알리체는 마르첼로 크로차의 스튜디오
에 들어섰다. 세 번이나 그 일대를 빙빙 돌고 나서야 겨우 결
심을 굳힌 표정을 짓고서 말했다. "사진 일을 배우고 싶어
요. 수습생으로 뽑아주실 수 있나요?" 현상기 앞에 앉아 있
던 크로차는 고개를 끄덕였다. 그러더니 몸을 돌려 그녀의
눈을 빤히 보면서 딱 잘라 말했다. "수습 기간엔 월급을 줄
수 없네." 그는 걱정하지 말라는 얘기는 하고 싶지 않았다.
오래전 자신도 똑같은 경험을 했으니까. 전전긍긍했던 그 시
절 전부가 사진을 향한 열정으로 기억에 남아 있다. 온갖 실
망을 맛봤지만 그 열정만은 누구 앞에서도 부정하고 싶지 않

았다.

크로차는 주로 바캉스 사진을 찍었다. 서너 명의 한 가족이 해변이나 관광지, 산마르코광장 한복판이나 에펠탑 아래서 서로를 부둥켜안은 사진들. 발은 잘려 있고 포즈는 늘 똑같았다. 자동카메라로 촬영한 그 사진들은 노출과다거나 초점이 맞지 않았다. 알리체는 그 사진들에 눈길조차 주지 않았다. 사진을 현상하면 곧바로 노란색과 빨간색 코닥 로고가 찍힌 종이봉투에 집어넣었다.

알리체의 일은 대체로 스튜디오를 지키면서 스물네 장이나 서른여섯 장짜리 필름이 든 플라스틱통을 받아 고객의 이름을 접수증에 적으며 "내일 찾아가실 수 있습니다"라고 말하고, 영수증을 주며 "감사합니다, 또 오세요"라고 인사하는 것이었다.

가끔 토요일에 결혼식 촬영이 있으면 크로차는 아홉시 십오 분 전쯤 알리체의 집에 들러 그녀를 데려갔다. 항상 그는 똑같은 정장에 노타이 차림이었는데, 따지고 보면 그는 사진사지 하객이 아니었다.

성당에선 조명을 두 개 설치해야 했다. 수습 초기에 알리체는 조명 하나를 떨어뜨린 적이 있었다. 제단의 계단 위에서 조명은 산산조각났고 그녀는 겁먹은 얼굴로 크로차를 바라보았다. 그는 마치 유리 파편 하나가 다리에 박힌 것처럼 얼굴이 일그러졌지만 곧 "괜찮아, 저쪽으로 치워놔"라고 말했다.

왠지는 몰라도 크로차는 알리체가 좋았다. 어쩌면 자식이 없어서일 수도 있었다. 어쩌면 알리체가 스튜디오에서 일한 뒤로 열한시면 바에 가서 복권 번호를 확인할 수 있고, 다시 스튜디오로 돌아오면 그녀가 미소를 띠며 "이제 우리 부자 되는 거예요?"라고 묻기 때문일 수도 있었다. 어쩌면 그녀가 한쪽 다리를 저는데다 그가 아내를 잃었듯 그녀도 어머니를 여의었다는 것, 이 모든 결핍이 어느 정도 닮아 보였기 때문인지도 몰랐다. 혹은 그녀가 얼마 가지 않아 사진에 시들해질 테고 그러면 다시 그 혼자 저녁에 셔터를 내리고는 멍하거나 무거운 머리로 아무도 없는 빈집으로 향하게 될 거라 확신했기 때문인지도 몰랐다.

그러나 예상과 달리 알리체는 일 년 반이 지난 후에도 여전히 그곳에서 일했다. 이제는 열쇠를 가지고 있어서 크로차보다 먼저 출근했고, 그가 인사말밖에 건네본 적 없는 옆집 식료품가게 여자와 함께 스튜디오 앞 인도를 쓸고 있는 모습이 눈에 띄기도 했다. 그는 알리체에게 한 달에 오백 유로를 현금으로 지급했다. 함께 결혼식 촬영을 나가는 날은 일정을 끝내고 알리체를 집까지 바래다준 다음 여전히 시동이 켜져 있는 자신의 차 안에서 지갑을 꺼내 오십 유로를 더 주며 "월요일에 봐" 하곤 했다.

가끔 알리체는 자신이 촬영한 사진을 가져와 그에게 의견을 물었다. 더이상 그가 그녀에게 가르칠 게 없다는 건 두 사람 다 잘 알았다. 하지만 책상에 나란히 앉아 크로차는 사진을 조명에 비추어 살펴보곤 알리체에게 노출 시간이나 카메라 셔터를 더욱 잘 활용하는 방법에 대해 몇 가지 비결을 알려주었다. 그는 알리체가 자신의 니콘 카메라를 사용하는 걸 눈감아주었다. 그리고 알리체가 떠나는 날 선물로 주리라 마음먹었다.

"토요일에 우리 결혼한다." 크로차가 말했다. 촬영 일정이 잡혔다는 걸 그는 그런 식으로 말했다.

알리체는 청재킷을 걸치는 중이었다. 잠시 후 파비오가 데리러 올 참이었다.

"네. 어디서요?" 그녀가 물었다.

"그란 마드레. 피로연은 언덕에 있는 빌라에서 할 거고.

부자들의 호사스러운 놀음이지." 크로차는 비아냥거리다가 이내 후회했다. 알리체도 거기 산다는 걸 알기 때문이었다.

"음." 그녀가 중얼거렸다. "혹시 누군지 아세요?"

"청첩장을 보냈어. 내가 저기 어디다 뒀는데." 크로차가 계산대 밑 선반을 가리켰다.

알리체는 가방 안에서 머리끈을 찾아내 머리를 하나로 질끈 묶었다. 크로차는 자기 자리에서 그녀를 힐끗 쳐다보았다. 한번은 셔터를 내린 어둑한 스튜디오 안에서 무릎을 꿇은 채 알리체를 상상하며 자위를 한 적이 있었다. 하지만 그후 기분이 너무 나빠져서 저녁도 걸렀고, 다음날 출근한 알리체에게 "오늘은 쉬어. 아무도 곁에 두고 싶지 않아" 하고 그녀를 집으로 돌려보냈다.

알리체는 계산대 아래 쌓여 있는 종이 더미를 뒤적였다. 정말 궁금해서라기보다는 시간을 때우기 위해서였다. 곧 빳빳하고 큼직한 청첩장 봉투를 찾아냈다. 열어서 보자마자 금빛 이탤릭체로 쓰인 이름이 눈에 확 들어왔다.

페루초 카를로 바이와 마리아 루이사 투를레티 바이는 딸 비올라의 결혼을 알리며……

미처 다 읽기도 전에 알리체의 눈빛이 어두워졌다. 입안에

쇠맛이 났다. 알리체는 마른침을 삼켰고, 오래전 탈의실에서 캐러멜을 삼켰을 때와 똑같은 기분이 들었다. 그녀는 봉투를 닫고 잠시 무언가를 생각하듯 봉투로 부채질했다.

"저 혼자 가도 되죠?" 알리체가 여전히 등을 돌린 채 마침내 입을 열었다.

크로차가 금전등록기의 서랍을 차랑 소리가 나게 닫았다.

"뭐라고?"

알리체가 돌아섰다. 그녀의 커다란 눈이 강렬하게 빛나고 있었다. 크로차는 그 모습이 너무나 아름답다는 생각에 미소 짓고 말았다.

"이젠 어느 정도 배웠잖아요. 안 그래요?" 알리체는 크로차에게 다가갔다. "할 수 있어요. 안 그러면 앞으로도 혼자 서는 못할 거예요."

크로차는 의심스러운 눈길로 알리체를 쳐다보았다. 그녀는 그의 정면에서 팔꿈치를 책상에 올린 채 몸을 앞으로 기울이고 있었다. 코가 닿을 만큼 가까운 거리에서 반짝이는 그녀의 눈빛은 어서 "그래"라고 말하라고, 이유는 묻지 말라고 애원하고 있었다.

"잘 모르겠……"

"제발 부탁이에요." 알리체가 그의 말을 가로막았다.

크로차는 귓불을 만지며 눈을 피하고 말았다.

"그래, 알았다." 결국 그는 굴복했다. 자신의 목소리가 왜 약해지는 건지 알 수 없었다. "하지만 절대로 망치면 안 돼."

"약속할게요." 알리체는 투명한 입술이 사라질 정도로 활짝 웃으며 고개를 끄덕였다.

그런 후 몸을 내밀어 그에게 키스하며 사흘이나 깎지 않은 크로차의 수염을 간질였다.

"어서 가." 그가 손사래쳤다.

알리체가 웃음을 터뜨렸다. 박자를 맞추듯 절뚝이며 그녀가 스튜디오 밖으로 걸어나가는 동안 웃음소리가 허공에 흩어졌다.

그날 저녁 크로차는 하는 일도 없이 스튜디오에 평소보다 오래 머물렀다. 눈에 보이는 모든 사물이 오랜 세월 그의 카메라에 찍히길 기다려온 것처럼 생생하게 다가왔다.

그는 가방에서 카메라를 꺼냈다. 알리체는 항상 렌즈와 다른 부품을 정성스럽게 닦은 후 가방 안에 넣어두었다. 그는 망원렌즈를 끼우고 첫 피사체로 맨 먼저 시야에 들어온 입구의 우산꽂이에 초점을 맞췄다. 그것이 전혀 다른 것, 화산 분

화구 같은 걸로 보일 때까지 둥근 가장자리 한 부분을 클로즈업했다. 그러나 셔터를 누르진 않았다.

그는 카메라를 내려놓고 겉옷을 걸친 다음 불을 끄고 스튜디오를 나섰다. 자물쇠로 셔터를 잠근 후 평소 가던 길의 반대 방향으로 발길을 옮겼다. 그는 얼굴에 번진 바보 같은 미소를 지울 수 없었다. 집에 가고 싶은 생각은 전혀 없었다.

성당 제단 양옆에는 칼라와 마거리트를 섞은 대형 꽃다발이 걸리고 똑같은 모양의 조그만 꽃다발 수십 개가 성당 의자의 각 줄 끝마다 장식되어 있었다. 알리체는 조명을 설치하고 반사판을 배치했다. 그러고는 맨 앞줄에 앉아서 기다렸다. 한 시간 뒤면 비올라가 지나갈 붉은 카펫 위를 한 여자가 진공청소기를 밀며 지나다녔다. 알리체는 비올라와 학교 계단 난간에 기대앉아 이야기를 나누던 때를 떠올렸다. 무슨 이야기를 했는지는 기억나지 않았지만 넋을 잃고 비올라를 바라보았던 그곳, 그녀의 눈동자 뒤로 그늘에 묻혀 있던 그곳, 그 순간에도 어지러운 생각들로 들끓던 그곳만은 잊지 않았다.

삼십 분쯤 지나자 모든 신자석이 하객으로 가득찼다. 사람

들이 계속 들어오고 뒤쪽에 서서 혼배성사 안내문으로 부채
질하는 이들이 늘어났다.

알리체는 밖으로 나가 자갈길 위에 서서 신부가 탄 차가
도착하길 기다렸다. 하늘 높이 솟은 태양이 두 손을 뜨겁게
달궜고, 햇빛이 그녀의 손을 뚫고 지나가는 것 같았다. 그녀
는 어려서부터 손바닥으로 햇빛을 가리고 보는 걸 좋아했다.
꼭 붙인 손가락 틈새로 살짝 보이는 빨간빛이 마음에 들었
다. 한번은 아버지에게 그 모습을 보여줬는데, 아버지는 깨
물어 먹는 시늉을 하면서 손가락 끝에 뽀뽀해주었다.

비올라는 번쩍거리는 회색 포르쉐를 타고 나타났다. 운전
기사는 신부가 차에서 내려 거추장스러운 드레스 끝자락을
잡는 걸 도와줬다. 알리체는 카메라 뒤에 얼굴을 감추기 위
해 정신없이 셔터를 눌렀다. 그리고 신부가 옆으로 지나가는
순간 카메라를 내리고 그녀에게 미소 지었다.

두 사람의 눈이 마주쳤고 비올라는 화들짝 놀랐다. 비올라
의 표정은 자세히 보지 못했다. 신부는 벌써 그녀를 지나쳐
아버지와 팔짱을 끼고 성당 안으로 들어가고 있었다. 알리체
는 왠지 모르지만 비올라의 아버지가 훨씬 더 클 거라고 늘
상상해왔다.

알리체는 결혼식의 한순간도 놓치지 않으려고 주의를 기울였다. 신랑 신부와 그 가족들을 다양한 각도에서 클로즈업해 찍었다. 결혼반지 교환, 서약서 낭독, 영성체, 키스와 증인 서명 등이 하나둘 영원한 기록으로 남았다. 알리체는 예식중에 성당 곳곳을 돌아다니며 움직이는 유일한 사람이었다. 알리체가 카메라를 비올라 쪽으로 돌릴 때마다 비올라의 어깨가 살짝 경직되는 듯했다. 크로차의 조언대로 영원을 암시하는 듯한 음영을 나타내기 위해 알리체는 노출 시간을 길게 잡았다.

신랑 신부가 성당 밖으로 나갈 때 알리체는 그들을 앞질러 간 다음, 두 사람의 키가 더 커 보이게 하려고 카메라를 앙각으로 잡고 절룩거리며 뒷걸음질했다. 렌즈 너머에서 비올라는 그녀 혼자만 환영을 보는 것처럼 겁먹은 얼굴로 미소 짓고 있었다. 알리체는 신부의 얼굴을 향해 일정한 간격으로 열다섯 번 가까이 플래시를 터뜨려 신부가 제대로 눈을 뜰 수 없게 했다.

알리체는 차에 오르는 신랑 신부를 바라보았다. 차창 너머에서 비올라가 그녀를 흘깃 보았다. 틀림없이 비올라는 곧바로 남편에게 알리체 이야기를 꺼내며 거기서 그녀를 만난 게 몹시 신기하다고 말할 것이다. 같은 반이었지만 자신과 결코 친하게 지낸 적 없는 절름발이 거식증 환자로 묘사할 것이다. 하지만 캐러멜과 생일파티는 물론 나머지 다른 일들은 얘기하지 않을 것이다. 알리체는 그것이 이제 막 결혼식을 마친 부부 사이에 생긴 첫번째 반쪽짜리 진실이자 첫번째 미세한 균열이 되리라는 생각에 웃음이 났다. 언젠가는 삶이 그 균열을 통해 굳게 닫힌 자물쇠를 열어젖힐 것이다.

"아가씨, 신랑 신부가 사진 촬영 하려고 강가에서 기다리고 있어요." 등뒤에서 누군가가 말했다.

뒤돌아보니 결혼식 증인 중 한 사람이었다.

"네. 지금 갈게요."

그녀는 촬영 장비를 챙기려고 서둘러 성당 안으로 들어갔다. 한창 부품을 정리해 카메라 가방에 집어넣는데 누가 부르는 소리가 들렸다.

"알리체?"

그녀는 몸을 돌렸다. 목소리만으로도 누군지 알 수 있었다.

"네?"

눈앞에 자다 사바리노와 줄리아 미란디가 있었다.

"안녕." 자다가 말끝을 늘이며 알리체의 뺨에 키스하러 다가왔다.

줄리아는 고등학교 때처럼 발끝만 내려다보며 뒤에 서 있었다.

알리체는 입을 굳게 다문 채 자다의 뺨에 자신의 뺨을 가볍게 댔다가 뗐다.

"근데 여기서 뭐해?" 자다가 호들갑스럽게 물었다.

알리체는 바보 같은 질문이라는 생각에 웃음이 났다.

"사진 찍어." 그녀가 대답했다.

자다는 열일곱 살 때와 똑같은 보조개를 지으며 미소로 대답을 대신했다.

과거의 기억을 공유한 채 여전히 살아 있는 그들을 거기서 만나다니 이상했다. 갑자기 그 기억들이 무의미해졌다.

"안녕, 줄리아." 알리체가 애써 말을 건넸다.

줄리아는 그녀에게 미소를 보이고 간신히 입을 열었다.

"어머니 소식 들었어. 정말 유감이야."

자다가 동감이라는 듯 고개를 끄덕였다.

"응. 고마워." 알리체가 대답했다.

그녀는 다시 서둘러 장비를 정리하기 시작했다. 자다와 줄리아가 서로 마주보았다.

"너 일해야지. 자리 비켜줄게." 자다가 알리체의 한쪽 어깨를 살짝 만지며 말했다. "너 아주 바쁘잖아."

"그래."

그들은 돌아서서 문을 향해 걸어갔고, 어느새 텅 빈 성당 안에 차가운 구둣굽소리가 울려퍼졌다.

신랑 신부는 서로 약간 떨어져 선 채 커다란 나무 그늘 아래서 기다리고 있었다. 알리체는 그들이 타고 온 포르쉐 옆에 차를 대고 카메라 가방을 챙겨 내렸다. 더위 탓에 머리카락이 목덜미에 달라붙었다.

"안녕하세요." 알리체가 다가가며 말했다.

"알리." 비올라가 말했다. "생각도 못했……"

"나도야." 알리체가 말허리를 잘랐다.

신랑 신부는 옷이 망가질까봐 포옹하는 시늉만 했다. 비올라는 고등학교 때보다 훨씬 더 아름다웠다. 세월이 흐르면서 인상이 온화해졌는데, 얼굴선은 부드러워지고 냉혹한 인상을 주던 두 눈의 미미한 일렁임은 사라지고 없었다. 몸매는 여전히 완벽했다.

"이쪽은 카를로야." 비올라가 신랑을 소개했다.

알리체는 그와 악수하며 손이 무척 매끄럽다고 생각했다.

"시작할까요?" 알리체가 딱 잘라 말했다.

비올라가 고개를 끄덕이고 남편의 눈치를 살폈지만 그는 알아채지 못했다.

"어디에 서면 돼?" 비올라가 물었다.

알리체는 주위를 둘러보았다. 한낮의 태양이 직선으로 내리쬐고 있어서 두 사람의 얼굴에 생긴 그림자를 모두 없애려면 플래시를 사용해야 했다. 그녀는 햇빛이 쏟아지는 강둑의 벤치를 가리키며 말했다.

"저기 앉는 게 좋겠어."

알리체는 카메라를 조작하는 데 필요 이상으로 시간을 끌었다. 플래시를 시험하는 척하는가 하면 렌즈를 끼웠다가 다른 것으로 바꾸기도 했다. 신부가 이마에 송글송글 맺힌 땀방울을 한 손가락으로 겨우 훔치는 동안 신랑은 넥타이로 부채질을 했다.

알리체는 촬영에 적합한 거리를 찾는 척하면서 그들이 땡볕에 지쳐가게 조금 더 내버려뒀다.

잠시 후 알리체는 무미건조한 어조로 지시하기 시작했다. 서로 껴안아요, 웃어요, 이번엔 진지하게, 신부의 손을 잡아요, 어깨에 머리를 기대요, 귓가에 속삭여요, 서로 마주봐요, 더 가까이, 강 쪽으로, 재킷 벗어요. 크로차는 그녀에게 이렇게 가르쳤다. "촬영 대상에게 숨쉴 틈을 주면 안 돼. 생각할 시간을 주지 마. 자연스러움이 금방 증발해버리니까."

비올라는 순순히 따랐고 두세 번 "이러면 돼?"라고 걱정스레 물었다.

"좋아요, 이제 저기 풀밭으로 가죠." 알리체가 말했다.

"또 찍어?" 비올라가 화들짝 놀랐다. 달아오른 두 볼의 홍조가 파운데이션 위로 올라오기 시작했다. 검은 아이라인은 이미 조금 번져서 들쭉날쭉했는데 그 때문에 어딘지 피곤하고 조금 초라해 보였다.

"너는 도망가고 신랑이 그 뒤를 쫓는 척하며 풀밭을 가로지르는 거야." 알리체가 설명했다.

"뭐? 뛰란 말이야?"

"그래, 뛰어야 해."

"하지만……" 비올라가 이의를 제기하려 했다. 남편을 쳐다보았지만 그는 어깨만 으쓱할 뿐이었다.

비올라는 한숨을 내쉬더니 드레스를 약간 들어올리고 달리기 시작했다. 구둣굽이 흙 속으로 몇 밀리미터 빠졌다가

자잘한 흙덩이를 퍼올리는 바람에 하얀 드레스 안쪽이 더러워졌다. 비올라의 남편이 뒤쫓아 달려갔다.

"신랑분이 너무 느려요." 알리체가 말했다.

비올라가 홱 돌아보며 알리체가 정확히 기억하는 그 방식으로 남편을 쩨려봤다. 알리체는 비올라가 남편 손아귀에서 거칠게 빠져나오며 이제 그만 됐어, 하고 말할 때까지 이삼분 더 뛰어다니게 했다.

신부의 머리 한쪽이 흐트러졌다. 머리핀 하나가 망가져 머리카락 한 줌이 뺨으로 흘러내렸다.

"몇 장만 더 찍을게." 신부에게 알리체가 말했다.

알리체는 신랑 신부를 아이스크림 가판대로 데려가 자기 돈으로 아이스바 두 개를 샀다.

"이거 받아요." 알리체가 아이스바를 신랑 신부에게 건넸다.

그들은 영문을 몰라하며 마지못해 포장을 뜯었다. 비올라는 끈적끈적한 시럽이 손에 묻지 않게 조심했다.

두 사람은 서로 팔을 걸고 상대방에게 아이스바를 먹여주는 시늉을 해야 했다. 비올라의 미소가 점점 굳어갔다.

알리체가 가로등을 붙잡고 한 바퀴 빙 돌라고 하자 비올라가 폭발했다.

"바보 같은 짓이야."

신랑이 조금 겁먹은 얼굴로 아내를 바라본 다음 알리체에게 미안한 기색을 보였다. 알리체는 피식 웃었다.

"클래식한 웨딩앨범의 일부야." 알리체가 설명했다. "그걸 요구한 거 아니었어? 원하면 이 장면은 뺄 수도 있어."

알리체는 진실해 보이려고 노력했다. 문신이 살갗 밖으로 튀어나올 듯 요동치는 게 느껴졌다. 비올라는 화가 나서 그녀를 쏘아보았고 알리체는 눈에 핏줄이 설 때까지 마주보았다.

"다 끝난 거야?" 비올라가 물었다.

알리체가 고개를 끄덕였다.

"그럼 그만 가자." 신부가 신랑에게 말했다.

신랑은 신부에게 끌려가기 전에 알리체한테 다가가 다시한번 정중히 악수했다.

"고마워요." 그가 말했다.

"뭘요."

알리체는 공원의 완만한 경사로를 올라 주차장으로 가는 그들을 바라보았다. 주위에서 토요일 특유의 소리들이, 회전

목마를 타는 어린아이들이 까르르 웃는 소리와 그 곁에서 지켜보는 엄마들의 목소리가 들려왔다. 멀리서 음악소리와 도로를 달리는 자동차 소리까지 카펫처럼 깔렸다.

알리체는 마티아에게 이야기해주고 싶었다. 그는 이해할 테니까. 하지만 지금 마티아는 멀리 있었다. 크로차는 화를 내겠지만 결국 용서할 것이다. 그건 장담할 수 있었다.

알리체는 싱긋 웃었다. 그녀는 카메라 덮개를 열고 필름을 꺼내 환한 태양 아래서 모조리 풀어헤쳤다.

남아 있는 것

2007

31

아버지는 수요일마다 저녁 여덟시에서 여덟시 십오분 사이에 전화를 걸었다. 구 년이 넘도록 얼굴을 본 건 손에 꼽을 정도였고 마지막으로 본 지도 꽤 오래되었다. 하지만 마티아의 아파트에서 전화가 울리다 그냥 끊긴 적은 없었다. 대화중간에 공백이 길어지면 아버지와 아들의 등뒤로 똑같은 정적이 흘렀다. 둘 다 텔레비전이나 라디오를 켜지 않았고 달그락거리는 식기 소리를 내는 방문객도 없었다.

마티아는 어머니가 소파에 앉아 팔걸이에 양팔을 올려놓은 채 무표정한 얼굴로 통화 내용을 듣고 있을 모습이 눈에 선했다. 마티아와 미켈라가 초등학교에 다닐 때처럼. 그 시절 어머니는 거기 앉아 남매가 시를 읊는 걸 듣곤 했는데, 아무것도 할 줄 모르는 미켈라가 우물거리는 동안 마티아는 항상 정확하게 시를 외웠다.

수요일마다 전화를 끊고 나면 마티아는 집에 있는 소파 커버가 아직도 오렌지색 꽃무늬 그대로인지 아니면 떠나올 때 이미 해져 있던 걸 바꿨는지 늘 궁금해졌다. 그사이 부모님이 많이 늙었을지도 모른다는 생각이 들었다. 당연히 나이가 드셨을 테고, 갈수록 느려지고 기력이 쇠하는 아버지의 음성에서 그런 기미가 느껴졌다. 전화선을 타고 들려오는 아버지의 거친 숨소리는 섬점 디 헐떡임에 가까워지고 있었다.

어머니는 아주 가끔 수화기를 들었고 매번 똑같은 것만 물었다. 날씨가 춥지? 저녁은 먹었니? 학교 일은 어떠니? 처음에 마티아는 여긴 일곱시에 저녁을 먹어요, 하고 일일이 설명했지만 지금은 그냥 네, 라고만 대답했다.

"여보세요?" 마티아는 이탈리아어로 전화를 받았다.

영어로 받을 이유가 없었다. 전화번호를 아는 사람은 열명 남짓이었고, 그중 그 시간에 그를 찾는 사람은 없었다.

"나다."

아버지의 대답은 아주 미미한 시간차를 두고 들렸다. 마티아는 자신과 아버지 사이를 잇는 수천 킬로미터의 전화선에서 신호가 얼마나 오래 이탈하는지 스톱워치로 측정해봐야겠다고 생각했지만 번번이 잊어버렸다.

"잘 지내시죠?"

"그래. 넌?"

"잘 있어요. 어머니는요?"

"옆에 있다."

늘 그 시점에서 첫번째 침묵이 찾아왔다. 마치 숨을 참고 수영장을 한 바퀴 돈 후 크게 공기를 들이켜는 것처럼.

마티아는 둥근 나무 탁자 중앙에 난 한 뼘 길이의 긁힌 자국을 검지로 긁었다. 그가 그랬는지 전에 살던 사람들이 그랬는지 기억나지 않았다. 에나멜 칠을 한 표면 바로 밑은 파티클보드였는데, 그게 손톱 밑으로 파고드는데도 마티아는 아픈 줄 몰랐다. 수요일마다 1밀리미터도 안 되는 틈을 파냈지만 평생을 파도 반대편으로 뚫고 나가는 건 불가능해 보였다.

"그래, 일출은 봤니?" 아버지가 물었다.

마티아가 미소 지었다. 그들 부자 사이의 거의 유일한 농담이었다. 일 년 전쯤 피에트로는 어느 신문에서 북해의 일출은 결코 놓쳐서는 안 될 장관이라는 기사를 읽었다. 그날 저녁 그는 아들에게 전화를 걸어 그 짤막한 기사를 읽어주고 꼭 보라고 당부했다. 그날부터 그는 이따금 마티아에게 "그래, 봤니?" 하고 물었다. 그러면 마티아는 항상 "아뇨" 하고 대답했다. 마티아의 알람은 정확히 여덟시 십칠분에 울렸고 학교로 가는 최단 도로는 해안가를 지나지 않았다.

"아뇨. 아직 못 봤어요." 마티아가 대답했다.

"그래…… 그게 어디 가진 않겠지."

벌써 할말이 떨어졌지만 부자는 몇 초 더 수화기를 귀에 대고 있었다. 두 사람 다 그들 사이에 아직 남아 있는, 수천 킬로미터의 전화선을 타고 오는 동안 옅어진 일말의 애정으로 숨쉬고 있었다. 이름 모를 무언가, 그러나 너무 곰곰이 생각하면 더는 존재하지 않게 될 무언가가 키워온 감정이었다.

"잊어버리진 말고." 마침내 피에트로가 입을 열었다.

"그럴게요."

"잘 지내고."

"네. 어머니께도 안부 전해주세요."

그들은 수화기를 내려놓았다.

마티아에게는 그것이 그날의 마지막 일과였다. 그는 탁자를 빙 둘러 걸었다. 그러다 한쪽에 쌓여 있는 문서들을 무심코 바라보았다. 프로젝트 때문에 연구실에서 가져온 것이었다. 같은 단계에서 계속 막혔다. 어느 방향으로 증명해들어가도 알베르토와 그는 번번이 그 단계에 부딪혔다. 그는 그마지막 난관 너머에 해답이 있으며, 일단 거기만 지나면 결론에 이르는 건 풀밭에서 눈 감고 아래로 구르는 것처럼 쉬울 거라고 확신했다.

하지만 다시 연구를 시작하기에는 너무 피곤했다. 마티아는 주방으로 가서 냄비에 수돗물을 받아 가스레인지에 올려놓고 불을 켰다. 그는 너무도 긴 시간을 홀로 보냈다. 보통 사람이었다면 한 달 만에 미치고 말았을 것이다.

마티아는 접이식 플라스틱 의자에 앉았다. 하지만 완전히 긴장을 푼 것은 아니었다. 눈을 들어 천장 가운데 달린 불 꺼진 전등을 바라보았다. 그 집에 도착하고 거의 한 달 만에 전구가 나갔지만 갈지 않고 내버려뒀다. 그는 늘 다른 방에 불을 켜고 저녁을 먹었다.

그가 그날 밤 그길로 아파트를 나가 다시는 돌아오지 않는다 해도, 탁자 위에 쌓인 도무지 이해할 수 없는 종이 뭉치를 제외하고는 누구도 그 안에서 그의 흔적을 발견하지 못할 것이다. 마티아는 자기 물건을 아무것도 들여놓지 않았다. 집 안에 비치된 밝은 빛깔의 떡갈나무 가구와 아파트를 지을 때부터 있던 누렇게 바랜 벽지를 그대로 사용했다.

마티아는 자리에서 일어나 끓는 물을 컵에 붓고 티백을 넣었다. 그리고 짙어지는 물을 물끄러미 바라보았다. 여전히 타오르고 있는 메탄가스 불꽃이 옅은 어둠 속에서 강렬한 푸른색으로 빛났다. 거의 꺼질 정도로 불을 줄이자 가스가 타는 소리도 잦아들었다. 그는 가스레인지 위에 손을 올려 가까이 댔다. 열기가 상처투성이 손바닥을 은근하게 압박해왔다. 마티아는 천천히 손을 내려 불꽃을 감싸쥐었다.

대학에서 수백 수천의 똑같은 나날을 보내고 캠퍼스 안쪽 낮은 건물 안의 구내식당에서 그만큼의 점심을 해결했는데도, 그날 일은 여전히 기억에 선명했다. 마티아는 첫날 다른 사람들이 하는 걸 보고 그대로 따라 했던 일이 잊히지 않았다. 줄을 서서 조금씩 앞으로 나아가자 플라스틱으로 코팅한 나무 쟁반들이 쌓여 있었다. 쟁반 위에 종이를 깔고 포크와 나이프 그리고 물컵을 챙겼다. 배식을 담당하는 여자 앞에 섰을 때 그는 안에 뭐가 들었는지도 모르면서 알루미늄 통

세 개 가운데 하나를 그냥 가리켰다. 요리사가 자기네 나라 말인지 영어인지 모를 언어로 뭐라고 물었지만 마티아는 알아듣지 못했다. 그가 다시 그 통을 가리키자 그 여자도 좀전과 똑같이 물었다. 마티아는 고개를 저었다. "무슨 말인지 모르겠어요." 그가 딱딱 끊어지는 어색한 영어로 말하자 여자는 천장을 올려다보며 빈 접시로 부채질을 했다. "소스를 뿌려줄지 묻는 거예요." 마티아 옆에 있던 젊은 남자가 영어로 말했다. 순간 마티아는 얼떨떨한 얼굴로 몸을 돌렸다. "난…… 잘……" 마티아가 말했다. "이탈리아 사람이에요?" 남자가 이탈리아어로 물었다. "네." "저 거지같은 음식에 소스를 뿌릴지 묻는 거예요." 마티아가 넋 나간 표정으로 고개를 젓자 그 남자는 여자를 향해 영어로 짧게 "아니요"라고 말했다. 여자는 남자에게 미소 짓고는 마침내 마티아의 접시에 음식을 담아 배식대 위로 미끄러뜨리듯 건넸다. 남자는 마티아와 똑같은 음식을 고른 뒤 쟁반 위에 접시를 놓기 전 음식에 코를 대고 불쾌한 표정으로 킁킁거렸다. 그러곤 불평을 늘어놓았다. "정말 역겹다니까."

"온 지 얼마 안 됐죠?" 그가 접시에 담긴 묽은 퓌레에 시선을 고정한 채 물었다. 마티아가 "네" 하고 대답하자 그는 무슨 심각한 일이라도 되는 양 눈썹을 찡그리며 고개를 끄덕였다. 계산을 하고 난 후 마티아는 쟁반을 꼭 쥐고 계산대 앞에 멈춰 서 있었다. 혼자 먹는 동안 사람들과 등지고 앉아 자신에게 쏠릴 지나치게 많은 시선을 의식할 필요가 없는 빈 테이블을 찾았다. 그쪽으로 한 걸음 내딛자마자 좀전의 남자가 앞질러가며 "이쪽으로 와요" 하고 말했다.

알베르토 토르차는 그때 이미 그곳에 온 지 사 년을 넘긴 참이었다. 최근 발표한 논문 실적으로 유럽연합에서 특별지원금을 받아 정규 연구직으로 와 있었다. 알베르토 역시 무언가에서 도망쳐온 것일 테지만 마디아는 그에 관해 한 번도 묻지 않았다. 그토록 오랜 세월 연구실을 함께 쓰고 매일 점심을 같이 먹는데도 둘 다 상대가 자신을 친구로 생각하는지 아니면 단순히 동료로 생각하는지 자신 있게 말하지 못했다.

화요일이었다. 알베르토는 마티아 맞은편에 앉아 있었다. 마티아가 입에 댄 투명한 물컵을 통해 그의 손바닥에 새로 난 완벽한 원형의 검푸른 흉터가 보였다. 그는 마티아에게 아무것도 묻지 않고, 다만 자신이 알아챘다는 걸 알리려고 힐끔 곁눈질만 했다. 같은 테이블에 앉은 질라르디와 몬타나리는 인터넷에서 발견한 뭔가에 대해 비아냥거리고 있었다.

마티아가 단숨에 물컵을 비우더니 목소리를 가다듬었다.

"어제저녁 불연속성에 대한 아이디어가 하나 떠올랐는데 말이야……"

"제발 좀, 마티아." 알베르토가 포크를 내던지고 의자 등받이에 털썩 기대며 말을 가로막았다. 그의 몸짓은 늘 과장스러웠다. "식사 때만은 좀 참아줘."

마티아가 고개를 숙였다. 그의 접시 위 고깃조각은 모두 똑같은 크기의 정사각형으로 썰려 있었다. 그는 포크로 고깃조각을 일정한 간격으로 떼어놓아 하얀색 격자무늬를 만들었다.

"저녁엔 좀 다른 걸 해보면 어때?" 알베르토가 다른 두 사람이 들을까봐 조심스러운지 아주 작은 목소리로 마티아에게 물었다. 그는 말하면서 나이프로 허공에 작은 원을 그렸다.

마티아는 아무 대꾸도 하지 않고 테이블만 바라보았다. 알베르토는 보지도 않았다. 들쑥날쑥한 가장자리 때문에 기하학적인 구조를 흩뜨리는 고깃조각 중 하나를 골라 입으로 가져갔다.

"가끔 우리랑 술 좀 마시러 가지 그래?" 알베르토가 계속해서 말했다.

"싫어." 마티아가 무뚝뚝하게 답했다.

"하지만……" 알베르토가 반박하려 했다.

"너도 잘 알잖아."

못 말리겠다는 듯 알베르토가 고개를 내저으며 이마를 찌푸렸다. 그토록 오랜 시간 서로 알고 지냈는데 마티아를 집 밖으로 끌어낸 건 열 번도 채 되지 않았다. 그럼에도 알베르토는 여전히 포기를 몰랐다.

알베르토는 몸을 돌려 다른 두 사람의 대화에 끼어들었다.

"이봐, 저 여자 봤어?" 두 테이블 건너에 나이 지긋한 신사와 함께 앉아 있는 젊은 여자를 가리키며 물었다. 마티아가 아는 한 그 신사는 지질학과 교수였다. "젠장, 내가 결혼만 안 했어도 저런 여자하고 뭔가 해볼 텐데."

다른 두 사람은 그 말이 자신들이 하던 얘기와 아무런 상관이 없었기 때문에 잠시 멈칫했다. 하지만 곧 개의치 않고 알베르토를 따라 저런 굉장한 미인이 어쩌다 수다쟁이 늙은 이와 한 테이블에 앉게 되었는지 상상하면서 맞장구쳤다.

마티아는 정사각형 고깃조각을 전부 대각선으로 썰었다.

삼각형이 된 고깃조각을 커다란 삼각형 하나로 재배치했다. 고기는 이미 차갑게 식어 뻣뻣했다. 그는 한 조각을 집어 거의 통째로 삼키고 나머지는 고스란히 남겼다.

식당 밖에서 알베르토는 담배 한 개비에 불을 붙였다. 질라르디와 몬타나리가 먼저 가도록 시간을 벌기 위해서였다. 그리고 몇 걸음 뒤처져 오는 마티아를 기다렸다. 마티아는 고개를 숙이고 보도블록에 난 일직선 금을 따라 걸으며 거기 있는 것과는 아무 상관 없는 생각을 했다.

"불연속성에 대해 무슨 말을 하려고 했던 거야?" 알베르토가 말했다.

"별거 아냐."

"좀, 답답하게 굴지 말고."

마티아가 동료를 바라보았다. 알베르토의 입술에 물려 있는 담배의 불빛만이, 어제는 물론이고 내일도 온통 회색빛일 그 나날 속에서 유일하게 빛깔을 띠고 있었다.

"우린 거기서 자유로울 수 없어." 마티아가 말했다. "지금까지 우린 그게 존재한다고 확신해왔지. 어쩌면 내가 뭔가 흥미로운 사실을 규명할 방법을 찾아냈는지도 모르겠어."

알베르토가 더 가까이 다가섰다. 마티아가 설명을 끝낼 때

까지 끼어들지 않았다. 말수가 적은 마티아가 말을 할 때는
조용히 귀담아들을 가치가 있다는 걸 알기 때문이었다.

32

결과의 무게는 몇 해 전 어느 밤 한꺼번에 쏟아져내렸다. 그 밤 파비오는 그녀 안으로 들어간 순간 아이를 갖고 싶다고 속삭였다. 그의 얼굴이 너무나 가까이 있어서, 알리체는 그의 숨결이 자신의 뺨을 스쳐 시트에 스며드는 것까지 느꼈다.

알리체는 자신의 목과 어깨 사이로 그의 머리를 이끌며 그를 당겨 안았다. 언젠가 그들이 아직 결혼하지 않았을 때, 그는 자신의 머리가 그녀의 목과 어깨 사이 공간에 꼭 들어맞도록 만들어졌다고 말했었다.

"어떻게 생각해?" 파비오가 머리를 베개에 파묻고 물었다. 알리체는 대답하는 대신 그를 더 꼭 껴안았다. 말을 하기엔 숨이 너무 가빴다.

콘돔이 든 서랍이 닫히는 소리가 들리고 그녀는 그에게 공간을 내주려고 오른무릎을 더 구부렸다. 그녀는 내내 눈을 똑바로 뜬 채 계속해서 그의 머리를 부드럽게 어루만졌다.

그 비밀은 고등학교 때부터 끈질기게 그녀를 따라다녔지만 그녀의 머릿속을 몇 초 이상 장악한 적은 결코 없었다. 알리체는 그 비밀을 나중에 생각할 일인 것처럼 한쪽에 제쳐놓았다. 그런데 갑자기 지금 그것이 어두운 천장에 난 심연처럼 통제할 수 없는 괴물이 되어 거기 서 있었다. 알리체는 파비오에게 잠깐만 기다리라고, 말하지 않은 게 있다고 말하고 싶었지만 그는 그녀를 믿고 무방비한 채로 몸을 움직였다. 파비오는 분명 자신을 이해하지 못할 터였다.

알리체는 처음으로 파비오가 자신의 안으로 들어오는 걸 느꼈고, 미래의 약속으로 가득한 그 끈적한 액체가 자신의 메마른 몸안에 가라앉아 결국 말라버리는 모습을 상상했다.

알리체는 아이를 원하지 않았다. 아니 어쩌면 원하는지도 몰랐다. 사실 이 문제에 대해 한 번도 생각해본 적이 없었다. 그저 별 탈이 생기지 않는 데 만족해왔다. 그녀의 월경은 초콜릿 디저트 하나를 남김없이 먹었던 그즈음을 마지막으로 멈췄다. 그런데 실상은 파비오가 아이를 원하고 그녀는 낳아야 한다는 것이었다. 그녀는 그래야 했다. 왜냐하면 그의 집에서 처음 사랑을 나눈 후로는 파비오가 불을 켜자고 하지 않았으니까. 왜냐하면 섹스가 끝난 뒤 그녀 위에 누운 그의 묵직한 몸이 그녀의 두려움을 모두 가시게 했으니까. 말없이 그저 숨을 쉬는 것뿐이지만 그가 곁에 있어줬으니까. 그녀는 아이를 낳아야 했다. 왜냐하면 그녀가 파비오를 사랑하지 않는데도, 그의 사랑만으로 두 사람은 부족함이 없었으니까. 그것만으로도 그들의 안식처를 만들기에 충분했으니까.

그날 밤 이후 섹스는 새로운 의미를 띠었다. 목적이 분명했고 꼭 필요하지 않은 행위는 모두 건너뛰었다.

그러나 몇 주가 지나고 몇 달이 지나도 아무 일도 일어나지 않았다. 파비오는 검사를 받았는데 그의 정자 수치는 양호했다. 그날 밤 그는 알리체를 팔에 안고서 아주 조심스럽게 검사 결과 얘기를 꺼냈다. 그리고 곧바로 덧붙였다. "걱정 마, 당신 탓이 아냐." 알리체는 그의 품을 빠져나와 울음이 터지기 전에 다른 방으로 갔다. 실은 아내 탓이라고 생각했기 때문에, 아니 사실이 그렇다는 걸 잘 알았기 때문에 파비오는 자신이 혐오스러웠다.

알리체는 감시당하는 느낌을 받기 시작했다. 그녀는 전화기 옆에 놓인 달력에 거짓으로 사선 표시를 해왔다. 생리대는 사서 그대로 버렸다. 생리 예정일이 되면 오늘은 안 돼, 하고 말하며 파비오를 어둠 속으로 밀어내곤 했다.

파비오도 아내 몰래 날짜를 계산하고 있었다. 알리체의 비밀은 위선적이고 뻔뻔하게 둘 사이를 뱀처럼 기어다니며 그들을 점점 멀어지게 했다. 파비오가 의사나 치료 또는 불임의 원인에 대한 얘기를 넌지시 내비칠 때마다 알리체의 얼굴은 어두워졌고, 그는 그녀가 머지않아 말도 안 되는 구실을 찾아 싸움을 걸어올 거라고 확신했다.

두 사람은 서서히 지쳐갔다. 더이상 임신에 대해 언급하지 않았고, 대화가 줄어들면서 섹스 역시 뜸해져 금요일 밤의 성가신 의례로 전락했다. 둘은 섹스 전과 후 차례로 씻었다. 파비오가 비누로 씻어 매끈해진 얼굴로 깨끗한 속옷을 걸치고 욕실에서 나오면 그사이 티셔츠를 걸친 알리체가 "이제 가도 돼?"라고 물었다. 그녀가 다시 방에 들어가면 그는 이미 잠들어 있거나 눈을 감고 침대 한쪽에 완전히 돌아누워 있었다.

그 금요일도 처음엔 별반 다르지 않았다. 알리체는 파비오가 결혼 삼 주년 선물로 서재 자리에 마련해준 암실에 저녁 내내 틀어박혀 있다가 한시가 지나서야 침대에 누운 그에게 갔다. 그는 읽고 있던 잡지를 내리고 아내의 맨발이 나무 바닥에 거의 붙어서 자기를 향해 걸어오는 걸 보았다.

알리체가 시트 사이로 미끄러지듯 들어와 그의 옆에 몸을 바싹 붙였다. 잡지가 바닥으로 떨어지게 내버려둔 채 파비오는 침대 옆 테이블 등을 껐다. 그는 그 행위가 습관이나 의무적인 희생으로 보이지 않게 하려고 최선을 다했지만 두 사람 다 진실을 알고 있었다.

시간이 흐르면서 틀에 박힌 순서로 굳어지고 단순해진 일련의 동작이 끝나자 파비오의 손가락이 그녀 안으로 들어갔다.

파비오가 그녀와 닿지 않으려고 고개를 한쪽으로 돌리고 있었기 때문에 알리체는 그가 정말 우는 건지 확신할 수 없었다. 하지만 몸을 움직이는 방식에서 전과 다른 뭔가를 느꼈다. 그는 평소보다 더욱 거칠고 급하게 몰아붙이다가 갑자기 멈추고는 숨을 깊이 몰아쉰 다음 다시 움직이곤 했다. 마치 더욱 깊이 들어가고 싶은 욕망과 그녀에게서 그리고 그

방에서 도망치고 싶은 욕망 사이에서 싸우는 것 같았다. 그가 숨을 헐떡이는 중간중간 코를 훌쩍이는 소리가 들렸다.

끝나자마자 그는 서둘러 그녀에게서 떨어져 침대를 내려간 다음 불도 켜지 않고 욕실로 들어가 문을 잠갔다.

파비오는 욕실에 평소보다 오래 머물렀다. 알리체는 침대 한가운데로 몸을 옮겼다. 시트는 여전히 차가웠다. 그녀는 아무 변화도 없는 자신의 배 위에 한 손을 얹고 난생처음으로 생각했다. 누구도 원망할 수 없어. 다 내 탓이야.

파비오는 어슴푸레한 방안을 가로질러와 등을 돌리고 누웠다. 이번엔 알리체가 욕실에 갈 차례였지만 그녀는 움직이지 않았다. 무슨 일이 일어날 것처럼 방안 공기가 팽팽했다.

그가 얼마간 뜸을 들이다가 말을 꺼냈다.

"알리."

"응?"

그는 여전히 망설이는 기색이었다.

"더는 안 되겠어." 그가 천천히 입을 열었다.

알리체는 그가 내뱉은 말이 갑자기 침대에서 솟아나온 덩굴처럼 배를 죄어오는 걸 느꼈다. 그녀는 대답하지 않고 파비오가 계속 이야기하도록 가만히 있었다.

"그게 뭔지 알아." 파비오가 말을 이었다. 그의 목소리가 점점 또렷해지고 벽에 부딪히자 살짝 쇳소리를 내며 울렸다. "당신은 나와 함께하고 싶어하지 않아. 그에 관해 얘기하는 것조차도. 하지만 이렇게는……"

파비오가 말을 멈췄다. 알리체는 눈을 뜨고 있었다. 그들은 어둠에 익숙했다. 그녀는 눈으로 가구의 윤곽을 좇았다. 소파와 옷장, 아무것도 비치지 않는 거울이 달린 서랍장. 방 안의 모든 사물이 끔찍할 정도로 고집스럽게 가만히 제자리를 지키고 있었다.

알리체는 부모님의 방을 떠올렸다. 자신들의 방과 그 방이 서로 닮았다고, 세상의 모든 침실은 비슷하다고 생각했다. 그녀는 무엇이 두려운지 스스로에게 물었다. 파비오를 잃는 것인지 커튼과 그림, 카펫 그리고 조심스럽게 접어서 서랍 안에 넣어둔 연금증서 같은 걸 잃는 것인지.

"오늘 저녁 당신은 호박 두 개도 제대로 안 먹었어." 파비오가 계속해서 말했다.

"배가 안 고팠어." 알리체가 거의 반사적으로 받아쳤다.

이렇게 되는구나, 그녀는 생각했다.

"어제도 마찬가지야. 고기에는 손도 안 댔잖아. 조각조각 잘라 냅킨에 싸서 감췄지. 내가 정말 바보인 줄 알아?"

알리체는 시트를 꽉 움켜쥐었다. 어떻게 그가 전혀 눈치채지 못할 거라 생각했을까? 남편 눈앞에서 수천 번 되풀이했던 장면이 다시 떠올랐다. 침묵 속에서 그가 품었을 생각을 상상하자 분노가 치밀었다.

"그럼 당신은 그 전날 그리고 그 전전날 저녁에도 내가 뭘 얼마나 먹었는지 알겠네."

"제발 말해봐. 왜 그렇게 음식만 보면 비위가 상하는지 말해보라고." 이번엔 그가 좀더 목소리를 높여 말했다.

알리체는 아버지가 수프를 먹을 때면 머리를 접시 가까이에 대고 숟가락으로 입안에 떠넣는 대신 후루룩 소리를 내며 숟가락까지 삼킬 듯했던 모습을 떠올렸다. 저녁식사 때마다 맞은편에 앉은 남편의 잇새에 낀 음식물이 역겨웠다. 머리카락이 들러붙은 딸기맛 인공감미료 덩어리였던 비올라의 캐러멜도 생각났다. 그리고 친정집의 커다란 거울에 비친 티셔츠도 걸치지 않은 자신의 모습, 자신의 다리를 상체와 분리해 쓸모없는 별도의 조각으로 보이게 하는 흉터를 생각했다. 아주 쉽게 균형이 무너질 것 같은 몸의 윤곽선 그리고 어떻게든 사수할 각오가 되어 있는 갈비뼈가 배 위에 드리운 가느다란 그림자를 생각했다.

"당신이 바라는 게 뭐야? 내가 걸신들린 것처럼 먹길 원해? 당신 아이를 갖기 위해 내 몸이 흉측해지면 좋겠어?" 알리체는 마치 아기가 이미 거기, 우주 어딘가에 존재하는 것처럼 말했다. 그리고 일부러 '당신 아이'라고 했다. "그렇게 소원이라면 치료받을 수 있어. 호르몬요법이든 약물치료든 당신한테 아이를 안겨주는 데 필요한 거라면 어떤 혐오스러운 치료든 다 받을게. 그러면 몰래 감시하는 걸 그만두겠지."

"그런 뜻이 아니잖아." 파비오가 맞받아쳤다. 지긋지긋한 그 자신감을 되찾은 것 같았다.

알리체는 위협적인 그에게서 멀어지기 위해 침대 가장자리로 몸을 옮겼다. 파비오가 몸을 돌려 바로 누웠다. 그는 어둠 저편에 있는 뭔가를 보려는 것처럼 눈을 부릅뜨고 얼굴을 잔뜩 찌푸렸다.

"그럼 뭐야?"

"모든 위험 요소를 생각해야 해. 특히 당신의 몸 상태에 대해서."

당신의 몸 상태에 대해서. 알리체는 그 말을 머릿속으로 되뇌었다. 그녀는 자신의 몸을 통제할 수 있다는 걸 스스로에게 증명하기 위해 자기도 모르게 다친 다리를 구부렸다. 하지만 무릎은 간신히 움직일 뿐이었다.

"가여운 파비오. 아내가 다리를 저는데다……"

알리체는 미처 말을 끝맺지 못했다. 이미 공기 중에서 파르르 떨고 있는 마지막 말이 그녀의 목에 걸렸다.

"뇌에 어떤 부분이 있어." 파비오는 그녀의 말에 개의치 않고, 이론적인 설명 하나로 그 모든 게 간단해질 수 있는 것처럼 이야기를 시작했다. "아마 체질량지수를 조절하는 시상하부일 거야. 이 수치가 지나치게 내려가면 생식샘자극호르몬 분비가 중단돼. 그 메커니즘이 원활히 돌아가지 않으면 월경이 멈추지. 하지만 그건 초기 징후에 불과해. 이후에 더 심각한 증상이 나타나. 뼛속의 미네랄 농도가 감소하면서 골다공증이 발생해 뼈가 웨이퍼처럼 부스러져."

그는 의사답게 담담한 어조로 원인과 결과를 열거했다. 병명을 아는 것이 곧 그 병을 치유하는 방법인 듯. 알리체는 자신의 뼈가 이미 한번 부러진 적이 있고, 그런 일쯤은 자신에게 아무런 영향도 주지 않는다고 생각했다.

"그 수치만 올려도 모든 게 정상으로 돌아올 거야. 시간이 걸리겠지만 아직 늦지 않았어." 파비오가 덧붙였다.

알리체는 팔꿈치로 몸을 일으켰다. 그 방에서 얼른 나가고 싶었다.

"정말 대단해. 오래전부터 준비한 것 같아. 그렇게 하면 되겠네. 간단하잖아." 알리체가 대꾸했다.

파비오도 일어나 앉았다. 그가 알리체의 팔을 잡았지만 그녀는 뿌리쳤다. 어둠 속에서 그가 그녀의 눈을 똑바로 바라보았다.

"이젠 당신 혼자만의 문제가 아냐." 그가 말했다.

알리체는 고개를 저었다.

"아니, 내 문제야. 어쩌면 내가 원했던 일인지도 몰라. 당신은 그런 생각 해본 적 없어? 뼈가 부러지는 걸 느끼고 싶다고. 나는 그 메커니즘이 망가지길 원해. 당신이 말한 것처럼 말이야."

파비오가 알리체의 몸이 들썩일 정도로 세게 매트리스를 내리쳤다.

"이제 와서 뭘 어쩔 셈인데?" 알리체가 그를 자극했다.

파비오는 이를 악물고 숨을 몰아쉬었다. 격한 감정을 폐 속으로 억누른 탓에 두 팔이 뻣뻣해졌다.

"당신은 이기적이야. 제멋대로에 자기밖에 몰라."

그가 침대에 쓰러져 다시 등을 돌리고 누웠다. 방안의 모든 사물이 어둠 속에서 순식간에 제자리를 찾아간 것처럼 보였다. 다시 침묵이 찾아들었지만 그것은 어딘지 모호했다. 알리체는 영화관에서 오래된 필름이 돌아갈 때 나는 것과 비슷한 희미한 소리를 들었다. 그녀는 그 소리가 어디서 들려오는지 알아내기 위해 가만히 귀기울였다.

순간 남편의 몸이 들썩이는 게 보였다. 그녀는 매트리스가 진동하는 것과 같은 박자로 남편이 숨죽여 흐느끼고 있음을 알아차렸다. 그의 몸은 어서 손을 뻗어 자신을 어루만져달라고, 목과 머리를 쓰다듬어달라고 애원하고 있었지만 알리체는 그를 그대로 내버려뒀다. 그녀는 침대에서 일어나 문을 쾅 닫고 욕실로 갔다.

33

점심식사 후 알베르토와 마티아는 지하 강의실로 갔다. 그 안에서는 시간의 흐름을 느낄 수 없었다. 오직 천장 형광등의 하얀 불빛에 지쳐가는 눈의 피로만이 시간이 얼마나 지났는지 알려줄 뿐이었다. 두 사람은 빈 강의실로 들어갔고 알베르토는 교탁 위에 앉았다. 그는 뚱뚱하다고 볼 순 없지만 체격이 꽤 육중했는데, 마티아의 눈에는 계속 몸이 불어나는 것처럼 보였다.

"얘기해봐. 처음부터 하나도 빠짐없이 설명해줘."

마티아가 분필을 집어 반으로 쪼갰다. 하얀 가루가 그의 가죽구두 앞코에 떨어졌다. 졸업식 날 신었던 구두였다.

"이차원일 경우를 생각해보자." 마티아가 말했다.

그는 멋진 필체로 써내려가기 시작했다. 칠판 맨 왼쪽 위에서부터 시작해 칠판 두 개를 가득 채웠다. 세번째 칠판에는 이후에 필요해질 결론을 옮겨 적었다. 그는 그 풀이를 벌써 수백 번 넘게 한 것처럼 보였는데 사실 머릿속에서 끄집어낸 건 그때가 처음이었다. 마티아는 이따끔 알베르토를 돌아보았고, 알베르토는 자신의 이성으로 분필을 따라잡으려 애쓰면서 진지하게 고개를 끄덕였다.

삼십 분쯤 지난 후 칠판 끄트머리에 다다른 마티아는 십대 때 하던 식으로 네모나게 테두리를 친 결론 옆에 'C.V.D.'라고 썼다. 분필을 쥔 탓에 손이 건조해졌지만 그는 의식하지 못했다. 다리도 살짝 후들거렸다.

두 사람은 십 초쯤 생각에 잠겨 가만히 있었다. 얼마 후 알베르토가 박수를 쳤고 그 소리가 채찍질처럼 적막을 깨고 쩌렁쩌렁 울렸다. 교탁에서 내려오던 알베르토는 너무 오래 허공에 매달려 있은 탓에 다리 감각이 사라져서 하마터면 넘어질 뻔했다. 그가 마티아의 어깨에 한 손을 올렸고, 마티아는 묵직한 그의 손길에서 자신감을 얻었다.

"이번엔 엉터리가 아냐. 오늘 저녁은 우리집에서 먹자. 축하파티를 열어야지." 알베르토가 말했다.

마티아가 희미하게 미소 지었다.

"좋아."

둘은 함께 칠판을 지웠다. 누구도 읽을 수 없도록 글씨 자 국조차 남지 않게 주의를 기울였다. 아무도 제대로 이해하지 못하겠지만, 그럼에도 그 결과물이 너무나 위대한 비밀인 양 그들은 신경을 곤두세웠다.

두 사람은 강의실을 나섰고 마티아가 불을 껐다. 그리고 각자 방금 전의 작은 영광을 만끽하며 차례대로 계단을 올 라갔다.

알베르토의 집은 마티아가 사는 동네와 똑같이 생긴 주택 가에 있었지만 도시 반대편에 위치했다. 마티아는 반쯤 빈 버스에 올라 차창에 이마를 댔다. 차가운 유리에 살갗이 닿 자 마음이 편해졌고 어머니가 미켈라의 머리에 얹어주던 헝 겊이 생각났다. 촉촉한 거즈일 뿐이었지만 밤에 온몸에 경련 을 일으키고 이를 갈며 발작하는 미켈라를 진정시키기에 충 분했다. 미켈라는 오빠한테도 헝겊을 덮어주라고 눈빛으로 엄마를 조르곤 했다. 그때마다 마티아는 침대에 가만히 누워서 동생의 발작이 끝나길 기다렸다.

마티아는 검은 재킷과 셔츠를 입었다. 말끔히 샤워를 하고 수염도 깎았다. 한 번도 들어가본 적 없는 주류 상점에서 가장 고급스러운 라벨이 붙은 레드와인도 한 병 샀다. 상점 주인 여자는 얇은 포장지로 와인병을 감싼 뒤 은색 쇼핑백에 넣어줬다. 마티아는 문이 열리길 기다리며 와인이 든 쇼핑백을 진자처럼 앞뒤로 흔들었다. 발은 현관 앞 깔개 테두리를 바닥에 난 선에 정확히 맞추었다.

문을 열어준 사람은 알베르토의 아내였다. 그녀는 와인이 든 쇼핑백을 내민 마티아의 손을 그냥 지나치고는 그를 끌어당겨 뺨에 키스했다.

"그동안 둘이서 무슨 일을 했는지는 모르지만 알베르토가 오늘 저녁처럼 행복해 보인 적이 없어요. 들어오세요." 그녀가 마티아의 귀에 속삭였다.

마티아는 간지러워서 귀를 어깨에 문지르고 싶었지만 꾹 참았다.

"알비, 마티아 왔어요." 그녀가 소리쳤다.

알베르토 대신 아들 필립이 복도에서 불쑥 얼굴을 내밀었다. 마티아는 알베르토가 책상에 둔 사진에서 아이 얼굴을 본 적이 있었다. 사진 속 아이는 생후 몇 개월밖에 되지 않아 다른 신생아들과 마찬가지로 둥글고 특징 없는 얼굴이었다. 그애가 이렇게 컸으리라곤 상상도 못했다. 아이의 피부 밑에서 부모의 신체적 특징들이 형성되고 있었다. 알베르토의 길쭉한 턱과 엄마의 처진 눈꺼풀이 그랬다. 마티아는 성장이라는 잔혹한 메커니즘에 대해서, 감지할 수 없을 정도로 미미하지만 다시는 돌이킬 수 없게 변해갈 연골에 대해서, 그리고 아주 잠시 미켈라에 대해서, 공원에서 잃어버린 그날 이후 영원히 얼어붙은 미켈라의 얼굴선에 대해서 생각했다.

필립이 장난꾸러기처럼 세발자전거의 페달을 밟으며 다가왔다. 아이는 마티아를 보자마자 갑자기 멈추더니 해서는 안 될 짓을 하다 들킨 것처럼 놀란 얼굴로 마티아를 빤히 쳐다보았다. 알베르토의 아내가 세발자전거에서 아이를 들어올려 팔에 안았다.

"잡았다, 요 말썽꾸러기." 그녀가 아이의 볼에 코를 비볐다.

마티아는 아이를 보며 어색하게 미소 지었다. 애들만 보면 그는 난감했다.

"저쪽으로 가세요. 나디아가 벌써 와 있어요."

"나디아라뇨?" 마티아가 물었다.

알베르토의 아내가 휘둥그레진 눈으로 그를 바라보았다.

"네, 나디아요. 알비가 말 안 했어요?"

"아뇨."

잠시 당혹스러운 기류가 흘렀다. 그는 나디아라는 여자를 몰랐다. 무슨 일을 꾸미고 있는 건지 갑자기 두려워졌다.

"아무튼 저쪽으로 가요."

주방으로 가는 동안 필립은 검지와 중지를 입에 넣어 손에 침을 잔뜩 묻힌 채 엄마의 어깨 뒤에 숨어 의심 가득한 눈길로 마티아를 살폈다. 마티아는 일부러 시선을 다른 데로 돌렸다. 지금보다 더 긴 복도에서 알리체를 뒤따라가던 일이 떠올랐다. 벽에는 그림이 걸려 있는 대신 필립의 낙서들이 있었다. 마티아는 바닥에 흩어져 있는 아이의 장난감을 밟지 않으려고 조심했다. 온 집안에 벽마다 그에게 낯선 생기발랄한 기운이 배어 있었다. 그는 마음만 먹으면 아주 쉽게 존재했던 흔적을 지울 수 있는 단출한 자신의 아파트를 떠올렸다. 벌써부터 저녁 초대에 응한 것이 후회됐다.

식사실에 있던 알베르토는 마티아를 보자마자 친근하게 손을 내밀었고, 마티아는 반사적으로 그 손을 마주잡았다. 식탁 앞에 앉아 있던 여자가 일어나 악수를 청했다.

"이쪽은 나디아야." 알베르토가 그녀를 소개했다. "그리고 이분은 장차 필즈상 수상자가 될 사람이고."

"반갑습니다." 마티아가 당황하며 말했다.

나디아가 그에게 미소 지었다. 그녀는 마티아의 뺨에 키스할 생각이었는지 상체를 앞으로 내밀다가 꿈쩍도 하지 않는 그를 보고 그만뒀다.

"반가워요." 그녀가 짧게 말했다.

마티아는 나디아의 귀에 걸린 큼직한 귀걸이 한 짝에 잠시 정신이 팔렸다. 지름이 적어도 5센티미터는 되는 금고리는 그녀가 움직일 때마다 복잡한 운동 형태를 보이며 흔들렸고, 마티아는 그것을 데카르트좌표로 분해하려 시도했다. 귀걸이의 크기는 물론이고 그것이 나디아의 칠흑 같은 머리와 이루는 대조는 음란함에 가까운 도발적인 무언가를 연상시켰고 마티아는 두려움과 함께 흥분을 느꼈다.

그들은 식탁에 둘러앉았다. 알베르토가 모두에게 레드와인을 따라주었다. 그는 머지않아 그들이 완성할 논문에 대해 거창하게 축배를 들고 나서 나디아를 위해 무슨 내용인지 간단히 설명해달라고 마티아를 졸라댔다. 나디아는 모호한 미소를 띤 채 이야기를 들었는데, 딴생각을 감춘 듯한 그 미소 때문에 마티아는 이야기 흐름을 여러 차례 놓쳤다.

"흥미롭군요." 나디아가 소감을 말하자 마티아는 고개를 숙였다.

"흥미로운 정도 이상이죠." 알베르토가 타원체를 묘사하느라 손을 분주히 움직이며 말했다. 마티아는 그 타원체가 실재하는 것처럼 머릿속에 그릴 수 있었다.

그때 알베르토의 아내가 쿠민향이 진동하는 수프 냄비를 들고 나타났다. 좀더 공감대가 넓은 음식 이야기로 화제가 넘어갔다. 인지하지도 못했던 긴장이 그 분위기 덕분에 풀렸다. 마티아를 제외하고는 모두 그곳 북유럽에 살며 잊고 있던 별미 몇몇을 아쉬워했다. 알베르토는 어머니가 만들어주던 라비올리에 대해 이야기했다. 그의 아내는 대학 시절 바닷가 여관 식당에 우르르 몰려가서 먹던 해산물 샐러드를 추억했다. 나디아는 작은 고향 마을에 딱 하나 있던 제과점에서 만들어 팔던, 신선한 리코타치즈가 가득 들어가고 다크초콜릿 칩이 점점이 박힌 칸놀로를 묘사했다. 말하는 동안 그녀는 눈을 감고 여전히 그 맛이 조금 남아 있는 것처럼 입술을 핥은 다음 잠시 이로 아랫입술을 깨물었다 놓았다. 마티아는 자신도 모르게 그녀의 세세한 몸짓에 시선을 고정하고 있었다. 나디아가 풍기는 여성성이라든가 물 흐르듯 유연한 손놀림 그리고 굳이 그럴 필요가 없을 때조차 순음을 두 번 발음하는 남부 방언에 어딘가 과장된 구석이 있다고 생각했다. 그녀는 그를 실망시키면서 동시에 그의 뺨을 달아오르게 하는 마력을 지닌 것 같았다.

"돌아갈 용기만 있으면 되는 거겠죠." 나디아가 결론지었다.

네 사람 모두 얼마간 말이 없었다. 각자 자신을 이곳에 붙들어두는 게 뭔지 생각하는 것처럼 보였다. 필립은 식탁에서 조금 떨어진 곳에서 장난감을 탕탕 부딪치며 놀고 있었다.

알베르토는 저녁식사 내내 아슬아슬하게 이어지는 대화를 적절히 이끌었다. 점점 어질러지는 식탁 위로 양손을 휘저으며 중간중간 자신의 이야기를 길게 늘어놓곤 했다.

디저트까지 먹고 나자 알베르토의 아내가 접시를 한데 모으려고 일어났다. 나디아가 도우려 했지만 그녀는 그냥 앉아 있으라고 말하곤 주방으로 사라졌다.

그들은 말없이 앉아 있었다. 마티아는 생각에 잠긴 채 톱니 모양의 칼날을 검지로 쓸었다.

"뭘 하는지 좀 가볼게." 알베르토마저 자리에서 일어나며 말했다. 그는 나디아의 등뒤에서 잘해보라는 듯 마티아에게 눈짓을 보냈다.

마티아와 나디아는 필립과 함께 남겨졌다. 그들은 마땅히 눈 둘 데가 없어서 동시에 고개를 들다가 멋쩍게 웃음을 터뜨렸다.

"그런데 그쪽은요? 왜 여기 남기로 했어요?" 잠시 후 나디아가 그에게 물었다.

그녀는 비밀을 캐내듯 가는눈으로 그를 유심히 바라보았다. 기다랗고 촘촘한 그녀의 속눈썹은 너무 움직임이 없어서 마티아는 가짜 속눈썹 같다고 생각했다.

그는 검지로 빵 부스러기를 한 줄로 배열하고는 어깨를 으쓱했다.

"모르겠어요. 여기에 산소가 더 많을 것 같았나봐요."

그녀는 그의 말을 이해한 것처럼 생각에 잠긴 표정으로 고개를 끄덕였다. 부엌에서 알베르토와 아내가 물이 새는 수도꼭지나 누가 아이를 재울 것인가 같은 일상적인 일로 옥신각신하는 소리가 들려왔다. 그 순간 마티아에겐 그런 일이 무척 중요해 보였다.

다시 침묵이 흘렀다. 마티아는 무언가 평범해 보일 만한 말을 생각해내려고 애썼다. 그가 어디를 바라보든 나디아는 거추장스러울 정도로 그의 시야에 계속 들어왔다. 목이 깊게 파인 그녀의 감색 니트는 빈 컵을 바라보는 순간에도 그의 주의를 끌었다. 식탁 아래에는 식탁보에 가려진 채 두 사람의 다리가 마주하고 있었고, 그는 그 아래 어둠 속에서 자신과 그녀의 다리가 거부할 수 없이 얽히는 모습을 상상했다.

필립이 다가와 마티아 앞에 놓인 냅킨 바로 위에 장난감 자동차를 올려놓았다. 마티아는 마세라티 미니어처를 바라본 후 아이에게 눈길을 돌렸다. 아이는 마티아가 뭔가 해주길 기다리며 그를 쳐다보고 있었다.

그는 약간 머뭇거리며 손가락 두 개로 장난감을 집어들고 식탁보 위에서 앞뒤로 굴렸다. 그는 자신의 당혹스러움을 가늠하는 듯한 나디아의 강렬한 시선을 의식했다. 그는 소심하게 입으로 부르릉 소리를 냈다. 그러다가 곧 그만뒀다. 필립은 약간 투정 섞인 얼굴로 말없이 마티아를 빤히 보았다. 아이는 팔을 뻗어 장난감을 도로 들고 자기 놀이터로 돌아갔다.

마티아는 와인을 좀더 따라 단번에 들이켰다. 문득 나디아에게 먼저 따라줬어야 한다는 데 생각이 미쳐 그녀에게 "마실래요?" 하고 물었다. 그녀는 손을 뒤로 빼며 사람들이 추울 때 그러는 것처럼 어깨를 움츠리고 "아니, 괜찮아요"라고 대답했다.

알베르토가 돌아와 툴툴거리며 두 손으로 얼굴을 세게 문질렀다.

"이제 잘 시간이야." 알베르토는 마치 아이가 인형이라도 되는 것처럼 아이의 폴로셔츠 목깃을 잡고 일으켜세웠다.

필립은 순순히 아빠를 따라갔다. 아이는 나가면서 바닥에 쌓인 장난감 안에 뭔가를 감춘 것처럼 흘깃 그쪽을 쳐다보았다.

"저도 가야 할 것 같네요." 마티아를 보지도 않은 채 나디아가 말했다.

"그렇네요. 시간이 늦은 것 같네요." 마티아가 말했다.

두 사람은 일어서기 위해 다리 근육에 힘을 줬지만 시늉에 불과했다. 그들은 그대로 앉은 채 다시 서로를 바라보았다. 나디아가 미소 짓자 마티아는 그녀의 시선에 뼛속까지 꿰뚫려 발가벗겨지는 기분이 들었다. 더이상 그녀 앞에서 아무것도 감출 수 없게 된 것 같았다.

두 사람은 거의 동시에 자리에서 일어났다. 의자 뒤에 선 마티아는 그녀 또한 의자를 조심스럽게 바닥에서 들어 안으로 집어넣는 걸 보았다.

알베르토는 그들이 어쩔 줄 몰라하며 서 있는 걸 눈치챘다.

"뭐야? 벌써 가려고요?"

"시간이 늦었어요. 당신들도 피곤할 테고요." 나디아가 마티아 몫까지 대표로 대답했다.

알베르토가 의미심장한 미소를 지으며 마티아를 바라보았다.

"택시를 불러줄게."

"난 버스 탈 거야." 마티아가 서둘러 말했다.

알베르토는 그를 힐긋 보며 말했다.

"이 시간에? 무슨 소리야. 나디아네 집이 너희 집 가는 길에 있어."

34

택시는 인적이 끊긴 교외 도로를 따라 똑같이 생긴 발코니 없는 건물들 사이를 미끄러지듯 달렸다. 불 켜진 창문은 얼마 되지 않았다. 3월은 날이 일찍 저물었고 사람들의 생체시계는 밤을 가리키고 있었다.

"여긴 도시가 더 어두워요." 나디아가 혼잣말처럼 말했다.

두 사람은 택시 뒷좌석 양끝에 앉아 있었다. 마티아는 계속해서 바뀌는 미터기의 숫자에 시선을 고정한 채 요금이 올라가는 걸 표시하기 위해 켜졌다 꺼졌다 하는 빨간 점을 바라보았다.

나디아는 두 사람을 갈라놓고 있는 그 우스꽝스러운 공간이 얼마나 쓸쓸한가 생각하며 자신의 몸으로 그곳을 채울 용기를 내려 애썼다. 이제 몇 블록만 더 가면 그녀의 아파트가 나타날 것이다. 거리만큼 시간도 빠르게 사라지고 있었다. 단순히 그날 밤만 그런 게 아니었다. 삼십오 년에 가까운 세월, 그 가능성의 시간 또한 빠르게 사라져버렸다. 지난해 마틴과 헤어지고 난 뒤부터 그녀는 이곳이 낯설게 느껴지기 시작했다. 피부가 건조해졌고, 심지어 여름에도 절대 누그러들지 않는 한기 또한 견딜 수 없어졌다. 그럼에도 떠나는 건 쉽지 않았다. 어느새 이곳에 의지하고 있었고, 사람들이 상처 주는 존재에 집착하게 되는 것처럼 그녀도 이곳에 대한 강한 애착을 떨칠 수 없었다.

뭔가 결단을 내려야 한다면 이 자동차 안에서 해야 한다고 그녀는 생각했다. 이때를 놓치면 더는 용기를 내지 못할 것이다. 결국 자포자기한 채 회한도 없이 생계를 위해 그리고 시간이 낳은 허전함을 달래기 위해 페이지를 표시해둔 책들과 번역 일에 밤낮으로 파묻히게 될 것이다.

마티아는 매력적인 구석이 있었다. 독특했다. 그동안 알베르토가 소개해준 다른 동료들보다 훨씬 더 특이했다. 그들이 공부하는 학문은 오로지 괴짜들만 불러들이거나 아니면 한

해 두 해 사람을 괴짜로 만드는 것 같았다. 분위기를 띄울 겸 수학에 관해 마티아에게 물어볼 수도 있지만 별로 내키지 않았다. 아무튼 그 말에는 그가 '특이하다'는 뜻도 담겨 있으니까. 게다가 그는 어딘지 불안해 보였다. 하지만 그의 눈빛에는 뭔가가 있었다. 그 짙은 눈동자 속에는 반짝반짝 빛나는 입자들이 떠다녔다. 나디아는 아직 그 눈길을 사로잡은 여자는 없었을 거라고 확신했다.

나디아는 자신이 그를 유혹할 수 있다고 생각했다. 당장 실행에 옮기고 싶은 욕망에 숨이 넘어갈 것 같았다. 목을 드러내기 위해 머리카락을 한쪽으로 모으고 손가락으로 무릎에 올려놓은 핸드백의 솔기를 앞뒤로 쓸었다. 하지만 그 이상은 어떻게 할 엄두가 나지 않았다. 마티아 쪽으로 고개를 돌리고 싶지도 않았다. 만약 그가 다른 데를 보고 있다면 구태여 그 사실을 확인하고 싶지 않았다.

마티아는 온기를 불어넣으려고 주먹을 쥔 한쪽 손에 조용히 기침을 했다. 그는 나디아의 절박함을 눈치챘지만 마음을 정하지 못했다. 결심이 선다 해도 그걸 어떻게 행동으로 옮겨야 할지 난감했다. 언젠가 데니스는 자신의 연애담을 들려주며 초반의 접근법은 체스의 첫수와 똑같다고 말했다. "일부러 아이디어를 짜낼 필요는 없어. 그래봤자야. 둘 다 같은 걸 원하니까. 본격적으로 줄다리기가 시작되면 그때부터 전략이 필요한 거지."

하지만 난 첫수조차 모르는걸, 마티아는 생각했다.

그가 생각해낸 건 바다에 닻을 내리듯 빈자리 한가운데 왼손을 올려놓는 것이었다. 좌석 시트의 합성섬유가 닿자 손이 떨렸지만 그냥 그대로 있었다.

나디아가 무슨 뜻인지 알아차리고 말없이 가운데 좌석으로 슬쩍 옮겨 앉았다. 그녀는 다 안다는 듯 마티아의 손목을 잡고 팔을 들어올려 자기 목에 둘렀다. 그러고는 그의 가슴에 머리를 기대고 눈을 감았다.

그녀의 머리에서 풍기는 짙은 향수냄새가 마티아의 옷에 스미고 그의 콧속을 파고들었다.

택시기사가 나디아의 집 앞 왼편 길가에 차를 세웠다.

"십칠 유로 삼십 센트입니다." 택시기사가 말했다.

나디아가 몸을 일으켰다. 두 사람 모두 다시 이렇게 가까워지기 위해, 지금의 균형을 깨뜨리고 그 자리에 새로운 균형을 이루기 위해 얼마나 많은 노력이 필요할지 생각했다. 자신들이 아직도 그럴 여력이 있는지 알 수 없었다.

마티아가 주머니를 뒤져 지갑을 찾아낸 다음 이십 유로짜리 지폐 한 장을 건네며 말했다. "잔돈은 됐습니다." 나디아가 차문을 열었다.

지금 저 여자를 따라가야 해, 라고 마티아는 생각했지만 몸이 움직이지 않았다.

나디아는 벌써 인도 위에 서 있었다. 택시기사가 다른 지시를 기다리며 사이드미러로 마티아를 지켜보았다. 미터기는 모든 사각형 점에 불이 들어와 00.00을 가리켰다.

"같이 가요." 나디아의 말에 마티아는 따라나섰다.

택시가 떠나고 그들은 가파른 계단 맨 꼭대기까지 올라갔다. 파란색 모켓이 깔린 층계는 어찌나 좁은지 마티아는 발을 비스듬히 디뎌야 했다.

나디아의 아파트는 여자 혼자 사는 집이 대체로 그렇듯 깨끗하고 잘 꾸며져 있었다. 둥근 탁자 가운데 놓인 버드나무 바구니 안에는 오래전에 향기를 잃은 마른 꽃잎이 가득했다. 벽은 오렌지색과 파란색 그리고 짙은 노란색 등 북유럽에서는 흔치 않은 강렬한 색으로 칠해져 있어 왠지 불손한 느낌이 들 정도였다.

마티아는 들어가도 되는지 물은 다음 안으로 들어섰고, 외투를 벗어 의자에 걸쳐놓는 나디아를 바라보았다. 그 모습에서 자신의 공간을 거니는 사람의 편안함이 묻어났다.

"마실 것 좀 가져올게요." 나디아가 말했다.

마티아는 거실 한가운데서 상처투성이 손을 주머니에 숨긴 채 기다렸다. 잠시 후 나디아가 레드와인을 반쯤 채운 잔 두 개를 들고 돌아왔다. 무슨 생각을 하는지 그녀는 웃고 있었다.

"이젠 이런 게 어색해요. 너무 오랫동안 이런 일이 없었거든요." 그녀가 고백했다.

"괜찮아요." 마티아는 자신에게는 처음 있는 일이라는 걸 고백하는 대신 그렇게 말했다.

두 사람은 말없이 주위를 둘러보며 와인을 마셨다. 눈이 마주칠 때마다 사춘기 아이들처럼 입가에 미소를 띠었다.

나디아가 소파 위에 다리를 포개고 앉았고, 그러자 마티아와 더 가까워졌다. 무대 세팅은 끝났다. 필요한 건 행동뿐이었다. 모든 시작이 그렇듯 냉담하고 즉각적이며 야수적인 행동이 필요했다.

그녀는 잠시 더 생각에 잠겼다. 그러곤 잔을 발로 차는 일이 없게 소파 뒤에 내려놓고 주저 없이 마티아를 향해 몸을 기울였다. 그리고 키스했다. 그녀의 하이힐이 탕 소리를 내며 바닥으로 떨어졌고, 그녀는 그가 안 된다고 말할 새도 없이 그의 몸 위로 올라갔다.

나디아는 마티아의 잔을 빼앗은 다음 그의 두 손을 자신의 허리로 이끌었다. 마티아의 혀는 뻣뻣하게 굳어 있었다. 나디아는 그의 반응을 끌어내기 위해 자신의 혀로 끈질기게 애무했다. 마침내 그녀를 따라 마티아의 혀가 반대 방향으로 움직이기 시작했다.

둘은 다소 어정쩡하게 옆으로 쓰러졌고 마티아가 밑에 깔렸다. 그의 한쪽 다리는 소파 밖에 걸쳐졌고 다른 쪽은 쭉 뻗은 채 그녀의 무게에 눌렸다. 마티아는 주기적으로 반복되는 혀의 원운동에 대해 생각하려 했지만 자신의 얼굴을 눌러오는 나디아의 얼굴이 그의 복잡한 사고를 짓눌러버린 듯 곧 집중력을 잃고 말았다. 알리체와 함께 했던 때처럼.

그는 나디아의 니트 속으로 손을 집어넣었다. 맨살이 닿는 느낌이 그리 나쁘지 않았다. 그들은 서로 떨어지지도, 눈을 뜨지도 않은 채 천천히 옷가지를 벗어던졌다. 거실이 너무 환해서 조금이라도 방해받는다면 당장 그만뒀을지도 몰랐다.

브래지어 후크를 풀면서 마티아는 올 것이 왔다고 생각했다. 결국 이렇게 되는구나. 이런 식일 거라곤 한 번도 생각 못했는데.

35

파비오는 일찍 잠에서 깼다. 그는 알리체가 듣지 못하게 알람을 껐다. 뭔가를 붙잡는 꿈을 꾸는지 아내는 한 팔을 시트 밖으로 내밀고 주먹을 꽉 쥔 채 누워 있었다. 그는 그런 아내를 애써 외면하며 방을 나갔다.

그는 지난밤 지쳐 곯아떨어진 뒤 점점 더 음울해지는 일련의 악몽에 시달렸다. 지금 그는 손을 움직여 몸을 더럽히고 땀을 흘리며 근육을 지치게 할 필요를 느꼈다. 병원에 가서 특근을 할까도 생각해봤지만 매달 둘째 토요일에는 부모님이 점심식사를 하러 왔다. 그는 부모님에게 전화를 걸어 알리체가 아프니 오지 말라고 하려고 두 번이나 수화기를 들었다. 하지만 그러면 나중에 부모님이 그들이 어떻게 지내는지 걱정돼서 안부 전화를 걸어올 것이다. 그럼 또다시 아내와 싸우게 될 테고 상황은 악화될 게 분명했다.

파비오는 주방으로 가서 셔츠를 벗고 냉장고에서 우유를 꺼내 마셨다. 늘 그랬던 것처럼 아무렇지 않은 척, 간밤에 아무 일 없었던 척하며 지금처럼 살아갈 수도 있었다. 하지만 예전과 달리 목안 깊은 곳에서 구역질이 느껴졌다. 뺨에 말라붙은 눈물 때문에 살갗이 땅겼다. 그는 개수대에서 세수를 하고 옆에 걸린 행주로 물기를 닦았다.

창밖을 내다보니 하늘이 흐렸다. 하지만 구름 너머에서는 태양이 떠오르고 있을 것이다. 일 년 중 이 무렵은 날씨가 항상 이랬다. 이런 날 아들을 자전거에 태우고 운하를 따라 난 자전거도로를 달려 공원에 갈 수 있을 것이다. 공원 분수대에서 목을 축이고 삼십 분쯤 풀밭에 앉아 쉴 것이다. 그런 다음에는 일반 차도를 따라 집으로 돌아오면서 제과점에 들러 점심때 먹을 빵을 한아름 살 것이다.

많은 걸 바라는 게 아니었다. 그저 그가 마땅히 누려야 할 평범한 삶을 원할 뿐이었다.

그는 속옷 차림 그대로 차고에 내려갔다. 맨 위 선반에서 공구 상자를 꺼내면서 그 묵직함에 잠시 위안을 받았다. 드라이버, 스패너 9호와 12호를 꺼내 자전거 부품을 하나하나 순서대로 해체하기 시작했다.

처음에는 기어에 기름칠을 했고 그다음에는 마른걸레에 알코올을 적셔 몸체를 닦았다. 자전거에 달라붙은 진흙을 손톱으로 긁어내고, 손이 잘 닿지 않는 틈새와 페달 가운데까지 깨끗이 닦았다. 부품을 재조립한 후 브레이크 핸들의 연결 부위를 점검해 완벽하게 균형을 이루도록 조절했다. 그런 다음 손바닥으로 공기압을 가늠하면서 앞뒤 타이어에 바람을 넣었다.

파비오는 한 발 뒤로 물러나 허벅지에 손을 닦으며 초연함에서 비롯한 짜증을 느끼며 자신의 작품을 찬찬히 뜯어보았다. 하지만 곧 자전거를 발로 차서 바닥에 내동댕이쳤다. 마치 살아 있는 짐승처럼 자전거 몸체가 접혔다. 한쪽 페달이 공중에서 헛돌았다. 다시 정적이 내려앉을 때까지 그는 최면을 거는 듯한 그 바퀴 소리를 들었다.

파비오는 차고를 나가려다 다시 돌아와 자전거를 일으켜 세워 제자리에 놓았다. 망가진 데가 없는지 살펴보았다. 대체 왜 자신은 어느 것 하나도 무질서한 채로 놔두지 못하는지, 뇌에서 넘쳐흐르는 분노를 터뜨리지 못하는지, 욕을 퍼붓고 물건을 때려 부수지 못하는지 알 수 없었다. 심지어 실제로 그렇지 않을 때조차 모든 것이 제자리에 있는 것처럼 보이길 원하는 건 왜인지도.

그는 불을 끄고 계단을 올라갔다.

알리체는 주방 식탁에 앉아 있었다. 그녀는 생각에 잠긴 얼굴로 차를 마시고 있었다. 그 앞에 놓인 건 설탕통뿐이었다. 그녀가 눈을 들어 그를 빤히 보았다.

"왜 안 깨웠어?"

파비오는 어깨를 으쓱해 보였다. 그는 개수대로 가서 물을 최대한 세게 틀었다.

"잘 자고 있길래."

그는 검은 기름때를 지우기 위해 주방 세제를 손에 묻히고 흐르는 물 아래에서 세게 문질렀다.

"점심은 좀 늦을 거야." 알리체가 말했다.

파비오가 어깨를 으쓱했다.

"안 먹어도 그만이야."

"그런 말을 다 하고 웬일이야?"

그는 더욱 세게 손을 문질렀다.

"몰라. 그냥 그런 생각이 든 것뿐이야."

"참신한 생각이네."

"그러게. 거지같은 생각이지." 파비오가 이를 악물고 맞받아쳤다.

그는 수도꼭지를 잠그고 서둘러 주방에서 나갔다. 조금 후 그가 샤워하는 듯한 물소리가 들렸다. 알리체는 개수대에 찻잔을 내려놓고 옷을 챙겨입으러 방으로 돌아갔다.

파비오가 누웠던 자리의 시트는 그의 몸무게에 눌려 구깃구깃했다. 베개는 그 아래 머리를 파묻었던 것처럼 반으로 접혀 있고, 이불은 발에 차여 침대 구석에 뭉쳐 있었다. 매일 아침 그랬듯 희미하게 땀내가 났다. 알리체는 깨끗한 공기를 안으로 들이려고 창문을 활짝 열었다.

간밤에 영혼을 지니고 살아 숨쉬는 것처럼 보였던 가구들은 이제 그녀의 무기력한 체념처럼 아무런 향취 없는 평범한 가구에 불과해 보였다.

알리체는 시트를 반듯하게 펴고 귀퉁이를 매트리스 밑으로 집어넣어 침대를 정리했다. 언젠가 솔레다드가 가르쳐준 대로 시트 윗부분을 접어서 베개 중간쯤 오게 했다. 그런 다음 옷을 갈아입었다. 욕실에서 파비오의 전기면도기 소리가 들려왔다. 알리체는 전부터 그 소리가 나른한 주말 오전과 한 쌍인 것처럼 생각되었다.

알리체는 간밤의 말다툼이 여느 때와 달랐는지 생각했다. 늘 그랬듯 샤워를 마치고 나온 파비오가 티셔츠도 걸치지 않은 채 그녀의 어깨를 감싸안고 원망이 사라질 때까지 오래도록 그녀의 머리카락에 얼굴을 묻는 것으로 화해할 수 있을까? 당장은 달리 가능한 방법이 없어 보였다.

혹시 그렇게 되지 않는다면? 바람에 부풀어오르는 커튼을 바라보며 알리체는 생각에 잠겼다. 왠지 버림받을 거란 예감이 들었다. 눈밭에 추락했을 때, 그다음엔 마티아의 방에서, 그리고 지금도 그대로 남아 있는 엄마의 침대 앞에 서면 매번 맞닥뜨리는 느낌과 비슷했다. 알리체는 자신의 골반에 검지를 대고 아직은 포기하고 싶지 않은 그 앙상한 윤곽을 쓰다듬었다. 파비오의 면도기 소리가 그쳤다. 알리체는 고개를 흔들고는 좀더 현실적이고 코앞에 닥친 문제인 점심 준비를 걱정하며 주방으로 갔다.

알리체는 양파를 잘게 썰고 버터를 한 조각 잘라내 작은 접시 한쪽에 담았다. 전부 파비오가 가르쳐준 것이다. 그녀는 그저 일련의 동작을 따라 하며 방부 처리를 하듯 거리감을 갖고 음식을 만드는 데 익숙했다. 맛은 전혀 신경쓰지 않았다.

아스파라거스를 묶은 빨간 고무줄을 풀고 찬물에 씻은 다음 도마에 올려놓았다. 그리고 팬에 물을 가득 받아 가스레인지에 올려놓고 불을 켰다.

알리체는 점점 가까워지는 소리로 파비오가 주방에 다가오고 있음을 알아차렸다. 그의 몸이 닿을 거라는 생각에 그녀는 몸이 굳었다.

하지만 파비오는 소파에 앉은 다음 무심하게 잡지를 넘기기 시작했다.

"파비오." 알리체는 딱히 무슨 말을 해야 할지 모른 채 그를 불렀다.

파비오는 대답하지 않았다. 대신 필요 이상으로 소란스럽게 잡지를 넘겼다. 그는 찢어버릴지 말지 망설이며 잡지 한 귀퉁이를 손가락으로 꽉 움켜쥐었다.

"파비오." 알리체가 그를 돌아보며 똑같은 어조로 다시 한 번 불렀다.

"왜?"

"쌀 좀 내려줄래? 찬장 맨 위에 있어서 손이 닿지 않아."

그것이 핑계라는 건 두 사람 다 알았다. 단지 여기로 오라고 말하는 방식일 뿐이라는 걸.

파비오가 잡지를 탁자 위로 내팽개치는 바람에 코코넛 껍질을 반으로 잘라 만든 재떨이가 잡지에 부딪혀 빙그르르 돌았다. 그 광경을 보며 파비오는 무언가를 생각하는 것처럼 잠시 무릎에 손을 짚은 채 꼼짝하지 않았다. 그러다 벌떡 일어나 싱크대로 다가갔다.

"어디 있는데?" 파비오가 알리체를 애써 외면하며 화난 목소리로 물었다.

"저기." 알리체가 가리켰다.

파비오가 타일 바닥 위에서 요란한 소리를 내며 냉장고 옆에 있는 의자를 끌고 갔다. 그러곤 맨발로 의자 위에 올랐다. 알리체는 처음 보는 것처럼 남편의 맨발을 바라보았다. 매력적이었지만 왠지 두렵게 느껴졌다.

파비오가 쌀 상자를 집어들었다. 이미 개봉된 상태였다. 그가 상자를 흔들며 입가에 웃음을 띠었다. 알리체는 그 미소가 사악하다고 생각했다. 그가 쌀 상자를 기울였고 쌀알이 가늘고 하얀 빗줄기처럼 바닥에 쏟아졌다.

"뭐하는 거야?" 알리체가 말했다.

파비오는 그냥 웃고만 있었다.

"자, 여기 쌀이야."

그가 더욱 세차게 상자를 흔들자 쌀알이 주방 구석구석 흩어졌다. 알리체가 다가갔다.

"그만해." 알리체가 말했지만 그는 무시했다. 알리체는 좀 더 크게 소리쳤다.

"우리 결혼식 때 이랬잖아, 기억 안 나? 그 망할 놈의 결혼식 말이야." 파비오가 소리쳤다.

알리체는 파비오를 말리려고 그의 한쪽 종아리를 붙잡았다. 그러자 그가 이번엔 알리체의 머리 위로 쌀을 쏟아부었다. 쌀알 몇 개가 그녀의 부드러운 머리카락 사이에 끼었다. 그녀는 그를 올려다보며 한번 더 그만두라고 했다.

그때 쌀알 하나가 눈에 부딪혔고 갑작스러운 통증에 그녀는 눈을 감고 파비오의 정강이를 때렸다. 그러자 그가 세차게 다리를 흔들었는데, 그러다 아내의 왼쪽 어깨 언저리를 발로 차고 말았다. 알리체의 다친 쪽 무릎이 마치 고장난 경첩처럼 앞으로 구부러지려다 이내 뒤로 구부러지면서, 어떻게든 버텨보려 안간힘을 쓰던 그녀가 바닥에 쓰러졌다.

상자 안의 쌀이 바닥났다. 파비오는 놀란 얼굴로 상자를 거꾸로 들고 의자 위에 멀거니 선 채 바닥에 쓰러져 고양이처럼 웅크리고 있는 아내를 바라보았다. 갑자기 정신이 번쩍 들었다.

그가 의자에서 내려왔다.

"알리, 다쳤어? 어디 좀 봐." 그가 소리쳤다.

그가 알리체의 얼굴을 들여다보기 위해 손으로 그녀의 머리를 받치려 하자 그녀가 몸부림쳤다.

"내버려둬!" 그녀가 고함을 질렀다.

"여보, 미안. 당신이……" 그가 애원했다.

"꺼지라고!" 둘 중 누구도 예상 못했던 엄청난 목소리로 알리체가 소리질렀다.

파비오가 흠칫 물러섰다. 두 손을 부들부들 떨고 있었다. 그는 두 발짝 뒷걸음치더니 "알았어" 하고 더듬거리듯 말했다. 그러고는 곧장 침실로 달려가 셔츠를 걸치고 구두를 신고 나왔다. 그는 꼼짝 않고 쓰러져 있는 아내를 돌아보지도 않고 집을 나갔다.

36

알리체는 머리카락을 귀 뒤로 넘겼다. 머리 위로는 찬장 문이 여전히 열려 있고 맞은편에는 의자가 덩그러니 놓여 있었다. 아프지 않았다. 눈물도 나오지 않았다. 무슨 일이 벌어진 건지 생각하기도 힘들었다.

그녀는 바닥에 흩어진 쌀알을 줍기 시작했다. 처음엔 한 알 한 알 집다가 이내 손바닥으로 쓸어모으기 시작했다.

그녀는 일어서서 쌀 한 줌을 물이 끓는 냄비에 쏟아넣었다. 그리고 쌀알이 위아래로 움직이는 모습을 물끄러미 바라보았다. 대류현상. 언젠가 마티아가 그걸 그렇게 불렀었다. 그녀는 불을 끄고 소파로 가서 앉았다.

아무것도 치우지 않을 작정이었다. 시부모가 와서 지금 그녀의 모습을 목격할 때까지 기다린 다음, 파비오가 어떻게 행동했는지 그들에게 말할 생각이었다.

하지만 아무도 오지 않았다. 그가 연락한 게 분명했다. 아니면 시댁에 찾아가 자신한테 유리하게 이야기하고 있을 것이다. 알리체의 자궁은 바짝 마른 호수처럼 척박하고 이제 이렇게 사는 데 지쳤다고.

집안은 깊은 정적에 잠겼고 빛은 제자리를 찾지 못하는 것처럼 보였다. 알리체는 수화기를 들고 아버지 집의 전화번호를 눌렀다.

"여보세요?" 솔레다드가 전화를 받았다.

"안녕하세요, 솔."

"안녕, 미 아모르시토. 우리 아가 잘 지내니?" 솔레다드가 여느 때처럼 걱정어린 목소리로 물었다.

"그냥 그래요."

"왜? 케 파사?*"

알리체는 잠시 잠자코 있었다.

＊ 스페인어로 '무슨 일 있어?'라는 뜻.

"아버지 계세요?" 그녀가 물었다.

"지금 주무셔. 가서 깨울까?"

알리체는 커다란 방에 누워 있을 아버지를 머릿속에 그렸다. 이제는 상념만이 아버지와 벗하고, 낮게 내린 블라인드 사이로 비친 햇살이 잠든 아버지의 몸을 수놓고 있을 것이다. 언제나 부녀 사이를 갈라놓던 깊은 원망도 세월 속에 사그라져 이제 알리체는 기억조차 못했다. 그 집에서 그녀를 가장 짓누르던 건 심각하고 꿰뚫어보는 듯한 아버지의 시선이었다. 그러나 지금은 그 시선이 몹시 그리웠다. 아버지는 그녀에게 아무 말 하지 않을 것이다. 그즈음 아버지는 말문을 닫다시피 했다. 아버지는 그저 그녀의 뺨을 쓰다듬으며 솔레다드에게 그녀의 방 시트를 바꿔주라고 말할 것이다. 어머니의 죽음 이후 무언가가 아버지를 바꿔놓았고, 그는 너무나 무기력해 보였다. 역설적이게도 파비오가 알리체의 삶으로 들어온 순간부터 아버지는 방어적으로 변했다. 더는 자신의 이야기를 하지 않고 알리체의 말을 듣기만 했다. 딸의 목소리에 넋을 놓고 내용보다는 그녀의 말투에 더 반응을 보이며 생각에 잠긴 듯 중얼거렸다.

아버지가 잠깐씩 정신을 놓기 시작한 지는 일 년쯤 되었다. 어느 날 밤 처음으로 그는 솔레다드를 페르난다로 착각했다. 아내에게 하듯 키스를 하려고 솔레다드를 끌어당겼다. 솔레다드가 어쩔 수 없이 그의 빰을 살짝 때리자 그는 어린애가 떼를 쓰듯 화를 냈다. 다음날 그는 아무것도 기억하지 못했지만, 어렴풋이 뭔가 잘못됐고 시간의 흐름이 어딘가 끊겼다는 느낌을 받았다. 결국 그는 솔레다드에게 무슨 일이 있었는지 물었다. 솔레다드는 어떻게든 화제를 돌리려 했지만 그가 놔두지 않았다. 그녀가 사실대로 말하자, 그는 표정이 어두워지며 고개를 끄덕이고는 나직이 미안하다고 말했다. 그런 후 서재에 틀어박혀 잠도 자지 않고 아무 일도 하지 않은 채 저녁식사 때까지 나오지 않았다. 그는 책상 앞에 앉아 호두나무 상판 위에 손을 올려놓고 기억에서 흐름이 끊긴 지점을 재구성하려고 부질없는 노력을 기울였다.

그런 일이 점점 더 자주 되풀이되었다. 알리체와 아버지, 솔레다드 세 사람은 애써 아무렇지 않은 척했다. 그마저도 어려워질 순간이 오리라 생각하며.

"알리? 그냥 아버지 깨우러 갈까?" 솔레다드가 다시 물었다.

"아니, 됐어요." 알리체가 서둘러 말했다. "깨우지 마세요. 아무 일도 아니에요."

"정말이니?"

"네. 그냥 쉬시게 두세요."

알리체는 수화기를 내려놓고 소파에 몸을 뉘었다. 눈을 크게 뜨고 회칠한 천장에 시선을 고정하려 애썼다. 또다시 나타난 통제할 수 없는 변화를 직감한 이 순간에 온전히 몰두하고 싶었다. 자신의 삶에서 몇번째인지 모를 작은 비극의 목격자가 되어 그 과정을 똑똑히 기억하고 싶었다. 하지만 이내 호흡이 고르게 바뀌면서 그녀는 잠에 빠져들었다.

37

마티아는 아직까지 자신에게 본능이 남아 있다는 게 적잖이 놀라웠다. 본능은 그동안 온갖 사고와 추상적 관념이 얼기설기 엮인 두꺼운 그물 아래 묻혀 있었던 것 같았다. 그는 본능을 표출하며 대담하게 몸을 움직이는 자신의 격정에 새삼 놀랐다.

현실로 돌아오는 건 고통스러웠다. 나디아의 낯선 몸이 그의 몸 위에 있었다. 몸 한쪽은 그녀의 땀에, 다른 쪽은 구겨진 소파 커버와 둘둘 말린 두 사람의 옷가지에 닿아 있다는 사실에 숨이 막힐 것 같았다. 그녀는 느릿느릿 숨쉬고 있었다. 마티아는 자신과 나디아의 호흡 주기의 비율이 무리수라면, 둘을 엮어 규칙적인 패턴을 찾을 길은 전혀 없다고 생각했다.

마티아는 몸안에 산소를 더 축적하기 위해 나디아의 머리 위로 입을 크게 벌렸지만 방안의 공기는 끈끈한 습기로 포화 상태였다. 그는 몸을 가리고 싶어졌다. 차갑게 식어 축 늘어진 자신의 성기가 나디아의 다리에 닿는 게 느껴져 그는 한쪽 다리를 비틀었다. 그러다 어설프게 무릎으로 그녀를 치고 말았다. 나디아가 깜짝 놀라 고개를 들었다. 잠들었다가 깬 것 같았다.

"미안해요." 마티아가 말했다.

"괜찮아요."

나디아가 마티아에게 키스했다. 그녀의 숨결이 무척 뜨거웠지만 마티아는 그녀가 멈출 때까지 잠자코 있었다.

"방으로 갈래요?" 그녀가 말했다.

마티아는 고개를 끄덕였다. 아무것도 없어도 마음 편한 자신의 아파트로 돌아가고 싶었지만 그러면 안 된다는 걸 알았다.

두 사람은 침대 양쪽에서 이불 속으로 들어가며 민망함과 어색함을 느꼈다. 나디아가 괜찮다고 말하듯 그에게 미소 지었다. 어둠 속에서 그녀는 마티아의 어깨에 기대며 몸을 웅크렸다. 그리고 한번 더 그에게 키스하고는 곧바로 잠들었다.

마티아도 눈을 감았지만 금방 다시 뜨고 말았다. 뒤죽박죽 엉킨 끔찍한 기억이 눈꺼풀 아래에 쌓여 그를 기다리고 있었다. 그의 호흡이 다시 가빠졌다. 그는 왼손을 침대 밑으로 뻗어 두 개의 철망이 만나는 뾰족한 모서리에 엄지손가락을 문지르기 시작했다. 어둠 속에서 마티아는 손가락을 입으로 가져가 빨았다. 피맛이 잠시나마 그를 안정시켜줬다.

나디아의 아파트에서 나는 낯선 소음이 서서히 귀에 들어왔다. 낮게 윙윙거리는 냉장고 소리, 몇 초간 소음을 내며 돌아가다 탁하며 그치는 보일러 소리, 너무 느리게 가는 게 아닌가 싶은 다른 방 시계 소리. 그는 다리를 움직여 일어난 다음 이곳에서 벗어나고 싶었다. 나디아는 그가 몸을 돌릴 공간마저 빼앗은 채 침대 한가운데 누워 있었다. 그녀의 머리카락이 그의 목을 찌르고 그녀의 숨이 그의 가슴 언저리 살갗을 마르게 했다. 결코 잠들 수 없을 것 같았다. 벌써 새벽 두시가 훌쩍 지났을 것이다. 아침에 강의가 있는데 너무 피곤하면 틀림없이 칠판 앞에서 실수를 저지를 것이다. 학생들

앞에서 바보가 되는 것이다. 하지만 집에 가면 남은 몇 시간이라도 잘 수 있었다.

조용히 나가면 눈치채지 못할 거야, 그는 생각했다.

그는 머리를 굴리며 일 분 넘게 꼼짝 않고 있었다. 소음이 점점 더 또렷하게 들렸다. 날카롭게 탁하는 보일러 소리가 또다시 들리자 그의 몸이 굳었다. 그는 떠나기로 결심했다.

마티아는 조금씩 움직여 가까스로 나디아의 머리 밑에서 팔을 빼냈다. 잠을 자면서도 허전함을 느꼈는지 그녀가 그를 찾아 뒤척였다. 마티아는 몸을 일으켰다. 한 발을 바닥에 내려놓고 다른 발도 마저 내려놓았다. 그가 일어서자 침대가 원상태로 돌아가며 살짝 삐걱거렸다.

어둠 속에서 나디아를 바라보는데 공원에서 미켈라에게 등을 돌리던 순간이 어렴풋이 떠올랐다.

그는 거실까지 맨발로 갔다. 소파 위의 옷가지와 바닥에 있던 구두를 주워들고 언제나처럼 소리 없이 문의 잠금장치를 열었다. 여전히 바지를 손에 든 채 복도로 나온 마티아는 비로소 숨을 깊이 들이쉴 수 있었다.

38

쌀 사건이 있었던 토요일 저녁 무렵 알리체의 휴대폰으로 파비오가 전화를 걸었다. 알리체는 그가 왜 집으로 먼저 전화하지 않았을까 의아했다. 그러다 곧 집전화는 두 사람이 공동으로 소유한 물건이어서 그 순간 둘 사이에 공유하는 무언가가 있다는 사실이 자신과 마찬가지로 그에게도 썩 기분 좋지 않았으리라는 생각이 들었다. 아무튼 침묵이 길게 이어진 짧은 통화였다. 파비오는 이미 결심을 굳힌 듯 "오늘밤 여기 있을 거야" 하고 말했다. 알리체는 "괜찮으니까 내일도 거기서 지내, 당신이 원하는 만큼 있어도 돼" 하고 대꾸했다. 일단 거북한 용건이 끝나자 파비오가 덧붙였다. "알리,

미안해." 그녀는 자신도 그렇다는 말은 하지 않은 채 전화를 끊었다.

그런 다음 더는 전화를 받지 않았다. 끈질기게 울리던 파비오의 전화가 곧 잠잠해지자 그녀는 자기 연민에 빠져 혼잣말을 했다. "거봐, 봤지?" 그녀는 맨발로 아파트 안을 돌아다니면서 남편의 물건과 서류, 옷가지를 마구잡이로 그러모아 커다란 상자에 넣은 뒤 현관문 밖에 팽개쳐놓았다.

어느 날 저녁 일을 마치고 돌아오자 상자가 사라지고 없었다. 파비오는 짐을 많이 챙겨가지 않았다. 가구는 모두 제자리에 있고 옷장 안에는 그의 옷이 가득했다. 하지만 거실 서가에는 책들이 빠져나간 자리가, 파국의 시작을 증언하는 검은 구멍이 곳곳에 나 있었다. 알리체는 가만히 서서 그것을 바라보았다. 처음으로 이별이 윤곽을 드러내며 견고한 형태를 가진 구체적인 현실로 다가왔다.

그녀는 왠지 모를 안도감을 느끼며 되는대로 지냈다. 그때까지 모든 일을 항상 다른 사람을 위해 해온 듯한 기분이었다. 이제는 오롯이 자신뿐이었다. 그만두고 체념하면 그만이었다. 똑같은 일에 전보다 더 많은 시간을 쓸 수 있게 되었지만 어찌된 일인지 끈적끈적한 용액 속을 지나다니는 것처럼 움직임이 둔하고 피곤했다. 결국 아주 간단한 집안일까지 손을 놓고 말았다. 세탁할 옷이 욕실에 수북이 쌓여갔지만 그녀는 몇 시간이고 소파에 누워만 있었다. 빨랫감이 있고 또 조금만 움직이면 된다는 걸 머리로는 알았지만, 그것이 근육을 움직일 동기가 되지는 못했다.

알리체는 직장에 나가지 않으려고 감기에 걸린 척했다. 그녀는 필요 이상으로 많이 잤다. 심지어 하루종일 자기도 했다. 블라인드조차 내리지 않았다. 빛을 피하고 싶으면, 자신을 에워싼 물건들을 눈앞에서 지우고 싶으면, 나날이 쇠약해져가지만 여전히 머릿속에서 떨쳐낼 수 없는 자신의 혐오스러운 육체를 잊고 싶으면, 눈을 감으면 그만이었다. 결과의 무게는 낯선 존재가 곁에서 자고 있는 것처럼 늘 거기 있었다. 점점 더 중독에 가까워지는 잠 속에, 꿈으로 점철된 무거운 잠에 빠져 있을 때조차 그것은 그녀를 지켜보고 있었다. 목이 마르면 질식하는 꿈을 꿨고, 베개 밑에 오래 깔려 있어 한쪽 팔이 저리면 셰퍼드가 팔을 물어뜯는 꿈을 꿨다. 두 발이 이불 바깥으로 나와 한기가 느껴지면 또다시 골짜기 바닥의 눈 속에 목까지 파묻혀 있는 자신의 모습이 보였다. 그렇지만 두려움은 거의 느껴지지 않았다. 몸이 마비되어 혀만 움직일 수 있는 상황에서도 그녀는 혀를 내밀어 눈을 맞봤다. 달콤해서 전부 먹어치우고 싶었지만 고개를 돌릴 수가 없었다. 그래서 그녀는 냉기가 다리를 타고 올라와 배에 가득차고 다시 혈관을 타고 퍼져나가 피가 얼어붙기를 가만히 기다리고 있었다.

잠에서 깨면 완성되지 않은 생각들로 머릿속이 들끓었다. 알리체는 어쩔 수 없을 때만 자리에서 일어났다. 잠에서 덜 깼을 때의 혼란스러움은, 다른 기억과 뒤섞여 더는 사실 같지 않은 조각난 기억처럼 머릿속에 희뿌연 찌꺼기를 남기며 서서히 옅어졌다. 그녀는 느긋하게 자신의 명료한 의식을 좇으며 고요한 아파트 안을 유령처럼 배회했다. 때때로 자신이 미쳐가고 있다는 생각이 들기도 했지만 서글프지는 않았다. 오히려 웃음이 났다. 드디어 자신의 일을 그녀 스스로 결정하고 있었으니까.

저녁에는 양상추를 비닐봉지에서 꺼내 바로 먹었다. 아삭아삭한 이파리는 물맛만 날 뿐 먹으나마나였다. 그녀는 배를 채우기 위해서가 아니라 저녁식사라는 의식을 대체하기 위해 먹었다. 뭘 해야 좋을지 알 수 없고 달리 할일도 없는 그 시간을 어떤 식으로든 때웠다. 그녀는 구역질이 날 때까지 얇은 양상추를 씹고 또 씹었다.

알리체는 비워내고 있었다. 파비오와 자신에 관한 것을, 그리고 아무것도 없음을 알게 되기까지 부단히 해온 모든 부질없는 노력을. 그녀는 한발 물러나 자신의 나약함과 집착이 다시 살아나는 걸 호기심어린 눈으로 지켜보았다. 이번만은 그것들이 결정하는 대로 따라가리라 마음먹었다. 어차피 자신은 제대로 갈피를 잡지 못하고 있으니까. "자신의 어떤 면에 대해선 저항해봤자 소용없어." 그녀는 기꺼이 어린 시절로 퇴행하며 혼잣말했다. 마티아가 떠나고 곧바로 엄마까지 떠났던 그때로 돌아갔다. 목적지는 전혀 달랐지만 두 사람다 그녀에게서 멀어졌다는 점은 똑같았다. 그래, 마티아. 그녀는 자주 마티아를 생각했다. 또다시. 그는 그녀가 앓는 병중 하나였고, 그녀는 그 병에서 낫고 싶지 않았다. 인간은 단하나의 추억만으로도 병들 수 있었다. 그녀는 그 공원 앞 차안에서 끔찍한 비극의 장소를 마티아의 눈앞에서 지우기 위해 자신의 얼굴로 그의 얼굴을 덮었던 그날 오후, 병들고 말았다.

아무리 노력해도 파비오와 함께한 세월에서는 알리체의 심장을 그토록 강하게 짓누르거나 생생하고 격정적인 빛깔을 떤다거나, 그녀의 피부와 머릿밑과 두 다리 사이에 지금까지 느낌이 남아 있는 이미지를 단 하나도 끄집어낼 수 없었다. 언젠가 리카르도 부부와 함께한 저녁식사 자리에서 비슷한 경험을 하긴 했다. 그날 저녁 그들은 신나게 웃고 마셨다. 알리체가 알레산드라를 도와 접시를 씻다가 손안에서 컵이 깨지는 바람에 엄지손가락을 베였다. 그녀는 깨진 컵을 떨어뜨리며 "아야" 하고 조그맣게 소리를 냈다. 속삭임에 가까울 만큼 작은 소리였지만 이를 듣고 파비오가 당장 달려왔다. 그는 그녀의 엄지손가락을 불빛 아래서 살펴본 후 허리를 숙여 그녀의 손가락에 입을 대더니 흐르는 피를 멎게 하려고 자기 손가락인 양 살짝 피를 빨았다. 그는 입에 엄지손가락을 문 채 차마 알리체가 저항하지 못할 만큼 맑은 눈으로 올려다보았다. 그러곤 자신의 손으로 상처를 감싸고 알리체의 입에 키스했다. 그녀는 그의 타액에서 자신의 피맛을 느꼈고, 그 피가 다시 깨끗해져서 그녀에게 돌아오기 위해 투석요법처럼 남편의 온몸을 순환하는 상상을 했다.

그 밖에도 셀 수 없이 많은 일이 있었겠지만 알리체는 기억하지 못했다. 사랑하지 않는 사람에게 받은 사랑은 표면에만 머무르다 금세 날아가버리니까. 그 순간 남아 있는 건 파비오가 발길질해서 생긴 불그스름한 자국뿐이었다. 그녀의 파리한 살갗 위에서 거의 보이지 않을 정도로 옅어진 그 자국.

가끔은, 특히 밤이면 더는 안 되겠어라던 그의 말이 떠올랐다. 그녀는 배를 어루만지며 누군가가 자신의 차가운 양수 속에서 헤엄치는 상상을 해보곤 했다. 제발 말해봐. 하지만 설명할 말이 없었다. 어떤 이유도 없었다. 혹은 이유가 하나만 있는 게 아니거나. 시작이란 없었다. 그녀만 있었다. 그리고 그녀는 뱃속에 누구도 품고 싶지 않았다.

이런 말을 해줘야 할지도 몰라, 알리체는 생각했다.

곧장 휴대폰을 들어 파비오의 이름이 나올 때까지 전화번호 목록을 훑어내렸다. 실수로 발신 버튼이 눌리길 바라듯 엄지손가락으로 자판을 슬쩍 쓰다듬다가 이내 빨간 종료 버튼을 눌렀다. 파비오를 다시 만나 이야기하고 관계를 회복하는 일이, 그런 노력이 잔인해 보였다. 더욱이 그녀는 지금 이대로 나날이 먼지가 쌓여가는 거실의 가구를 바라보는 편이 더 좋았다.

39

마티아는 학생들을 거의 바라보지 않았다. 자신과 칠판을 향한 그들의 빛나는 눈동자를 마주하면 발가벗은 듯한 기분이 들었다. 마티아는 자기 자신에게 설명하듯 수식을 써내려가며 빈틈없이 설명했다. 대수적 위상수학 과정을 듣는 4학년생 열두 명이 쓰기에는 지나치게 큰 강의실이었다. 학생들은 앞의 세 줄에 앉았는데, 대학 시절 마티아가 그랬듯이 거의 한 칸씩 떨어져 늘 같은 자리에 앉았다. 하지만 그중 누구에게서도 자신의 모습을 떠올리게 하는 건 찾아볼 수 없었다.

정적 속에서 강의실 뒷문이 열렸다 닫히는 소리가 들렸지만 증명을 끝낼 때까지 돌아보지 않았다. 그다지 필요하지도 않은 강의록 페이지를 넘기며 다시 순서를 정리하던 그는 그제야 자신의 시야 끝에 있는 낯선 얼굴을 알아챘다. 고개를 들어보니 나디아였다. 흰 옷을 입은 그녀는 맨 뒷줄에 다리를 꼬고 앉아 있었지만 그에게 알은체하지 않았다.

마티아는 당황한 걸 감추려고 애쓰며 다음 정리로 넘어갔다. 중간에 흐름을 놓쳐서 학생들에게 미안하다고 사과하고는 설명할 부분을 찾아 강의록을 넘겼지만 도저히 집중할 수가 없었다. 그 과정을 시작한 이래 교수의 강의가 막힌 적은 한 번도 없었기 때문에 학생들 사이에서 들릴 듯 말 듯 웅성거림이 일었다.

마티아는 처음부터 다시 시작했고 결국 끝까지 마무리했다. 너무 서둘러 써서 글씨가 칠판 오른쪽으로 갈수록 점점 더 아래로 기울었다. 마지막 풀이 과정 두 개는 쓸 곳이 마땅치 않아서 칠판 위 한구석에 욱여넣었다. 어떤 학생들은 옆에 적힌 수식과 뒤섞여 헷갈리는 지수와 아래첨자를 알아보기 위해 칠판 앞으로 몸을 내밀기도 했다. 마티아가 학생들에게 내일 보자며 수업을 끝냈을 때는 수업시간이 십오 분이나 더 남아 있었다.

그는 분필을 내려놓고 어리둥절한 얼굴로 목례를 한 뒤 강의실을 나가는 학생들을 바라보았다. 나디아는 변함없이 그 자리에 같은 자세로 앉아 있었는데 아무도 그녀의 존재를 알아차리지 못하는 것 같았다.

두 사람만 남았다. 그 거리가 무척 멀게 느껴졌다. 마티아가 발을 떼자 동시에 나디아가 일어섰다. 그들은 강의실 중간에서 만나 1미터 정도 거리를 두고 섰다.

"안녕하세요." 마티아가 먼저 입을 열었다. "생각도 못……"

"잠깐만요." 나디아가 단호한 눈빛으로 그를 똑바로 보면서 말을 가로막았다. "서로 잘 알지도 못하는데 갑자기 나타나서 미안해요."

"아뇨, 괜찮아요……" 그는 어떻게든 말하려 했지만 나디아가 허락지 않았다.

"일어나보니 안 보이더군요. 적어도……"

그녀가 잠시 말을 멈췄다. 일 분 넘게 깜빡이지 않은 것처럼 눈이 화끈거려 마티아는 시선을 떨굴 수밖에 없었다.

"어쨌든 상관없어요." 나디아가 다시 입을 열었다. "난 누구에게도 매달리지 않아요. 이제 더는 그러고 싶지 않아요."

그녀가 마티아에게 쪽지를 건넸고 그는 말없이 받아들었다.

"내 전화번호예요. 그걸 쓸 생각이 있다면 너무 시간을 끌지는 마요."

두 사람 다 바닥을 내려다보았다. 나디아는 앞으로 다가가려고 뒤꿈치를 살짝 들었다가 그냥 돌아섰다.

"그럼 잘 있어요." 나디아가 말했다.

마티아는 대답 대신 마른침만 삼켰다. 그녀가 문에 다다를 때까지 자신에게 주어진 시간은 한정적이라는 생각을 했다. 뭔가를 결정하고 자신의 생각을 분명히 전달하기에는 충분치 않은 시간이었다.

나디아가 강의실 문 앞에 멈춰 섰다.

"당신이 안고 있는 문제가 뭔지는 몰라요. 하지만 그게 뭐든 좋을 것 같아요."

그런 후 그녀는 강의실을 나갔다. 마티아는 쪽지를 바라보았다. 거기에는 이름과 숫자, 특히 홀수로만 이루어진 수열이 덩그러니 적혀 있었다. 그는 교탁 위의 강의 자료를 챙겼다. 하지만 수업시간이 완전히 끝날 때까지 강의실을 떠나지 않았다.

연구실에서는 알베르토가 턱과 볼로 수화기를 고정하고

두 팔로 온갖 몸짓을 해가며 통화중이었다. 그는 마티아를 보고 눈썹을 치켜세워 인사했다.

통화가 끝나자 알베르토는 의자 등받이에 기대며 다리를 쭉 뻗었다. 그러곤 마티아에게 의미심장한 미소를 날렸다.

"그래, 어떻게 됐어? 어제 좀 늦었지?"

마티아는 일부러 눈길을 피하며 어깨를 으쓱했다. 알베르토가 자리에서 일어서더니 마티아의 의자 뒤로 와서 트레이너가 권투 선수를 격려하듯 그의 어깨를 두드렸다. 마티아는 누가 자기 몸에 손대는 걸 좋아하지 않았다.

"알았어. 말하기 싫구나. 좋아. 그럼 화제를 바꾸자고. 논문 개요를 대충 써봤는데 한번 볼래?"

마티아가 고개를 끄덕였다. 그는 알베르토가 자신의 어깨에서 손을 떼길 기다리며 검지로 키보드의 0 버튼을 천천히 두드렸다. 간밤의 몇몇 장면이 계속 반복되면서 희미한 섬광처럼 머릿속을 스쳤다.

알베르토가 자리로 돌아가 의자에 털썩 앉았다. 그러고는 어지럽게 쌓인 종이 더미 가운데서 논문 개요를 찾기 시작했다.

"아! 이거 너한테 온 거야."

그가 마티아의 책상에 봉투 하나를 던졌다. 마티아는 편지를 힐끗 보았다. 그의 이름과 대학 주소가 진한 파란색 잉크로 적혀 있었는데 종이 뒷면까지 잉크가 스민 것 같았다. 마티아의 M은 수직선으로 시작된 다음 그 선에서 약간 떨어진 위치에서 부드러운 곡선이 우묵하게 휘었다가 오른쪽 수직선으로 이어졌다. 두 개의 T는 하나의 가로획으로 서로 묶여 있었다. 모든 글자가 옆 글자 위로 쓰러질 듯 살짝 기울어 붙어 있었다. 학교 주소에는 오자가 있었는데 sh 앞에 c가 하나 더 있었다. 그 글자 중 하나만 보아도, 심지어 아래위가 비대칭으로 볼록한 발로시노의 B만 보아도 알리체의 필체라는 걸 단박에 알 수 있었다.

　마티아는 마른침을 삼키며 책상 둘째 서랍에서 종이칼을 더듬더듬 찾았다. 초조한 손길로 종이칼을 돌려서 봉투 입구에 집어넣었다. 손이 떨렸다. 그는 자신을 제어하기 위해 손잡이를 있는 힘껏 움켜쥐었다.

　맞은편 책상에서 알베르토는 자기 앞에 놓인 문서를 일부러 못 찾는 척하며 몰래 마티아를 훔쳐보았다. 마티아의 손가락이 떨리는 게 그 거리에서도 확실히 보였지만, 편지는 그의 손바닥에 감춰져서 볼 수 없었다.

알베르토는 동료가 몇 초간 눈을 감고 있다가 다시 뜨고는 길을 잃고 갑자기 낯선 곳에 떨어진 것처럼 주위를 두리번거리는 모습을 지켜보았다.

"누가 보낸 거야?" 알베르토가 넌지시 물었다.

마티아는 전혀 모르는 사람을 대하듯 힐난의 눈초리로 그를 빤히 보았다. 그러고는 아무런 대꾸도 없이 일어섰다.

"가봐야겠어." 마티아가 말했다.

"뭐?"

"가야 해. 아무래도…… 이탈리아에."

알베르토가 그를 말리려는 듯 따라 일어났다.

"대체 무슨 소릴 하는 거야? 무슨 일 있어?"

그는 자신도 모르게 마티아에게 다가가 다시 한번 편지를 훔쳐보려 했다. 하지만 마티아는 대단한 비밀이라도 되는 양 편지를 배 위에 대고 까슬한 스웨터와 손 사이에 감추고 있었다. 하얀 모서리 네 개 중 세 개가 손가락 사이로 삐죽 나와 그것이 직사각형이라는 것만 알 수 있었다.

"아무것도 아냐. 나도 잘은 몰라." 마티아가 얼버무렸다. 벌써 한쪽 팔을 점퍼 소매에 꿰고 있었다. "하지만 가야 해."

"그럼 논문은?"

"돌아와서 볼게. 너 먼저 진행하고 있어."

그런 다음 마티아는 알베르토가 뭐라고 할 틈도 없이 나가
버렸다.

40

다시 출근한 날 알리체는 한 시간 가까이 지각했다. 잠결에 자명종 시계를 꺼버린데다 움직일 때마다 견디기 힘들 만큼 몸에 무리가 가서 출근 준비를 하는 동안 자꾸 멈칫거릴 수밖에 없었기 때문이다.

크로차는 나무라지 않았다. 그녀의 얼굴만 봐도 짐작할 수 있었다. 볼은 홀쭉하고 두 눈은 툭 튀어나올 것 같은데다 눈빛은 불길한 느낌을 주는 무심함으로 무장한 채 멍했다.

"늦어서 죄송해요." 알리체가 안으로 들어서며 말했다. 하지만 진심으로 미안해하는 것 같지는 않았다.

크로차는 신문을 넘기며 손목시계를 흘긋 보았다.

"열한시까지 현상해야 할 사진이 있어. 늘 그렇지만 별건 아니야."

그는 헛기침을 하고 신문을 얼굴 높이로 들어올렸다. 그리고 알리체의 움직임을 곁눈질했다. 알리체는 늘 놓던 자리에 가방을 두고 외투를 벗은 후 현상기 앞에 앉았다. 지나칠 정도로 신중하게 느릿느릿 움직이는 모습에서 아무 일 없는 것처럼 굴려고 애쓰는 게 훤히 보였다. 크로차는 한동안 턱을 괴고 생각에 잠겨 있다가 결국에는 머리를 귀 뒤로 넘기고 일을 시작하려 마음을 다잡는 그녀를 지켜보았다.

그는 그녀의 비쩍 마른 몸을 조용히 가늠해봤다. 면 터틀넥 스웨터와 헐렁한 바지 속에 감춰져 있었지만 손을 보면 확실히 알 수 있었다. 얼굴 윤곽은 훨씬 더했다. 그는 자신의 무력함에 분노를 느꼈다. 자신은 알리체의 인생과 아무 상관 없지만 그녀는 미처 이름을 지어주지 못한 친딸이나 다를 바 없이 그의 삶에서 몹시 소중한 존재였다.

그들은 말없이 점심시간까지 일했다. 꼭 필요한 고갯짓만 나눴다. 그곳에서 여러 해를 같이 일해서인지 두 사람의 모든 몸놀림은 기계적으로 보였다. 그들은 공평하게 공간을 나눠 쓰면서 민첩하게 움직였다. 낡은 니콘 카메라는 검은 케

이스에 담겨 카운터 밑 제자리에 있었다. 두 사람 다 이따금
씩 카메라가 아직도 작동되는지 궁금해했다.

"점심 먹으러……" 크로차가 어렵사리 말을 꺼냈다.

"점심때 할일이 있어서요." 알리체가 말을 끊었다. "죄송
해요."

크로차는 걱정스럽게 고개를 끄덕였다.

"몸이 안 좋으면 오후에 그냥 집에 들어가도 돼. 보다시피
할일이 많지 않으니까."

알리체가 흠칫 놀라 그를 바라보았다. 그녀는 카운터 위의
가위, 사진 봉투, 펜, 사등분으로 자른 필름을 정리하는 척하
며 단순히 자리만 바꾸고 있었던 것이다.

"아니에요. 왜 그런……"

"안 본 지 얼마나 된 거야?" 크로차가 말을 잘랐다.

당황한 그녀가 방어하듯 갑자기 가방 안에 손을 집어넣
었다.

"삼 주 정도요."

크로차는 고개를 끄덕이고는 이내 어깨를 으쓱했다.

"나가지." 그가 말했다.

"하지만……"

"그러지 말고 가자고." 그가 좀더 단호하게 말했다.

알리체는 잠깐 생각하더니 크로차를 따라가기로 했다. 그들은 스튜디오 문을 잠갔다. 문 안쪽에 걸린 장식 종이 어둠 속에서 딸랑거리다 멈췄다. 두 사람은 크로차의 자동차로 갔다. 그는 알리체가 걸을 때 힘들어하는 걸 생각해서 티나지 않게 천천히 걸었다.

낡은 란차는 두번째 시도에야 겨우 시동이 걸렸고 크로차는 낮은 목소리로 욕설을 내뱉었다.

그들은 다리 부근까지 대로를 달리다가 우회전해서 강변 도로를 따라갔다. 오른쪽 차선으로 이동한 후 병원 방향으로 차를 틀기 위해 그가 깜빡이를 켠 순간 알리체의 몸이 굳어졌다.

"아니, 어디로……" 그녀는 말을 잇지 못했다.

크로차는 병원 응급실 입구 맞은편 셔터를 반쯤 내린 가게 앞에 차를 댔다.

"내가 관여할 일은 아니지만," 그는 알리체를 보지 않고 말했다. "넌 저 안으로 들어가야 해. 파비오한테든 다른 의사한테든."

알리체는 크로차를 뚫어지게 보았다. 처음의 당혹감이 분노로 바뀌었다. 거리는 조용했다. 모두 점심을 먹기 위해 집이나 바에 들어가 있었다. 플라타너스 잎들이 소리 없이 바람에 흔들렸다.

"이런 모습은 본 적이 없어……" 크로차는 머뭇거렸다. "널 안 뒤로 말이야."

알리체는 이런이란 말이 마음에 걸렸다. 왠지 불안해져서 사이드미러로 자신의 모습을 확인하려 했지만 사이드미러는 자동차 오른쪽 측면만 비출 뿐이었다. 그녀는 고개를 저은 후 문의 잠금장치를 열고 차에서 내렸다. 차문을 쾅 닫고는 뒤도 돌아보지 않고 병원의 반대 방향으로 곧장 걸어갔다.

알리체는 그 장소와 크로차의 무례함에서 벗어나고 싶어 죽을힘을 다해 빨리 걸었지만 몇백 미터도 못 가서 멈춰 서야 했다. 숨이 턱까지 차올랐고, 걸음을 뗄 때마다 다리가 멈추라고 애원하듯 욱신거리며 통증이 심해졌다. 뼈가 탈구된 것처럼 생살을 찢고 나올 것 같았다. 알리체는 오른다리에 온몸의 무게를 싣고 옆에 있는 거친 담벼락에 한 손을 짚어 겨우 균형을 잡았다.

그녀는 통증이 사라져 다리가 평소처럼 무감각해지고 숨 쉬는 것이 다시 무의식적인 일이 되기를 기다렸다. 심장은 망설이듯 천천히 피를 뿜어내는데도 그 소리가 귀에까지 울렸다.

넌 저 안으로 들어가야 해. 파비오한테든 다른 의사한테든. 크로차의 목소리가 귓가에 맴돌았다.

그런 다음에는? 알리체는 생각했다.

알리체는 뒤돌아서 뚜렷한 목적도 없이 병원 쪽으로 힘겹게 걷기 시작했다. 본능처럼 그녀의 몸이 그 길을 선택했다. 그녀 자신은 깨닫지 못했지만 조금씩 비틀거리고 있었기 때문에 인도에서 마주 오던 행인들이 한쪽으로 비켜섰다. 그중 몇 사람은 발길을 멈추고 도와줘야 할지 망설이다가 곧 다시 걸음을 옮겼다.

알리체는 마리아 아우실리아트리체 병원 뜰로 들어섰다. 그러나 파비오와 그 길을 거닐던 시절을 회상하지는 않았다. 그녀는 자신에게 과거가 없는 듯한, 어디서 온지도 모른 채 그곳에 있는 듯한 기분이 들었다. 공허감 말고는 아무것도 없는 권태로움이 지긋지긋했다.

알리체는 난간을 짚고 계단을 오른 다음 문 앞에 멈춰 섰다. 그녀가 원한 건 병동 앞까지 가는 것뿐이었다. 그저 자동문을 작동시킨 뒤 잠깐 서서 힘을 모은 다음 가는 것. 우연에 기대는 미약한 몸짓에 불과했지만, 그녀는 자신이 파비오가 있는 곳에 가면 어떻게 될지 궁금했다. 하지만 크로차가 당부한 대로 하지는 않을 것이다. 누구의 말도 듣고 싶지 않았다. 심지어 자신이 진심으로 그를 만나고 싶어한다는 사실조차 인정하지 않을 것이다.

아무 일도 일어나지 않았다. 자동문이 열렸다가 그녀가 한 발 뒤로 물러서자 다시 닫혔다.

뭘 기대한 거야? 그녀는 자신에게 물었다.

그 순간이 지나가길 바라며 알리체는 잠시 앉아 있기로 했다. 자신의 몸이 뭔가를 요구하고 모든 신경이 울부짖고 있었지만 귀기울이고 싶지 않았다.

알리체가 몸을 돌리려는 순간 자동문이 열리는 소리가 들렸다. 이번에는 남편과 마주치리라 확신하며 시선을 들었다.

문은 활짝 열려 있었지만 파비오는 거기 없었다. 대신 문 안쪽에 어떤 여자가 서 있었다. 여자는 센서를 작동시켜놓고도 나오지 않고 그대로 서서 손으로 치마를 쓸어내리고 있었다. 잠시 후 알리체가 좀전에 그랬듯 여자가 뒤로 한 발 물러났고 문이 다시 닫혔다.

알리체는 호기심이 생겨 그 여자를 자세히 지켜보았다. 가만 보니 그렇게 어린 것 같지는 않았다. 알리체와 비슷한 나이로 보였다. 좁은 공간에 있는 것처럼 상체를 살짝 숙이고 어깨를 웅크리고 있었다.

알리체는 그 여자에게서 친숙한 느낌을 받았다. 표정 때문에 그런 것 같기도 했지만 뭐라 꼭 집어 말할 수는 없었다. 생각은 다시 제 안에 틀어박힌 채 헛돌기만 했다.

잠시 뒤 여자가 또다시 같은 행동을 했다. 여자는 앞으로 걸어나와 두 발을 모으고 서 있다 몇 초 후 다시 뒤로 물러섰다.

그때였다. 여자가 고개를 들고 유리문 건너에 있는 알리체에게 미소 지었다.

전율이 알리체의 등을 타고 척추 마디마디를 흘러 무감각한 다리 속으로 사라졌다. 숨이 멎는 것 같았다.

알리체는 그 여자처럼 입의 다른 부분은 조금도 움직이지 않고 윗입술만 살짝 올려 앞니 두 개가 보일 듯 말 듯 웃는 사람을 또하나 알고 있었다.

아냐, 그럴 리 없어.

알리체가 여자를 더 자세히 보기 위해 다가가는 바람에 문이 그대로 열려 있었다. 여자는 실망한 얼굴로 왜 그러느냐는 듯 알리체를 노려보았다. 무슨 뜻인지 알아차린 알리체는 여자가 놀이를 계속하도록 뒤로 물러났다. 여자는 아무 일 없었던 것처럼 다시 놀이를 시작했다.

여자의 머리카락은, 알리체가 몇 번 만져보지 못한 그 머리카락처럼 숱이 많고 끝이 곱슬거리며 검은색이었다. 살짝 불거진 광대뼈가 검은 눈동자를 가리고 있었지만, 알리체는 마티아의 눈동자에서 본 것과 똑같은 불가해한 반짝임을, 수많은 밤 자신을 잠 못 들게 했던 것과 똑같은 소용돌이를 여자의 눈에서 보았다.

그애야! 공포와 비슷한 감정이 알리체의 목을 죄어왔다.

알리체는 무의식적으로 가방 안에서 카메라를 찾았지만 엉터리 자동카메라조차 없었다.

알리체는 달리 어찌할 바를 몰라 계속해서 그 여자를 바라보았다. 여자가 알리체 쪽으로 고개를 돌렸고 그녀의 눈빛은 수정체가 제구실을 하지 못하는 것처럼 이따금 흐릿해졌다. 알리체는 바짝 마른 입술을 달싹여 미켈라 하고 불러봤지만 입에서 공기가 충분히 나오지 않았다.

여자는 지치지도 않는 것 같았다. 어린아이처럼 센서를 갖고 놀더니 이제는 자동문을 망가뜨릴 셈인지 앞뒤로 깡충깡

충 뛰었다.

어떤 노부인이 병원 안쪽에서 걸어왔다. 엑스레이사진이 들었을 법한 큼직한 노란색 직사각형 봉투가 가방 밖으로 삐죽 나와 있었다. 노부인은 아무 말 없이 여자의 팔짱을 끼고 밖으로 데리고 나왔다.

여자는 별달리 저항하지 않았다. 알리체 옆을 지나칠 때 여자는 잠깐 자동문 쪽을 돌아보았다. 놀아줘서 고맙다고 인사하는 것만 같았다. 알리체는 여자가 지나가며 일으킨 바람을 느낄 정도로 가까이 있었다. 손을 뻗어 여자를 만질 수 있었지만 온몸이 마비된 것 같았다.

알리체의 시선이 천천히 멀어져가는 두 여자를 좇았다.

사람들이 병원을 드나들고 있었다. 문이 계속 열렸다 닫히는 리듬이 최면을 걸듯 알리체의 머릿속을 꽉 채웠다.

문득 정신을 차린 알리체가 큰 소리로 "미켈라" 하고 불렀다.

여자는 돌아보지 않았다. 노부인도 마찬가지였다. 그 이름이 자신들과 아무 상관 없다는 듯 잠깐 멈칫하는 기색도 없었다.

알리체는 좇아가서 여자를 더 가까이서 보며 말을 걸고 알아봐야 한다고 생각했다. 첫번째 계단 위로 오른발을 내디딘 후 다른 쪽 다리를 끌어당겼지만 다리는 잠든 것처럼 제자리에서 꼼짝하지 않았다. 그녀는 그만 뒤로 기우뚱했다. 한 손으로 난간을 찾았으나 잡히지 않았다.

알리체는 부러진 나뭇가지처럼 쓰러지며 나머지 두 계단을 굴렀다.

두 여자가 모퉁이를 돌아 사라지는 모습이 바닥에 쓰러진 알리체의 시야에 들어왔다. 곧 공기가 축축해지면서 주변의 소리들이 부풀어오르다 점점 멀어져가는 게 느껴졌다.

41

마티아는 세 층을 뛰어서 내려왔다. 2층에서 1층으로 내려오다가 자신이 가르치는 학생 가운데 한 명과 마주쳤다. 학생이 뭔가를 물어보려고 그를 불러 세웠지만 그는 "미안, 지금 가봐야 해요" 하고는 그냥 지나쳤다. 그 학생을 피하려다 하마터면 발을 헛디뎌 넘어질 뻔했다. 건물 로비에 이르자 마음을 가다듬기 위해 갑자기 걸음을 늦췄지만 그래도 여전히 빠른 걸음이었다. 검은 대리석 바닥은 반질반질 윤이 났고 수면처럼 그 위로 사람들과 사물들이 비쳤다. 마티아는 경비원에게 눈인사를 하고 밖으로 나갔다.

차가운 공기가 매섭게 달려들었다. 마티아는 문득 생각했다. 내가 도대체 무슨 짓을 하는 거지?

그는 교문 앞 담장에 기대앉았다. 그 오랜 세월 동안 돌아오라는 신호만을 기다려온 것처럼 도대체 왜 이런 반응을 보이는 건지 스스로도 알 수 없었다.

그는 알리체가 보내온 사진을 다시 보았다. 그녀의 부모님 방 침대 앞에서 나프탈렌 냄새가 나는 옷들로 신랑 신부처럼 차려입고 둘이 함께 찍은 사진. 알리체는 웃고 있는 데 반해 그는 체념한 얼굴이었다. 알리체가 한 팔로 그의 허리를 감싸고 있었다. 다른 손은 카메라를 들고 있어서 보이지 않았는데, 마치 지금 어른이 된 그를 어루만져주려고 그를 향해 뻗고 있는 것처럼 느껴졌다.

알리체는 사진 뒷면에 딱 한 줄을 적고 그 아래 서명을 해 놓았다.

넌 여기 와야 해.

알리체

마티아는 이 메시지의 의미, 특히 자신의 혼란스러운 반응에 대해 곰곰이 생각했다. 그는 공항 입국장을 나가 자신을 기다리는 알리체와 파비오를 만나는 장면을 상상했다. 알리체의 볼에 키스한 뒤 그녀의 남편과 인사하며 악수하는 모습도 그려봤다. 누가 자동차까지 여행가방을 옮길지를 두고 일부러 실랑이를 벌이고, 차를 타고 가는 내내 각자 그동안 어떻게 지냈는지 요약해서 말할 수 있을 것처럼 이야기하려 부질없이 노력할 것이다. 마티아는 뒷자리에, 그들은 앞에 앉을 테고, 세 이방인은 그저 침묵을 피하기 위해 자신들에게 뭔가 공통점이 있는 척하며 물건들을 괜히 만지작거릴 것이다.

아무 의미도 없어, 마티아는 혼잣말을 했다.

그 명료한 생각에 그는 다소 안도했다. 잠시 미혹됐다가 제정신을 차린 기분이었다. 그는 검지로 사진을 톡톡 쳤다. 사진을 집어넣고 알베르토한테 돌아가 연구를 다시 시작하기로 마음을 정했다.

마티아가 생각에 잠겨 있는 사이 최근 그와 함께 논문 몇 편을 쓴 드레스덴 출신의 박사 키르스텐 고르반이 다가와서 사진을 흘끗 보았다.

"부인이에요?" 그녀가 알리체를 가리키며 쾌활하게 물었다.

마티아는 고개를 돌려 자기 앞에 서 있는 키르스텐을 올려다보았다. 사진을 숨길까 하다가 무례한 행동이라는 생각이 들어 그만뒀다. 키르스텐은 누군가 턱을 아주 세게 잡아당긴 것처럼 얼굴이 길쭉했다. 로마에서 이 년 동안 공부하면서 이탈리아어를 조금 배웠는데 o를 전부 폐모음으로 발음하는 버릇이 있었다.

"어, 안녕하세요." 마티아가 어정쩡하게 대답했다. "아니, 그냥…… 친구예요."

키르스텐은 뭐가 재미있는지 깔깔거리며 손에 든 폴리스티렌 컵의 커피를 한 모금 마셨다.

"귀엽네요." 그녀가 말했다.

마티아는 조금 당황해서 키르스텐을 쳐다보았다가 시선을 다시 사진으로 옮겼다. 그랬다. 알리체는 정말 귀여웠다.

42

정신을 차려보니 간호사가 맥박을 재고 있었다. 게다가 신발을 신은 채 입구 옆 병원 침대의 하얀 시트 위에 모로 누워 있었다. 알리체는 곧바로 파비오를 떠올렸고 그가 이 우스꽝스러운 꼴을 봤을지도 모른다는 생각에 벌떡 일어났다.

"전 괜찮아요." 알리체가 말했다.

"다시 누우세요." 간호사가 명령했다. "이제 검사를 시작할 겁니다."

"그럴 필요 없어요. 정말 괜찮아요." 알리체가 고집을 부리며 그대로 누워 있게 하려는 간호사의 만류를 뿌리쳤다. 파비오는 거기 없었다.

"환자분은 기절했었어요. 의사의 진찰을 받아야 해요."

그러나 알리체는 벌써 일어서 있었다. 그녀는 가방이 그대로 있는지 확인했다.

"아무렇지 않아요. 정말이에요."

간호사는 시선을 들어 천장을 보고는 더 말리지 않았다. 알리체는 누군가를 찾는 것처럼 주위를 두리번거렸다. 그러고는 고맙다고 말한 뒤 서둘러 자리를 떴다.

다행히 넘어지면서 다치지는 않았다. 오른쪽 무릎을 살짝 부딪힌 것 같았다. 청바지 안쪽의 멍든 자리가 연신 욱신거렸다. 두 손은 뜰의 자갈에 쓸렸는지 살짝 긁히고 흙먼지가 묻어 있었다. 그녀는 입김을 불어 먼지를 날렸다.

알리체는 접수창구로 가서 유리에 난 둥근 구멍으로 몸을 숙였다. 접수원이 눈을 들어 그녀를 보았다.

"안녕하세요." 알리체는 어떻게 설명해야 할지 알 수 없었다. 자신이 얼마나 의식을 잃었는지조차 몰랐다.

"조금 전에…… 제가 저기 서 있었는데……"

그녀는 자신이 있었던 곳을 가리켰지만 접수원은 고개를 돌리지 않았다.

"출입문 쪽에 어떤 여자가 있었어요. 저는 몸 상태가 나빠

저서 기절했고요. 그러곤…… 저, 그 여자의 이름을 알아야
해서요."

접수원이 창구 너머에서 눈을 동그랗게 뜨고 그녀를 쳐다
보았다.

"뭐라고요?" 접수원이 인상을 쓰며 물었다.

"이상하게 들린다는 거 알아요. 하지만 좀 도와주세요. 오
늘 이 병동에서 진찰받은 환자 명단을 좀 볼 수 없을까요.
아, 검사받은 사람들이라도요. 여자 환자 이름만 보여주시면
돼요."

접수원은 빤히 쳐다보더니 냉랭하게 미소 지었다.

"저희는 그런 정보를 제공할 권한이 없습니다."

"아주 중요한 일이에요. 부탁이에요. 정말 너무나 중요한
일이에요."

접수원은 앞에 놓인 환자 기록부를 펜으로 두드렸다.

"죄송합니다. 정말 안 됩니다." 접수원이 짜증스러워하며
대꾸했다.

알리체는 한숨을 쉬고 그냥 돌아서려다 다시 창구로 다가
가 말했다.

"전 닥터 로벨리의 아내예요."

접수원이 허리를 꼿꼿이 세웠다. 그리고 눈썹을 치켜세우더니 다시 펜으로 기록부를 두드렸다.

"알겠습니다. 원하신다면 남편분께 연락드리죠."

접수원이 전화기를 들자 알리체는 손짓으로 그녀를 말렸다.

"아니에요." 알리체가 미처 목소리를 가다듬지 못한 채 말했다. "그럴 필요 없어요."

"정말인가요?"

"네, 고마워요. 신경쓰지 마세요."

알리체는 집으로 향했다. 가는 길 내내 다른 생각은 나지 않았다. 정신은 또렷했지만 병원에서 본 여자의 얼굴 때문에 눈앞을 스치는 풍경이 하나도 눈에 들어오지 않았다. 세세한 것들은 벌써 다른 사소한 기억의 바다 한가운데로 빠르게 가라앉으며 희미해졌다. 그러나 뭐라 설명할 수 없는 친근감은 생생하게 남아 있었다. 열렸다 닫혔다 하는 유리문에 비친 알리체의 모습 위로 겹쳐 보이던, 마티아의 미소와 똑같은 그 미소.

어쩌면 미켈라가 살아 있고 그녀가 미켈라를 본 것일지도 몰랐다. 정신 나간 생각이지만 알리체는 그렇게 믿을 수밖에 없었다. 그녀의 뇌가 살아남기 위해 필사적으로 그 생각에 매달리는 듯했다.

알리체는 가설을 세우기 시작했다. 당시 상황을 재구성해보려 했다. 혹시 그 노부인이 미켈라를 유괴한 건 아닐까. 아이를 간절히 원했지만 가질 수가 없어서 공원에 있는 미켈라를 발견하자마자 집으로 데려간 것이다. 부인은 자궁에 문제가 있거나 아니면 임신을 원치 않았는지도 모른다.

바로 나처럼, 알리체는 생각했다.

노부인은 아이를 유괴한 다음 공원에서 멀리 떨어진 집에서 자기 딸인 양 다른 이름으로 키웠을 것이다.

그런데 왜 돌아온 걸까? 이렇게 오랜 세월이 지난 뒤 왜 다른 사람의 눈에 띨 위험을 감수한 걸까? 어쩌면 노부인은 죄책감에 시달렸는지도 모른다. 아니면 아까 암 병동 출입문 앞에서 알리체가 그랬듯 그저 자신의 운을 시험해보고 싶었는지도.

어쩌면 정반대로 노부인은 아무런 관련이 없을 수도 있다. 노부인은 그로부터 훨씬 뒤 미켈라를 만났고, 미켈라가 자기 자신에 대해 아무것도 기억 못하는 것과 마찬가지로 노부인도 미켈라의 출생과 진짜 가족에 대해 아는 바가 전혀 없을 수도 있다.

알리체는 자신의 차 안에서 죽음을 아는 공허하고 창백한 얼굴로 눈앞의 나무들을 가리키던 마티아를 떠올렸다. 모든 게 똑같았어. 그가 말했었다.

갑자기 모든 게 들어맞는 듯했다. 그 여자가 정말로 사라진 마티아의 여동생 미켈라인 것 같았다. 세세한 특징도 맞아떨어지는 듯했다. 넓은 이마, 긴 손가락, 신중한 손놀림 그리고 무엇보다 어린아이 같은 놀이.

하지만 이내 혼란스러워졌다. 며칠 전부터 관자놀이를 죄어온 허기에서 비롯된 아득한 피로감 때문에 세밀한 기억이 모두 무너져내렸다. 알리체는 또다시 의식을 잃을까 두려웠다.

집에 도착하자마자 그녀는 열쇠를 꽂아둔 채 문도 닫는 둥 마는 둥 하고 외투도 벗지 않고 주방으로 가서 찬장을 열었다. 참치 캔 하나를 찾은 알리체는 기름도 빼지 않고 캔째 바로 먹었다. 비린내에 구역질이 났다. 빈 캔을 싱크대에 던져넣고 완두콩 통조림을 집었다. 뿌연 국물 속에 잠겨 있는 완두콩을 포크로 건져올려 단숨에 절반이나 삼켰다. 모래알을 씹는 것 같았고, 반들반들한 껍질이 이에 들러붙었다. 파비오가 떠난 날부터 열린 채로 뒀던 비스킷 상자도 꺼냈다. 비스킷 다섯 개를 거의 씹지도 않고 연이어 삼켰다. 비스킷이 목구멍을 넘어가면서 유릿조각처럼 목을 할퀴었다. 너무 고통스러워서 바닥에 주저앉을 만큼 심한 위경련이 온 후에야 그녀는 먹는 걸 그만두었다.

통증이 사라지자 알리체는 일어나서 혼자 있을 때면 늘 그러듯 조금도 숨김없이 절뚝거리며 암실로 갔다. 두번째 선반 위의 상자들 중 하나를 꺼냈다. 빨간 유성펜으로 스냅사진이라고 적혀 있었다. 그녀는 내용물을 탁자 위에 쏟은 다음 손가락으로 사진들을 흩뜨렸다. 어떤 사진들은 서로 붙어 있었다. 그녀는 빠르게 사진을 훑어보았고 결국 찾던 사진을 발견했다.

알리체는 한참이나 그 사진을 들여다보았다. 마티아도 그녀도 둘 다 어렸다. 마티아가 고개를 숙이고 있어서 그의 표정을 살펴 그 여자와 닮은 점을 찾기는 어려웠다. 이미 많은 시간이 흘렀다. 어쩌면 너무 많은 시간이 흘렀는지도 몰랐다.

정지된 이미지에서 알리체는 다른 것도 떠올렸다. 알리체의 마음은 그 움직임, 단편적인 소리, 감정의 조각을 되살려 하나로 이어가기 시작했다. 그녀는 가슴 아리지만 기분좋은 그리움에 젖어들었다.

다시 시작할 시점을 선택할 수 있다면 그녀는 그 순간을 선택할 것이다. 조용한 방안에서 둘만의 친밀감에 싸여 있던, 서로의 몸에 닿는 걸 주저하면서도 실루엣은 잘 어우러졌던 그녀와 마티아.

마티아에게 알려야 했다. 그를 보면 알 수 있을 것이다. 여동생이 살아 있다면 마티아는 그 사실을 알 권리가 있었다.

처음으로 그녀는 그들을 갈라놓고 있는 물리적 거리가 터무니없이 멀게 느껴졌다. 몇 해 전 몇 번인가 편지를 보낸 그 주소지에 그가 아직도 살 거라는 확신이 들었다. 그가 이사했다면 어떤 식으로든 알게 됐을 것이다. 그녀와 마티아는 무의미한 것들 아래 묻혀서 보이지 않는 실로 연결되어 있었으니까. 서로에게서 자신의 고독을 알아본 두 사람 사이에만 존재하는 실로 그들은 이어져 있었다.

그녀는 사진더미 아래를 더듬어 펜을 찾아냈다. 자리를 잡고 앉아서 손으로 잉크 얼룩을 남기지 않게 조심하며 써내려갔다. 마지막엔 잉크를 말리기 위해 후후 입김을 불었다. 그런 다음 봉투를 찾아 사진을 넣고 봉했다.

아마 올 거야, 알리체는 생각했다.

기분좋은 불안이 뼈 마디마디에 퍼지며 그녀를 웃음 짓게 했다. 바로 그 순간부터 시간이 다시 흐르기 시작한 것 같았다.

43

마티아가 탄 비행기는 활주로 방향으로 접어들기 전, 푸른 점처럼 보이는 언덕을 가로질러 대성당을 지나 도시 한복판을 두 번 선회했다. 마티아는 도시에서 가장 오래된 다리를 기준점으로 삼아 거기서부터 부모님 집까지 이어지는 길을 눈으로 따라가봤다. 집은 여전히 그가 떠날 때와 똑같은 색깔이었다.

그는 집 근처 공원을 알아보았다. 강이 흘러 둘로 나뉜 공원은 완만한 커브로 이어지는 두 대로에 둘러싸여 있었다. 청명한 오후라 하늘에서 모든 게 훤히 내려다보였다. 누구도 무無로 사라질 수 없었다.

마티아는 몸을 좀더 앞으로 내밀어 비행기 뒤로 사라지는 풍경을 바라보았다. 언덕 조금 위까지 난 구불구불한 길을 따라가보니 웅장한 얼음덩이처럼 하얀 건물 정면에 창문이 나란히 붙어 있는 델라 로카 저택이 보였다. 조금 더 올라가면 그가 다니던 학교가 있었다. 그곳의 초록색 비상계단이 차갑고 거친 감촉으로 기억에 남아 있었다.

이미 지나간, 그의 삶의 절반을 보낸 그곳은 형형색색의 수많은 정육면체와 생기 없는 모양으로 만든 거대한 플라스틱 조형물처럼 보였다.

공항에서 그는 택시를 탔다. 아버지가 마중나오겠다고 고집을 피웠지만 그는 그의 부모가 익히 아는, 반론을 무색하게 만드는 목소리로 혼자 가겠다고 말했다.

택시가 떠난 후에도 마티아는 길 반대편 인도에 서서 옛집을 바라보았다. 어깨에 멘 가방은 그리 무겁지 않았다. 그 안에는 길어야 이삼일 입을 옷이 있었다.

그는 아파트 출입문이 열려 있는 걸 보고 집까지 올라갔다. 현관 초인종을 눌렀는데 안에서는 아무 소리도 들리지 않았다. 잠시 후 아버지가 문을 열었고, 부자는 뭔가 말을 주고받기 전에 서로의 외모에서 보이는 변화로 세월의 흐름을 실감하며 미소 지었다.

피에트로 발로시노는 어느덧 노인이 되어 있었다. 머리가 하얗게 세고 손등에 혈관이 불거져서만은 아니었다. 미세하게 온몸을 떨었고, 두 다리만으로는 부족한지 문손잡이에 의지한 채 아들 앞에 서 있는 모습에서 그가 노쇠했다는 걸 알 수 있었다.

그들은 조금 어색하게 서로를 껴안았다. 마티아의 가방이 어깨에서 두 사람 사이로 흘러내렸다. 마티아는 가방이 바닥에 떨어지게 내버려뒀다. 아버지와 아들은 여전히 체온이 같았다. 피에트로 발로시노는 아들의 머리를 쓰다듬으며 많은 일을 떠올렸다. 한꺼번에 밀어닥친 기억에 가슴이 아팠다.

마티아가 어머니는 어디 있느냐고 묻기 위해 바라보자 피에트로는 곧바로 눈치챘다.

"안에서 쉬고 있단다. 건강이 별로 좋지 않아. 요즘 무척 더웠거든."

마티아는 고개를 끄덕였다.

"배고프니?"

"아뇨. 물만 조금 마실게요."

"금방 갖다주마."

아버지는 그 자리에서 벗어날 구실을 찾듯 서둘러 주방으로 사라졌다. 마티아는 그들 사이에 남아 있는 건 그게 다라고 생각했다. 부모님의 애정은 수요일마다 전화로 늘어놓는 끼니나 더위, 추위, 피로, 때로는 돈에 대한 걱정과 작은 배려로 귀결되었다. 그 밖의 모든 것은 깊이를 알 수 없는 심연에 놓여 있었다. 한 번도 대면하지 않은 주제들, 주고받아야 할 사과와 용서 그리고 바로잡아야 할 기억들이 딱딱하게 굳어 있는 그 옹어리 속에.

그는 자기 방으로 이어지는 복도를 걸었다. 모든 것이 자신이 떠날 때 두고 간 그대로일 거라 확신했다. 마치 그 공간은 시간의 풍화에 구애받지 않는 것처럼, 그 공간 안에서는 자신이 부재했던 세월이 괄호 속에 들어간 것처럼. 하지만 막상 방이 확연히 달라진 것을 보자, 그는 소외당한 것처럼 실망했다. 자신이 이 세상에 존재하지 않는 듯한 느낌이었다. 한때 옅은 파란색이었던 벽은 방을 더 환하게 만드는 크림색 벽지로 덮여 있었다. 그의 침대가 있던 자리에는 오랫동안 거실에 있었던 소파가 놓여 있었다. 그의 책상은 여전히 창가에 있었지만, 그 위에는 더이상 그의 물건이 없었고 신문더미와 재봉틀만 놓여 있었다. 그의 사진도 미켈라의 사진도 보이지 않았다.

안으로 들어가려면 허락이라도 받아야 하는 것처럼 마티아는 문 앞에 서 있었다. 물컵을 들고 온 아버지가 그의 속내를 읽은 듯했다.

"네 엄마가 재봉을 배우고 싶어했단다." 그가 변명처럼 말했다. "하지만 금세 싫증을 내더구나."

마티아는 단숨에 물을 들이켰다. 그는 거치적거리지 않을 자리에 가방을 기대놓았다.

"지금 나가봐야 해요."

"벌써? 방금 도착했는데……"

"만날 사람이 있어요."

그는 아버지의 시선을 피하며 벽에 등을 붙이고 그 곁을 지나갔다. 가까이 서 있기에는 성인인 두 사람의 몸이 지나치게 크고 비슷했다. 마티아는 주방으로 컵을 가져가 물로 헹구고 식기 건조대에 거꾸로 세워놓았다.

"저녁에 돌아올게요." 마티아가 말했다.

그는 거실 한가운데에 서 있는 아버지에게 눈인사를 했다. 마티아의 다른 생에서 그가 어머니를 껴안고 아버지에 대해 이야기했던 바로 그 자리에 아버지는 서 있었다. 알리체가 그를 기다리고 있다는 건 사실이 아니었다. 심지어 그녀가 어디에 사는지조차 몰랐지만 마티아는 그곳에서 당장 벗어나고 싶었다.

44

첫해에는 서로 편지를 주고받았다. 둘 사이에서 언제나 그랬듯 그때도 알리체가 먼저 시작했다. 그녀는 반으로 자른 딸기로 비스듬하게 생일 축하해라고 쓴 케이크 사진을 그에게 보냈다. 사진 뒷면에는 달랑 'A'라고만 쓰고 아무것도 덧붙이지 않았다. 그녀는 마티아의 생일을 위해 케이크를 만들고 사진을 찍은 후에 통째로 쓰레기통에 던져넣었다. 마티아는 넉 장에 걸쳐 빽빽하게 적은 답장을 보냈다. 그는 언어도 모르는 낯선 곳에서 새로운 생활을 시작하는 게 얼마나 힘든지 토로했고, 떠나온 걸 미안해했다. 어쩌면 알리체한테만 그렇게 보였는지도 모른다. 그는 그 편지에서도, 그다음 편지들에서도 파비오에 관해선 아무것도 묻지 않았고 그녀도 따로 말하지 않았다. 그렇지만 두 사람 모두 편지의 행간에서 위협적인 낯선 존재를 보았다. 그래서였는지 얼마 안 가 서로에게 보내는 답장이 퉁명스러워지기 시작했고, 주기도 점점 길어져서 결국 연락이 완전히 끊겼다.

몇 년 후 마티아는 또 한 통의 편지를 받았다. 알리체와 파비오의 청첩장이었다. 그는 중요한 뭔가를 기억하려는 것처럼 청첩장을 냉장고에 테이프로 붙여놓았다. 그는 매일 아침저녁으로 그 카드를 마주했다. 매번 조금씩 아픔이 덜해지는 것 같았다. 결혼식을 일주일 앞두고 마티아는 간신히 답장을 보냈다. 청첩장 보내줘서 감사. 학교 일로 참석 불가. 축하해. 마티아 발로시노. 시내에 있는 한 상점에서 크리스털 화병을 고르느라 아침나절을 보낸 그는 신랑 신부의 새 주소로 선물을 보냈다.

마티아가 부모 집에서 나와 향한 곳은 그 주소지가 아니라 그와 알리체가 함께 오후를 보내곤 했던 델라 로카 저택이었다. 거기서 그녀를 만날 수 있을 거라고는 생각하지 않았지만 변한 게 아무것도 없는 척하고 싶었다.

그는 한참을 망설이다 초인종을 눌렀다. 어떤 여자가 대답했다. 솔레다드일 것이다.

"누구세요?"

"알리체를 찾아왔어요." 그가 말했다.

"알리체는 이제 여기 안 살아요."

그랬다. 솔레다드였다. 스페인어 억양이 여전히 뚜렷이 남아 있었다.

"누군데 알리체를 찾아요?" 가정부가 물었다.

"저 마티아예요."

한동안 침묵이 흘렀다. 솔레다드는 기억을 더듬고 있었다.

"새 주소를 알려줄게요."

"괜찮아요. 그 주소는 알거든요. 고맙습니다."

"그럼 잘 가요." 짧은 침묵 뒤 솔레다드가 말했다.

마티아는 고개를 들어 위를 보지 않고 그 자리를 떠났다. 틀림없이 솔레다드가 그 창문 가운데 한 곳에서 내다보며 그제야 그를 알아보고, 그동안 감감무소식이더니 무슨 일로 찾아왔을까 궁금해하고 있을 것이다. 사실 마티아 역시 그 이유가 궁금했다.

45

알리체는 마티아가 그렇게 일찍 올 거라고는 생각하지 못했다. 그녀는 겨우 닷새 전에 편지를 보냈고, 그가 아직 편지를 읽지 않았을 수도 있었다. 어쨌든 마티아는 전화부터 걸테고 그러면 카페 같은 데로 약속을 잡아 차분히 소식을 전할 수 있을 거라고 생각했다.

어떤 신호라도 오길 기다리며 하루하루를 보냈다. 알리체는 일에 집중은 못했지만 생기를 되찾았다. 크로차는 이유를 물어볼 엄두는 내지 못했지만 마음속으로는 자신이 조금은 기여했을 거라고 생각했다. 파비오가 떠난 빈자리는 사춘기의 흥분 같은 것으로 채워졌다. 알리체는 마티아와 만나는 장면을 그렸다 지웠다 하며, 세세한 부분을 수정하고 여러 각도에서 그 장면을 연구했다. 상상이 아니라 기억처럼 느껴질 정도로 알리체는 그 생각에 매달렸다.

하루는 시립도서관을 찾아갔다. 한 번도 발을 들여놓은 적이 없었기 때문에 이용증을 만들어야 했다. 그녀는 미켈라의 실종을 다룬 신문 기사를 찾아봤다. 기사를 읽는 동안, 그리 멀지 않은 곳에서 그때의 비극이 재연되고 있는 듯한 느낌이 들어 심란해졌다. 1면에 실린 미켈라의 사진을 보자 그녀의 확신은 흔들리고 말았다. 놀란 얼굴로 렌즈 위쪽의 한 지점을 쳐다보고 있는 사진이었는데, 촬영하는 사람의 이마를 보고 있는 것 같았다. 그 사진은 병원에서 본 여자에 대한 기억을 단번에 쫓아냈다. 사진의 이미지가 여자의 얼굴 위로 겹치면서 동일인이라 믿기에는 너무나 분명한 차이를 드러냈다. 처음으로 알리체는 그 모든 게 착각이거나 너무 오래 끌어온 망상이 아닐까 하는 의문을 품었다. 그녀는 손으로 사진을 가리고, 단호히 자신의 의혹을 떨쳐내면서 기사를 계속 읽어나갔다.

미켈라의 시신은 영영 발견되지 않았다. 옷가지나 발자국조차 남지 않았다. 실종 이후 몇 달 동안 유괴 수사가 계속됐지만 어떤 실마리도 찾지 못했다. 어느 누구도 수사선상에 오르지 않았다. 뉴스는 신문 안쪽 지면의 가장자리로 옮겨가다 결국 완전히 모습을 감췄다.

초인종이 울렸을 때 알리체는 머리를 말리고 있었다. 그녀는 수건으로 머리카락을 말아올리며 누군지 묻지도 않고 별생각 없이 문을 열었다. 그녀는 맨발이었다. 마티아의 눈에 처음 들어온 것도 그녀의 맨발이었다. 엄지발가락보다 조금 더 긴 둘째발가락은 앞으로 튀어나올 것 같고 넷째발가락은 안으로 구부러져 보이지 않는 그녀의 발. 그가 익히 아는 그런 세세한 것들이 말이나 상황보다 더 오랫동안 머릿속에 남아 있었다.

"안녕." 그가 눈을 들어 말했다.

알리체는 한 걸음 뒤로 물러나 본능적으로 샤워 가운의 앞자락을 여몄다. 심장이 몸밖으로 튀어나올지도 모른다는 듯이. 그런 뒤 다시 마티아를 뚫어져라 보면서 그의 출현이 현실임을 깨달았다. 알리체는 지나치게 가벼운 몸을 기대며 그를 포옹했다. 그는 오른팔로 그녀의 몸을 감쌌지만 무례하게 느껴질까봐 손가락은 위로 들고 있었다.

"금방 올게. 잠깐만 기다려." 그녀는 재빨리 말하고 그를 밖에 세워둔 채 안으로 들어가 문을 닫았다. 옷을 갈아입고 화장을 하고 그가 알아차리기 전에 눈물을 훔칠 혼자만의 시간이 잠시 필요했다.

마티아는 문을 등지고 현관 계단에 앉았다. 그리고 아담한 정원을 관찰했다. 낮은 울타리가 길을 따라 거의 완벽한 대칭을 이루며 양쪽으로 늘어서 있었고, 울타리가 만들어내는 물결무늬는 사인곡선이 절반쯤에서 끊긴 모양으로 끝났다. 문 열리는 소리에 고개를 돌리는데 아주 잠시 모든 게 예전 그대로인 듯 느껴졌다. 마티아가 밖에서 알리체를 기다리면 알리체는 예쁘게 차려입고 미소 지으며 나오고 둘은 갈 곳도 정하지 않은 채 함께 길을 걷던 그때처럼.

알리체가 허리를 숙여 마티아의 뺨에 키스했다. 뻣뻣한 다리 때문에 그의 곁에 앉기 위해서는 그의 어깨를 붙잡아야 했다. 그가 그녀에게 자리를 내줬다. 등을 기댈 데가 없어서 두 사람 다 몸을 조금 앞으로 숙였다.

"빨리 왔네." 알리체가 말했다.

"편지가 어제 아침에 도착했어."

"그럼 그렇게 먼 게 아니구나."

마티아가 고개를 떨궜다. 알리체는 그의 오른손을 잡고 손바닥을 펼쳤다. 그는 저항하지 않았다. 그녀 앞에서는 흉터를 부끄러워할 필요가 없었다.

처음 보는 흉터들이 있었다. 하얀 흉터가 얽혀 있는 한가운데 색이 더 진한 선들이었다. 불에 그을린 것처럼 둥근 헤일로 모양의 흉터 외에는 그렇게 최근 것으로 보이는 건 없었다. 알리체가 검지 끝으로 그 윤곽을 더듬었고, 마티아는 딱딱하게 아문 표피 위로 지나가는 그녀의 손길을 느꼈다. 마티아는 알리체가 찬찬히 살펴보게 내버려뒀다. 그의 손은 말보다 훨씬 더 많은 것을 이야기하기 때문이었다.

"중요한 일인 것 같던데." 마티아가 말했다.

"정말로 그래."

그는 계속 이야기하라는 듯 고개를 돌려 그녀를 보았다.

"아직은 아냐." 알리체가 말했다. "우선 여기서 나가자."

마티아가 먼저 일어서서 예전처럼 손을 내밀어 그녀를 부축했다. 그들은 길가로 나섰다. 말과 생각이 서로를 상쇄하는 것처럼 두 가지를 동시에 하기가 어려웠다.

"여기야." 알리체가 말했다.

그녀가 진녹색 스테이션왜건의 도난경보기를 껐다. 마티아는 그녀 혼자 타기에는 차가 너무 크다고 생각했다.

"네가 운전할래?" 알리체가 농담하듯 물었다.

"할 줄 몰라."

"농담이지?"

마티아가 어깨를 으쓱했다. 차 지붕 위로 두 사람의 시선이 오갔다. 그들 사이에 있는 차체 위로 햇살이 쏟아져 눈이 부셨다.

"거기서는 운전할 일이 없어." 그가 변명했다.

알리체가 열쇠로 턱을 두드리며 생각에 잠겼다.

"음, 어디로 갈지 정했어." 아이디어가 떠오르면 돌발적으로 선언하던 어릴 때와 똑같이 그녀가 말했다.

두 사람은 자동차에 올랐다. 마티아 앞에 있는 글러브박스 위에는 옆면이 보이도록 나란히 세워둔 CD 두 장 외엔 아무것도 없었다. 무소륵스키의 〈전람회의 그림〉과 슈베르트의 소나타 모음집이었다.

"클래식 들어?"

알리체가 CD를 힐끗 보고는 코를 찡그렸다.

"아냐. 남편 거야. 난 그런 음악 들으면 졸려."

마티아의 몸이 안전벨트에 꽉 끼었다. 안전벨트가 그보다 키가 작은 사람에게 맞춰져 있어서 어깨 한쪽이 쓸렸다. 아마 남편이 운전을 하고 알리체가 이 자리에 앉을 것이다. 그리고 함께 클래식을 들을 것이다. 마티아는 그 모습을 상상해봤다. 그러다 사이드미러에 적힌 글귀에 눈길이 갔다. 거울에 비치는 것보다 사물이 더 가까이 있습니다.

"파비오라고 했지?" 그가 물었다. 대답은 이미 알고 있었지만, 그 매듭을 풀고 싶었다. 뒷자리에서 그들을 유심히 지켜보고 있는 말없는 훼방꾼을 사라지게 하고 싶었다. 그러지 않으면 둘 사이의 대화가 마치 암초에 부딪힌 배처럼 곧장 좌초될 것만 같았다.

알리체는 마지못해 고개를 끄덕였다. 만약 마티아에게 아이에 대해서, 말다툼에 대해서 그리고 여전히 주방 구석구석에 끼어 있는 쌀알에 대해서 일일이 말한다면 그는 자신을 부른 게 그 때문이라고 생각할 것이다. 미켈라 이야기는 믿지 않을 것이고, 남편과의 사이가 나빠진 그녀가 외로움을 이기지 못하고 과거의 관계를 다시 이어보려 한다고 생각할지도 모른다. 알리체는 잠시 자신이 정말로 그런 게 아닌지 생각해봤다.

"아이는 있어?"

"아니, 없어."

"아니, 왜……"

"그 얘긴 그만하자." 알리체가 말을 가로막았다.

마티아는 입을 다물었지만 사과는 하지 않았다.

"너는?" 잠시 후 알리체가 물었다. 대답을 듣기가 두려워 망설였는데 저절로 말이 튀어나와 스스로도 깜짝 놀랐다.

"없어." 마티아가 대답했다.

"아이가 없어?"

"없어……" 그는 아무도 없다고 말하고 싶었다. "결혼 안 했어."

알리체는 고개를 끄덕였다.

"여전히 귀한 몸이시군." 그녀가 고개를 돌려 미소 지었다.

마티아는 당황해서 고개를 저었고, 곧 그녀의 말이 무슨 뜻인지 이해했다.

그들은 도시 외곽에 있는 대규모 주차구역의 텅 빈 주차장에 도착했다. 그곳에는 아무도 살지 않는 거대한 조립식 건물이 다닥다닥 붙어 있었다. 비닐에 덮인 목재 팰릿 세 더미가 셔터를 내린 문 옆 회색 벽 앞에 쌓여 있었다. 그 위 지붕에는 불 꺼진 간판이 달려 있었는데, 밤이 되면 밝은 오렌지색으로 환하게 빛날 것이다.

알리체가 주차장 한복판에 차를 세우고 시동을 껐다.

"이제 네 차례야." 그녀가 차문을 열면서 말했다.

"뭐?"

"네가 운전해."

"안 돼. 그냥 가자."

알리체는 눈을 가늘게 뜨고 입을 삐죽 내민 채 잊고 있던 애정 같은 것을 지금 막 다시 찾아낸 것처럼 그를 유심히 바라보았다.

"넌 별로 달라진 게 없네." 그녀가 말했다. 비난하는 투는 아니었다. 오히려 기분이 좋아진 듯했다.

"너도 그래." 마티아가 대꾸했다.

그러고는 어깨를 으쓱했다.

"좋아. 한번 해보지 뭐." 그가 말했다.

알리체가 웃었다. 그들은 자리를 바꾸기 위해 차에서 내렸고, 마티아는 자신이 마지못해 하고 있다는 티를 내려고 일부러 과장되게 터덜터덜 걸었다. 처음으로 역할을 맞바꾸면서 두 사람 다 지금 보이는 서로의 옆모습이 진짜라고 생각했다.

"정말 아무것도 몰라." 마티아는 두 팔을 어디에 둬야 할지 모른다는 듯 핸들 위에 엉거주춤 들고 있었다.

"정말 아무것도? 운전을 한 번도 안 해봤어?"

"응, 진짜로."

"그럼 우리 잘못 앉았는데."

알리체가 마티아 쪽으로 몸을 숙였다. 순간 마티아는 지구의 중심을 향해 수직으로 떨어지는 그녀의 머리카락에 눈길이 갔다. 배 위로 살짝 올라간 티셔츠 아래로 오래전 가까이에서 본 문신의 끄트머리가 보였다.

"너 왜 이렇게 말랐어." 그가 무심코 말했다. 마치 소리 내어 생각하는 것처럼.

알리체는 갑자기 고개를 돌려 그를 보더니 이내 아무렇지 않은 척했다.

"아냐." 그녀가 어깨를 으쓱했다. "옛날하고 똑같아."

그녀는 몸을 살짝 뒤로 빼며 세 개의 페달을 가리켰다.

"자, 이건 클러치, 이건 브레이크 그리고 액셀이야. 왼발은 클러치를 밟을 때만 쓰고 오른발로 나머지 둘을 밟는 거야."

마티아는 가까이 있는 그녀의 몸과 은은한 샤워젤 향기에 살짝 정신이 팔린 채 고개를 끄덕였다.

"기어는 알지? 여기 표시돼 있어. 1단, 2단, 3단. 알겠지?

426

우선 이 정도면 충분할 거야." 알리체는 설명을 계속했다. "기어를 바꿀 때는 클러치를 밟았다가 천천히 발을 떼. 출발할 때도 마찬가지야. 클러치를 밟았다가 천천히 발을 떼면서 동시에 액셀을 밟아주면 돼. 준비됐어?"

"준비 안 됐는데?" 마티아가 그녀의 말투를 흉내냈다.

그는 집중하려 노력했다. 시험을 볼 때처럼 긴장했다. 세월이 흐르면서 그는 질서정연하고 무한한 수학의 세계를 벗어나면 자신이 할 줄 아는 게 아무것도 없다고 확신하게 되었다. 보통 사람들은 나이가 들면서 자신감을 얻지만 그는 자신감의 총량이 한정되어 있는 것처럼 오히려 자신감을 점차 잃어갔다.

그는 차에서 구석에 쌓인 목재 팰릿까지 거리를 가늠해봤다. 적어도 50미터는 돼 보였다. 전속력으로 달린다 해도 브레이크를 밟을 시간은 있을 것이다. 차 열쇠를 너무 오래 돌린 탓에 모터에서 굉음이 났다. 그는 살며시 클러치에서 발을 뗐지만 액셀을 제대로 밟지 못했는지 엔진이 꺼져버렸다. 알리체가 웃음을 터뜨렸다.

"거의 다 됐는데. 조금만 더 정확하게 하면 돼."

마티아는 심호흡을 하고 다시 시도했다. 차가 덜컹하며 출

발하자 알리체가 클러치를 밟고 기어를 2단으로 넣으라고
했다. 마티아는 기어를 바꾸고 액셀을 더 세게 밟았다. 차가
곧장 앞으로 나아갔고 건물 벽까지 10여 미터 정도 남았을
때 그는 핸들을 돌리기로 결정했다. 180도로 회전하면서 둘
다 몸이 한쪽으로 쏠렸고 출발 지점으로 돌아왔다.

알리체가 손뼉을 치며 말했다.

"봤지?"

마티아는 차를 돌려 처음과 똑같이 한 바퀴 돌았다. 마치
마음껏 달릴 수 있는 드넓은 땅을 놔두고 좁은 타원형 코스
를 도는 것밖에 모르는 것처럼.

"계속 직진해." 알리체가 말했다. "도로로 나가자."

"미쳤어?"

"그냥 가, 아무도 없잖아. 그리고 배울 건 다 배웠어."

마티아는 핸들을 고쳐 잡았다. 플라스틱 핸들을 잡은 손에
서 땀이 났고 아드레날린이 근육을 자극하는 게 느껴졌다.
이런 기분은 아주 오랜만인 것 같았다. 그는 자신이 윤활유
를 친 기계와 피스톤이 장착된 차를 운전하고 있다는 데, 그
리고 알리체가 이렇게 가까이서 어떻게 할지 일러주고 있다
는 데 생각이 미쳤다. 자신이 그토록 자주 상상해왔던 상황

이었다. 물론 현실이 완전히 똑같지는 않았지만, 이번만은 불완전함에 대해 눈감아보기로 결심했다.

"오케이." 그가 말했다.

그는 주차장 출구로 차를 몰았다. 도로 진입로에 다다르자 그는 앞창으로 몸을 숙여 좌우를 살폈다. 그런 다음 조심스럽게 핸들을 돌렸고, 어린애들이 운전하는 시늉을 할 때처럼 온몸으로 차의 움직임을 따라갔다.

그가 도로 위를 달리고 있었다. 등뒤에서 태양이 뉘엿뉘엿 저물며 백미러에 빛을 반사해 눈이 부셨다. 계기판은 시속 30킬로미터를 가리켰고, 차체는 잘 길들여진 동물처럼 뜨거운 숨을 내뿜으며 진동했다.

"잘 가고 있는 거야?" 그가 물었다.

"아주 좋아. 이제 기어를 3단으로 올려."

도로는 몇백 미터쯤 뻗어 있었고 마티아는 앞만 바라보았다. 알리체는 그 순간을 기회 삼아 가까이서 차분히 그를 관찰했다. 그는 더이상 사진 속의 마티아가 아니었다. 얼굴 피부는 더이상 비단결처럼 매끈하지도 탄력 있지도 않았다. 아직은 가느다랗지만 주름도 이마에 생겨나고 있었다. 면도를 했음에도 새 수염이 벌써 뺨 아래 검은 점처럼 비죽비죽 자라 있었다. 어렸을 때와 달리, 크고 단단한 몸집은 이제 그녀가 그의 영역을 침범할 여지를 주지 않을 것처럼 보였다. 어쩌면 그녀 스스로 그럴 자격이 없다고, 이제 그럴 수 없다고 느끼는 건지도 몰랐다.

병원에서 본 여자와 닮은 데가 있는지 찾아봤지만, 마티아가 눈앞에 있는 지금, 그 여자에 관한 기억은 가물가물했다. 일치한다고 여겼던 세세한 부분 전부가 이제는 그다지 확실해 보이지 않았다. 어쩌면 여자의 머리카락은 더 밝은 색이었는지도 모른다. 양 입가에 보조개가 있었는지, 눈썹 끝부분에 이렇게 숱이 많았는지 기억나지 않았다. 그녀는 처음으로 자신이 정말 착각한 게 아닐까 두려워졌다.

어떻게 설명하지? 그녀는 알 수 없었다.

침묵이 너무 길어져서인지 아니면 알리체가 보고 있는 걸 의식해서인지 마티아가 헛기침을 했다. 알리체는 언덕 쪽으로 시선을 돌렸다.

"내가 처음으로 차를 몰고 널 데리러 갔던 날 기억나? 발급받은 지 한 시간도 안 된 면허증을 가지고 말이야." 알리체가 말했다.

"그럼. 하고많은 기니피그 중 하필 나를 골랐잖아."

알리체는 그 말이 틀렸다고 생각했다. 그녀가 아는 모든 사람 중에서 그를 선택한 게 아니었다. 진실을 말하자면 마티아 외에는 아무도 생각하지 않았다.

"너, 손잡이를 절대 놓지 않았잖아. 그러곤 나보고 천천히 가, 천천히 가, 그랬지."

알리체는 어렸을 때처럼 새된 목소리로 그를 놀렸다. 마티아는 마지못해 따라갔던 기억을 떠올렸다. 그날 오후에는 해석학 시험공부를 해야 했지만 결국 그녀의 뜻에 굴복하고 말았다. 알리체에게는 몹시 중요한 일인 것 같았으니까. 그 오후 내내 그는 머릿속으로 공부 시간을 얼마나 허비하고 있는지 계산하고 또 계산했다. 지금 생각해보니 그런 자신이 바보 같았다. 지금 여기가 아닌 다른 곳에 있길 바라며 시간을 허비한 것을 후회하는 다른 많은 사람처럼, 자신이 어리석었다고 느꼈다.

"주차장에서 두 칸이 나란히 빈 곳을 찾느라 삼십 분 넘게 빙빙 돌았잖아. 네가 한 칸만 있는 곳에는 주차할 수 없었으니까." 생각을 떨쳐내기 위해 그가 말했다.

"그건 그냥 핑계였어. 널 잡아두려고." 알리체가 대답했다. "하지만 넌 정말 한 번도 이해해주지 않았지."

그 말에 풀려난 망령들을 억누르기 위해 두 사람 모두 웃었다.

"어디로 갈까?" 마티아가 다시 진지한 얼굴로 물었다.

"여기서 돌아."

"좋아. 이걸로 끝내자. 네 자리를 돌려줄게."

마티아는 알리체가 지시할 필요도 없이 기어를 3단에서 2단으로 바꾸고 수월하게 커브를 돌았다. 그는 다른 길보다 더 좁고 중앙선도 없는 그늘진 길로 들어섰다. 창문도 없이 똑같이 생긴 큰 건물들이 양편에 압박하듯 늘어서 있었다.

"저기서 세울게." 마티아가 말했다.

그곳에 거의 다다랐을 때 앞쪽 모퉁이에서 견인 트럭이 불쑥 나타나더니 길을 다 차지한 채 다가왔다.

마티아는 두 손으로 핸들을 꼭 쥐었다. 브레이크를 밟을 만한 운전 감각이 없는 그의 오른발이 대신 액셀을 더 세게 밟았다. 알리체의 성한 다리가 있지도 않은 페달을 찾았다. 트럭은 속도를 늦추지 않았다. 조금 옆으로 비키기만 했다.

"못 지나가겠어." 마티아가 말했다. "못 지나가."

"브레이크 밟아." 알리체가 침착하려고 애쓰면서 말했다.

마티아는 아무 생각도 나지 않았다. 트럭은 바로 몇 미터 앞까지 와서야 속도를 늦추기 시작했다. 발이 액셀 위에 달라붙은 것 같았고, 어떻게 하면 발을 옆으로 옮길 수 있는지 알 수 없었다. 그는 언젠가 자전거를 타고 경사진 자전거도로를 내려가다가 길 끝에서 자동차 출입을 막는 말뚝 사이를 빠져나가기 위해 부랴부랴 속도를 늦춰야 했던 일을 떠올렸다. 그때 미켈라는 속도를 늦추지 않았고, 보조바퀴 달린 자전거를 타고 있다는 걸 의식하지 않은 채 그 사이를 지나가곤 했다. 그럼에도 미켈라의 자전거 핸들이 말뚝에 부딪힌 적은 한 번도 없었다.

그가 오른쪽으로 핸들을 돌렸다. 차는 금방이라도 벽에 충돌할 것 같았다.

"브레이크 밟아." 알리체가 다시 말했다. "가운데 페달."

그가 두 발로 힘껏 페달을 밟았다. 차가 급격히 앞으로 쏠리면서 벽 바로 앞에서 멈춰 섰다.

그 반동으로 마티아는 왼쪽 차창에 머리를 부딪혔지만 안전벨트 덕분에 튕겨나가지는 않았다. 알리체는 가녀린 나뭇가지처럼 몸이 앞으로 기울었지만 손잡이를 힘껏 붙잡고 있었다. 기다랗고 빨간 부속 기구 두 개가 달린 트럭이 그들 옆을 유유히 지나갔다.

무언가 경이로운 사건을 되새기듯 두 사람은 한동안 침묵 속에 있었다. 곧 알리체가 웃음을 터뜨렸다. 마티아는 눈이 따끔거렸다. 목의 신경도 갑자기 부풀어올라 금방이라도 터져버릴 것처럼 고동쳤다.

"다쳤어?" 알리체가 물었다. 웃음을 참기 어려운 듯했다.

너무 놀라 얼이 빠진 마티아는 아무 대답이 없었다. 알리체는 진지해지려고 노력했다.

"어디 봐." 그녀가 말했다.

알리체가 안전벨트를 풀고 마티아 쪽으로 몸을 기울였다. 마티아는 아찔할 정도로 가까이 있는 벽을 뚫어지게 보고 있었다. 비탄성이라는 말이 떠올랐다. 지금 자신의 다리를 후들거리게 하는 운동에너지가 충돌중 어떤 형태로 일시에 분출됐을지 생각했다.

마티아는 비로소 브레이크에서 발을 뗐다. 그러자 감지하기 어려울 만큼 살짝 경사진 도로를 따라 차가 약간 뒤로 미끄러졌다. 알리체가 핸드브레이크를 당겼다.

"괜찮은 것 같네." 그녀가 마티아의 이마를 만지며 말했다.

그는 눈을 감고 고개를 끄덕였다. 눈물을 흘리지 않기 위해 온 신경을 집중했다.

"집에 가자. 잠깐 눕는 게 좋겠어." 두 사람의 집인 양 알
리체가 말했다.

"부모님 집으로 돌아가야 해." 마티아가 대꾸했다. 하지만
자신 없는 목소리였다.

"나중에 데려다줄게. 지금 넌 쉬어야 해."

"하지만⋯⋯"

"그만 됐어."

그들은 자리를 바꾸기 위해 차에서 내렸다. 하늘에는 온통
어둠이 내려앉았고 지평선 위에 빛이 한 줄로 가늘게 깔려
있었지만 무력했다.

돌아가는 길에 둘은 한마디도 하지 않았다. 마티아는 눈을
감고 오른손 엄지와 중지로 관자놀이를 누르고 있었다. 그는
사이드미러에 적힌 글귀를 읽고 또 읽었다. 거울에 비치는 것
보다 사물이 더 가까이 있습니다. 마티아는 알베르토에게 떠넘
기고 온 논문에 대해 생각했다. 틀림없이 엉망으로 해놓을
것이다. 가능한 한 빨리 돌아가야 했다. 강의도 준비해야 했
다. 그리고 조용한 그의 아파트가 그를 기다리고 있었다.

알리체는 이따금 도로에서 시선을 돌려 걱정스러운 얼굴

로 그를 보았다. 그녀는 최대한 부드럽게 운전하려 했다. 음악을 트는 게 좋지 않을까 생각했지만 마티아가 어떤 음악을 좋아하는지 몰랐다. 그에 대해서 아는 게 아무것도 없었다.

집 앞에 도착한 후 알리체는 마티아가 차에서 내리는 걸 도와주려 했지만 그는 혼자 힘으로 내렸다. 그녀가 차문을 열었을 때 마티아는 그만 휘청거렸다. 알리체는 민첩하면서도 조심스럽게 움직였다. 이 모든 게 자신의 짓궂은 장난 때문에 뜻밖에 벌어진 일이었기에 그녀는 책임감을 느꼈다.

알리체는 소파에 자리를 마련하려고 쿠션을 바닥에 내팽개쳤다. 그런 다음 마티아에게 누우라고 말했고 그는 순순히 따랐다. 알리체는 마티아를 위해 홍차든 캐모마일차든 거실로 돌아올 때 손에 들고 올 수 있는 건 뭐든 만들기 위해 주방으로 갔다.

물이 끓길 기다리는 동안 그녀는 미친듯이 주방을 치웠다. 이따금 고개를 돌려 거실 쪽을 보았지만 밝은 파란색의 단조로운 소파 뒷면만 보일 뿐이었다.

이제 곧 마티아가 자신을 부른 이유를 물을 것이다. 더는 피할 수 없었다. 하지만 지금 그녀는 아무것도 확신할 수 없었다. 마티아와 닮은 여자를 보았다. 그래서 그게 뭐? 세상에 닮은 사람은 많다. 온통 엉터리에 무의미한 우연투성이였다. 그 여자와 말을 해본 것도 아니었다. 어디서 그 여자를 찾을지조차 알기 힘들 것 같았다. 이제 와서, 그것도 옆방에 마티아를 두고 이런 생각을 하다니 어처구니없고 잔인해 보였다.

다만 확실한 건 마티아가 돌아왔다는 것, 그리고 이제 다시는 그를 보내고 싶지 않다는 것이었다.

싱크대에 쌓여 있던 이미 깨끗한 접시들을 다시 헹구고 가스레인지 위에 있던 냄비 안의 물을 쏟아 비웠다. 쌀 한 줌이 몇 주 전부터 냄비 바닥에 가라앉아 있었다. 물 밑의 쌀알은 실제보다 더 커 보였다.

알리체는 끓는 물을 잔에 따르고 티백을 넣었다. 짙은 빛깔의 찻물이 우러나와 점점 퍼졌다. 설탕을 두 스푼 듬뿍 넣어 저은 다음 거실로 가져갔다.

마티아의 손은 이제 감긴 두 눈에서 목으로 흘러내려와 있었다. 얼굴의 긴장은 풀려 있었고 표정에는 어떤 감정도 담겨 있지 않았다. 가슴은 규칙적으로 오르락내리락하고, 코로 숨쉬고 있었다.

알리체는 그에게 시선을 고정한 채 유리 탁자 위에 잔을 내려놓고 옆에 있는 소파에 앉았다. 마티아의 숨소리에 마음이 평온해졌다. 그녀의 귀에는 그 소리밖에 들리지 않았다.

막연한 곳으로 미친듯이 내달리던 생각이 비로소 속도를 늦추며 서서히 일관성을 되찾는 게 느껴졌다. 그녀는 다른 차원에서 뚝 떨어진 것처럼 거실에 앉아 있는 자신을 보았다.

그녀 앞에는 한때 알았던, 그러나 지금은 딴사람이 되어버린 한 남자가 있었다. 어쩌면 그와 병원에서 본 여자는 실제로 닮았는지도 몰랐다. 하지만 똑같지는 않았다. 그건 확실했다. 그녀의 소파에서 잠든 마티아는 이제 더는, 산에서 후끈하고 심란한 바람이 불어오던 그날 밤 엘리베이터 문 너머로 사라졌던 그 소년이 아니었다. 그녀의 머릿속에 깊숙이 뿌리내린 채 다른 어떤 것도 들어오지 못하게 가로막던 그 마티아가 아니었다.

아니, 그녀 앞에는 한때 끔찍한 심연 가장자리에, 이미 한 번 무너져내렸던 땅 위에 삶을 일궜으나 결국 그곳을 떠나 알리체가 모르는 사람들 속에서 꿈을 이룬 한 남자가 있었다. 기억에 대한 기억만큼 희미한 한낱 의혹을 풀기 위해 그녀는 당장이라도 모든 걸 허물어뜨리고 땅속에 묻혀 있던 두려움을 밖으로 끌어낼 준비가 되어 있었다.

하지만 마티아가 눈을 감고 그녀와 상관없는 생각에 빠진 채 눈앞에 있는 지금, 불현듯 모든 게 분명해졌다. 그녀가 그를 찾은 건 그가 필요해서, 층계참에 그를 두고 떠나온 그날 밤부터 자신의 삶이 수렁에 빠져 옴짝달싹 못해서였다. 마티아는 알리체가 수년간 마음속에 안고 있던 헝클어진 실타래의 실마리였다. 만약 그것을 풀 기회가 아직 있다면, 느슨하게 할 길이 있다면, 그건 바로 지금 그녀가 손가락 사이에 쥐고 있는 이 실마리를 당기는 것이었다.

오랜 기다림이 끝나가는 듯한, 무언가 해결되고 있는 듯한 느낌이 들었다. 그녀는 그 예감을 팔과 다리에서 느꼈다. 심지어 아무 감각도 없는 다친 다리에서도.

자리에서 일어난 건 자연스럽게 나온 행동이었다. 그것이 옳은 일인지 아닌지, 자신에게 그럴 자격이 있는지조차 생각하지 않았다. 그저 지나간 다른 시간에서 미적미적 끌려와 미끄러져온 시간일 뿐이었다. 미래와 과거에 대해 아무것도 알지 못하는, 확신에 찬 행동이었다.

알리체는 마티아에게 몸을 숙여 그의 입술에 키스했다. 그를 깨울까 걱정하지 않았다. 깨어 있는 사람에게 하듯 키스했다. 표시를 남기기 위한 것처럼 그의 다문 입술을 지그시 눌렀다. 마티아는 움찔했지만 눈을 뜨지는 않았다. 그는 입술을 열고 그녀가 하는 대로 따랐다. 그는 깨어 있었다.

첫 키스와는 달랐다. 이제 그들의 얼굴 근육은 보다 자각적이고 좀더 단단해졌다. 그들은 전과 달리 남자와 여자의 역할이 분명한 공격성을 갈구하고 있었다. 알리체는 마치 자기 몸의 나머지 부분을 잊은 것처럼 소파로 올라가지 않고 그에게 몸만 숙이고 있었다.

키스는 몇 분간 길게 이어졌다. 현실이 그들의 맞닿은 입술 사이의 빈틈으로 비집고 들어와 지금 무슨 일이 벌어지고 있는지 생각하도록 두 사람을 부추기기에 충분한 시간이었다.

두 사람은 서로에게서 떨어졌다. 마티아는 반사적으로 서둘러 미소를 띠었고, 알리체는 정말로 키스를 한 건지 확인하듯 젖은 입술에 손가락을 가져갔다. 그들에겐 결정을 내릴 일이 있었고 그건 말없이 이루어져야 했다. 둘은 서로를 바라보았지만 벌써 일체감을 상실한 듯 시선이 엇갈렸다.

마티아가 머뭇머뭇 소파에서 일어났다.

"잠깐 다녀올게……" 그가 복도를 가리키며 말했다.

"그래. 맨 끝에 있는 문이야."

그가 거실을 나갔다. 여전히 신발을 신고 있는 그의 발소리가 마치 땅속으로 사라져가는 것처럼 들렸다.

마티아는 욕실로 들어가 문을 잠그고 손으로 세면대를 짚었다. 너무 놀란 나머지 정신이 혼미했다. 아까 머리를 부딪혀 살짝 부어오른 자리가 서서히 커지고 있었다.

그는 수도꼭지를 틀고 찬물에 손목을 댔다. 마티아의 손에서 흘러나오는 피를 멈추려고 아버지가 하던 방법이었다. 흐르는 물을 바라볼 때마다 미켈라가 생각났다. 잠을 자거나 숨쉬는 걸 떠올리는 것처럼 아무런 고통이 없는 생각이었다. 여동생은 물살에 부서져 천천히 강물 속에 녹아들었고, 그 물을 따라 그의 안으로 돌아왔다. 미켈라의 분자들이 그의 몸 곳곳에 퍼져 있었다.

혈액순환이 다시 활발해지는 걸 느꼈다. 지금은 좀전의 키스에 대해서, 그리고 그토록 오랜 시간이 흐른 뒤에야 자신이 찾으러 온 게 무엇인지에 대해서 생각해야 했다. 왜 알리체의 입술을 받아들였는지, 왜 그녀에게서 떨어져 여기에 숨고 싶어졌는지에 대해서도.

알리체가 거실에서 그를 기다리고 있었다. 그들을 갈라놓고 있는 건 두 겹으로 쌓인 벽돌과 몇 센티미터 두께의 회칠 그리고 구 년간의 침묵이었다.

진실은 또 한번 그녀가 먼저 행동했다는 것, 그 자신도 그러길 간절히 원하고 있을 때 돌아오도록 그녀가 손을 내밀었다는 것이었다. 그녀는 그에게 여기로 오라는 편지를 보냈고, 그는 스프링처럼 곧바로 날아왔다. 한 통의 편지가 그들을 헤어지게 했듯이 또다른 편지가 그들을 다시 만나게 했다.

마티아는 어떻게 하면 되는지 알았다. 밖으로 나가서 다시 소파에 앉은 다음 알리체의 손을 잡고 말해야 한다. 그때 떠나지 말았어야 했다고. 그리고 한번 더 그녀에게 키스해야 한다. 너무 익숙해져서 그것 없이는 살 수 없어질 때까지. 영화에서 그리고 현실에서 매일같이 일어나는 일이었다. 사람들은 자신이 원하는 일을 했고, 드물게 찾아오는 우연한 기회를 꽉 움켜쥐고 하나의 삶을 일궜다. 그는 알리체에게 가서 자신이 지금 여기 있다고 말하거나 아니면 이 집을 나가 첫 비행기를 타고 다시 사라져서 지난 오랜 세월 동안 동면했던 곳으로 돌아가야 했다.

이제야 그는 깨달았다. 선택은 한순간이지만 그 결과는 남은 생애 내내 지속된다는 걸. 미켈라 일이 그랬고 알리체 일도 그랬다. 그리고 지금 다시 알리체와 그런 순간을 맞았다. 이번엔 잘 알고 있었다. 지금, 여기, 그런 순간이 왔고 더는 실수하고 싶지 않다는 걸.

마티아는 흐르는 물 아래 손을 모았다. 두 손에 물을 받아 얼굴을 씻었다. 세면대에 허리를 숙인 채 고개는 들지 않고 팔만 뻗어 수건을 집었다. 얼굴을 닦고 수건을 떼는데, 거울을 통해 수건 뒷면에 진한 얼룩 같은 게 보였다. 수건을 돌려보니 귀퉁이에서 몇 센티미터 떨어진 곳에 이등분선에 맞게 대칭으로 이니셜 FR이 수놓여 있었다.

마티아는 고개를 돌려 그것과 똑같은 수건을 찾았다. 같은 위치에 ADR이라는 글자가 수놓여 있었다.

그는 좀더 주의깊게 주위를 둘러보았다. 수돗물의 석회가 얼룩진 컵에는 칫솔이 한 개만 꽂혀 있고, 그 옆에는 크림, 빨간 고무줄, 머리카락이 엉킨 빗, 손톱깎이 같은 것들이 뒤섞인 바구니가 있었다. 거울 밑 선반에는 면도기가 있었는데, 면도날 밑에 검은 수염의 잔재가 아직까지 끼어 있었다.

그는 아까 거실로 가기 전에 잠깐 알리체와 함께 침대에 앉아 그녀의 방을 둘러보았다. 서가 위에서 뭔가를 발견한 그는 "저거 내가 사준 거네"라고 말했다. 그 선물들은 지도 위에 여정을 표시한 작은 깃발처럼 그들이 함께 지나온 길의 증거였다. 크리스마스와 생일의 흔적. 어떤 것은 여전히 기억에 선명했다. 카운팅 크로스의 첫 음반, 투명 액체 속에서 형형색색의 유리구가 출렁이는 갈릴레오 온도계 그리고 수학사 책 한 권. 알리체는 그 책을 시큰둥하게 받았지만 결국 다 읽었다. 그녀는 눈에 띄는 곳에 그것들을 소중하게 보관하고 있었고, 마티아는 그녀가 그것들을 항상 눈앞에 두고 있었다는 걸 분명히 알 수 있었다. 마티아는 알았다. 그는 그 모든 걸 알면서도 그 자리에서 꼼짝할 수 없었다. 알리체의 부름에 응했다가는 덫에 걸려 그 안에서 영원히 빠져나올 수 없을 것 같았다. 그는 때를 놓치기를 기다리면서 덤덤하고 조용히 거기 머물렀다.

지금 그의 주위에는 그가 알아볼 수 있는 물건이 단 하나도 없었다. 그는 거울에 비친 자신의 모습을 바라보았다. 형클어진 머리와 살짝 말린 셔츠 깃. 그 순간 깨달았다. 부모님 집이 그랬던 것처럼 이 집에도, 이 욕실에도, 그 어디에도 그와 관련된 건 이제 아무것도 없다는 것을.

마티아는 자신이 내린 결정에 적응하기 위해 그 순간이 끝났다고 느껴질 때까지 그대로 있었다. 그리고 조심스럽게 수건을 개어놓고, 손등으로 세면대 가장자리에 떨어뜨린 물방울을 닦았다.

마티아는 욕실에서 나와 복도를 따라 걸어간 다음 거실 입구에 멈춰 섰다.

"이제 가야겠어." 그가 말했다.

"그래." 알리체가 대답했다. 미리 준비해뒀던 것처럼.

쿠션은 다시 소파 위 제자리에 놓여 있었고, 천장 한가운데 커다란 전등이 사방을 환하게 비추고 있었다. 음모의 흔적은 찾아볼 수 없었다. 탁자 위의 차는 싸늘하게 식었고, 잔바닥에는 검은 차 찌꺼기와 설탕이 가라앉아 있었다. 마티아는 그곳이 다른 누군가의 집이라고 생각했다.

그들은 현관문까지 함께 걸었다. 알리체 곁을 지날 때 마티아는 그녀의 손에 자신의 손을 살짝 스쳤다.

"나한테 보낸 편지……" 마티아가 말했다. "뭔가 할말이 있는 것 같던데."

알리체가 미소 지었다.

"별거 아니었어."

"아까는 중요하다고 했잖아."

"아냐. 그렇지 않아."

"나와 관련된 거야?"

알리체는 잠시 망설였다.

"아냐. 그냥 내 문제야."

마티아는 고개를 끄덕였다. 이미 소진된 가능성을, 조금 전까지 둘을 하나로 묶어줬지만 지금은 사라져버려 보이지 않는 역선力線을 생각하면서.

"그럼, 잘 가." 알리체가 말했다.

빛은 온통 안에 있고 어둠은 전부 밖에 있었다. 마티아는 손을 흔들어 인사했다. 알리체가 다시 집안으로 들어가기 전, 마티아의 손바닥에 있는 검은 원이 한번 더 그녀의 눈에 들어왔다. 끝내 알 수 없고 지워지지 않는, 돌이킬 수 없이 닫혀버린 상징처럼.

46

비행기는 온 세상이 잠든 깊은 밤 하늘을 날았다. 지상에서 잠 못 들던 몇몇 사람은 변함없이 검은 밤하늘에서 순례하는 성좌처럼 작게 무리 지어 깜박이는 불빛밖에 보지 못했다. 어느 누구도 그 빛을 향해 손을 들어 인사하지 않았다. 그런 건 아이들만 하는 것이니까.

마티아는 터미널 앞에 줄지어 서 있는 택시 가운데 첫번째 차에 올라 기사에게 행선지를 말했다. 해안도로를 지날 즈음엔 벌써 수평선 위로 동이 터오고 있었다.

"여기서 세워주세요." 마티아가 기사에게 말했다.

"여기서요?"

"네."

마티아는 요금을 치르고 차에서 내렸다. 택시는 곧장 떠나 갔다. 그는 10미터쯤 되는 풀밭을 가로질러, 하늘을 바라보 라고 일부러 놓아둔 것처럼 보이는 벤치로 다가갔다. 가방만 벤치에 내려놓았을 뿐 앉지는 않았다.

태양이 수평선 위로 머리를 내밀고 있었다. 그 모습을 보 면서 호와 현으로 둘러싸인 평면도형의 명칭을 생각해내려 했지만 도저히 떠오르지 않았다. 태양은 서둘러 나오고 싶은 듯 낮보다 빠르게 떠올랐는데 그 속도를 감지할 수 있을 정 도였다. 해수면 위로 퍼져나가는 빛살은 빨간색과 오렌지색, 노란색으로 이루어져 있었다. 그는 그 원리를 알았지만, 안 다고 해도 그뿐, 그의 주의를 흩뜨리지는 못했다.

해안의 커브 길은 평평했고 바람이 거셌다. 마티아는 일출 을 바라보는 유일한 사람이었다.

마침내 거대한 붉은 공이 작열하는 포말처럼 바다에서 떨 어져나왔다. 마티아는 잠시 생각했다. 항성과 행성의 자전운 동에 대해, 저녁에는 어깨 너머로 저물었다가 아침이면 다시 눈앞에 솟아오르는 태양에 대해. 그가 거기서 보고 있든 그 러지 않든 하루도 빠짐없이 수면 위아래로 뜨고 지는 태양.

그것은 에너지보존법칙, 회전운동량보존법칙, 서로 균형을 이루려는 구심력과 원심력의 메커니즘에 지나지 않았다. 그것은 지금 모습에서 달라질 수 없는 궤도 그 이상도 그 이하도 아니었다.

서서히 색조가 옅어졌고, 푸른 새벽빛이 다른 색채들 밑에서부터 올라오며 처음에는 바다를, 그다음에는 하늘을 물들였다.

소금기 짙은 바닷바람에 두 손이 얼얼했다. 마티아는 손에 입김을 불었다. 재킷 주머니에 손을 집어넣는데 오른쪽 주머니에서 뭔가가 잡혔다. 꺼내보니 두 번 접힌 메모지였다. 나디아의 전화번호. 그는 그 번호를 읽고 미소 지었다.

흩어지는 옅은 안개 속에서 수평선 위로 퍼져 있는 일출의 마지막 보랏빛 여운이 사라지기를 기다렸다. 그리고 걸어서 집으로 향했다.

부모님은 일출을 마음에 들어할 것이다. 언젠가는 부모님을 모셔와 그 광경을 보여드리고 연어 샌드위치로 아침식사를 하기 위해 항구까지 함께 산책할 날이 있을 것이다. 그는 부모님에게 설명할 것이다. 무한히 많은 파장의 빛이 합쳐져 어떻게 백색광이 되는지, 흡수스펙트럼과 발광스펙트럼은 무엇인지에 대해. 부모님은 무슨 말인지 이해하지 못한 채 고개를 끄덕일 것이다.

차가운 아침 공기가 옷 속을 파고들었지만 신경쓰지 않았다. 오히려 온몸이 깨끗해지는 기분이었다. 조금만 더 가면 샤워와 따뜻한 차 한 잔, 여느 때와 다를 바 없는 하루가 그를 기다리고 있었다. 다른 건 아무것도 필요하지 않았다. 그것으로 충분했다.

47

같은 날 아침, 그보다 몇 시간 뒤 알리체는 블라인드를 걷어 올렸다. 블라인드가 도르래를 타고 올라가며 삐걱거리는 소리가 위안을 주었다. 창밖에는 하늘 높이 태양이 떠 있었다.

스테레오 옆에 쌓아놓은 CD 가운데 하나를 골랐다. 오래 고심할 것도 없었다. 그저 분위기를 전환시킬 음악이 조금 필요했을 뿐이니까. 볼륨을 첫번째 빨간 눈금까지 올렸다. 파비오가 있었다면 불같이 화냈을 것이다. 턱을 앞으로 내밀고 음악보다 큰 목소리로 과장되게 리를 길게 발음하며 그녀의 이름을 부르는 상상을 하니 웃음이 났다.

그녀는 시트를 걷어 한쪽 구석에 말아놓았다. 그리고 옷장에서 깨끗한 시트를 꺼냈다. 시트가 바람에 가볍게 펄럭이며 부풀었다 밑으로 떨어졌다. 데이미언 라이스의 목소리가 잃은 건 아무것도 없으니까, 서리가 내려 얼어붙었을 뿐이라고 노래하기 전에 CD가 살짝 튀었다.

알리체는 차분한 마음으로 몸을 씻었다. 떨어지는 물줄기에 얼굴을 대고 한참 샤워를 했다. 그런 다음 옷을 차려입고 양 볼과 눈가에 보일 듯 말 듯 가볍게 화장했다.

외출 준비를 마쳤을 때는 음악이 끝나 있었지만, 알리체는 그 사실을 알아차리지 못했다. 그녀는 집을 나와 차에 올랐다. 스튜디오에서 한 블록 떨어진 곳에서 차의 방향을 틀었다. 스튜디오에 조금 늦게 도착할 테지만 그건 별로 중요하지 않았다.

알리체는 마티아가 모든 것을 이야기했던 공원까지 운전했다. 그때와 같은 장소에 차를 세우고 시동을 껐다. 그곳은 아무것도 달라지지 않은 것 같았다. 풀밭을 둘러싼 반질반질한 나무 울타리만 제외하고는 공원에 있는 모든 것이 하나하나 생생히 기억났다.

그녀는 차에서 내려 나무들을 향해 걸어갔다. 간밤의 쌀쌀한 기운에 풀잎은 여전히 사각거렸고, 나뭇가지에는 새잎이 가득 움터 있었다. 아이 몇몇이 근처 벤치에 앉아 있었다. 오래전 미켈라가 앉았던 자리였다. 테이블 중앙에는 빈 캔이 탑 모양으로 쌓여 있었다. 아이들은 큰 소리로 말하고 있었고, 그중 한 명은 몹시 흥분해서 누군가를 흉내내고 있었다.

알리체는 띄엄띄엄 들려오는 아이들의 이야기에 귀기울이며 가까이 다가갔다. 하지만 아이들이 그녀를 알아차리기 전에 그곳을 지나쳐 강 쪽으로 향했다. 시청에서 일 년 내내 댐을 열어놓기로 결정한 후 그곳으로는 거의 물이 흐르지 않았다. 강물은 잊히고 고갈된 것처럼 길쭉한 물웅덩이가 되어 고여 있었다. 날이 더워지면 주말에 사람들은 집에서 비치 의자를 가져와 여기서 일광욕을 즐겼다. 강바닥에는 하얀 자갈과 부드럽고 노란 모래가 있었다. 강가에 자라는 풀은 알리체의 무릎 위까지 자라 있었다.

그녀는 발밑이 꺼지지 않는 땅을 골라 한 걸음 한 걸음 조심스럽게 강가로 내려갔다. 그런 다음 강바닥을 따라 물 가장자리까지 갔다. 앞쪽에 다리가 있었는데 오늘처럼 화창한 날이면 그 뒤로 알프스 봉우리가 아주 가까이 보였다. 가장 높은 봉우리들은 아직까지 눈으로 덮여 있었다.

알리체는 마른 자갈밭에 누웠다. 다친 다리가 이완되면서 편안해졌다. 큼직한 돌멩이들이 등을 찔렀지만, 그녀는 움직이지 않았다.

알리체는 눈을 감고 강물이 주위를 감싸고 자신의 몸 위로 차오르는 상상을 했다. 그리고 강둑에서 몸을 내밀고 있는 미켈라를 떠올렸다. 신문에서 보았던 미켈라의 둥근 얼굴이 은빛 강물에 비쳤다. 아무도 듣지 못한 풍덩 소리, 얼음장 같은 물에 젖어 미켈라를 물속으로 끌어당기는 옷가지 그리고 검은 수초처럼 물속에서 하늘거리는 미켈라의 머리카락. 상상 속에서 알리체는 보았다. 미켈라가 팔을 휘저으며 허우적대는 것을, 차디찬 강물을 고통스럽게 삼키다가 강바닥까지 깊이 가라앉는 것을.

그리고 알리체는 미켈라의 움직임이 서서히 물결을 닮아가는 것을 상상했다. 얼마의 시간이 흐른 뒤 제 기능을 회복한 미켈라의 두 팔이 점점 더 넓은 원을 그리기 시작했고, 양발은 물갈퀴처럼 늘어났으며, 머리는 햇빛이 비쳐드는 곳을 향했다. 드디어 수면 위로 올라와 숨을 몰아쉬는 미켈라가 보였다. 미켈라가 강물의 흐름을 따라 새로운 곳을 향해 헤엄쳐갔고, 알리체는 바다에 다다를 때까지 밤새도록 미켈라를 따라갔다.

알리체가 눈을 떴을 때 눈부시게 빛나는 푸른 하늘은 여전히 거기 있었다. 맑은 하늘에는 구름 한 점 없었다.

마티아는 멀리 있었다. 파비오도 멀리 있었다. 강물이 흐르는 소리가 아련하고 나른했다.

알리체는 골짜기로 추락해 눈에 파묻혔던 때를 떠올렸다. 그 순간의 완전한 고요를 생각했다. 지금도 역시 그날처럼 그녀가 어디 있는지 아무도 알지 못했다. 이번에도 찾아오는 사람은 없을 것이다. 하지만 그녀는 더이상 누군가를 기다리지 않았다.

알리체는 투명한 하늘을 향해 미소 지었다. 조금 불편하기는 했지만 그녀 혼자 일어설 수 있었다.

옮긴이 **한리나**

문학의 경계를 자유로이 넘나들기를 바라면서 이탈리아 문학을 우리말로 번역하고 있다. 이탈리아 로마의 라 사피엔차대학교에서 박사과정 연수를 마치고, 고려대학교에서 '프리모 레비와 번역'에 관한 연구로 비교문학 박사학위를 받았다. 현재 한국외국어대학교에서 강의하고 있다. 옮긴 책으로 『타타르인의 사막』 『루이지 기리의 사진 수업』 『제노의 의식』 『릴리트』 『소수의 고독』 『증명하는 사랑』 등이 있다.

문학동네 세계문학

소수의 고독

1판 1쇄 2012년 2월 29일 | 1판 4쇄 2017년 1월 13일
2판 1쇄 2024년 8월 27일

지은이 파올로 조르다노 | 옮긴이 한리나
책임편집 백지선 | 편집 류현영 황문정
디자인 신선아 이원경 | 저작권 박지영 형소진 최은진 오서영
마케팅 정민호 서지화 한민아 이민경 안남영 왕지경 정경주 김수인 김혜원 김하연 김예진
브랜딩 함유지 함근아 박민재 김희숙 이송이 박다솔 조다현 정승민 배진성
제작 강신은 김동욱 이순호 | 제작처 천광인쇄사

펴낸곳 (주)문학동네 | 펴낸이 김소영
출판등록 1993년 10월 22일 제2003-000045호
주소 10881 경기도 파주시 회동길 210
전자우편 editor@munhak.com | 대표전화 031)955-8888 | 팩스 031)955-8855
문의전화 031)955-1927(마케팅) 031)955-2684(편집)
문학동네카페 http://cafe.naver.com/mhdn
인스타그램 @munhakdongne | 트위터 @munhakdongne
북클럽문학동네 http://bookclubmunhak.com

ISBN 979-11-416-0007-5 03880

www.munhak.com